但怪物就是怪物

他始终在模仿人类

柳町画

U0728882

榆鱼 著

破局

校园公约

团结出版社

© 团结出版社，2025 年

图书在版编目（CIP）数据

校园公约．破局 / 榆鱼著 . -- 北京：团结出版社，

2025.1. -- ISBN 978-7-5234-1499-6

Ⅰ . I247.5

中国国家版本馆 CIP 数据核字第 2024MB9640 号

责任编辑：韩孟臻
封面设计：光学单位

出　　版：团结出版社
　　　　　（北京市东城区东皇城根南街 84 号　邮编：100006）
电　　话：（010）65228880　65244790
网　　址：http://www.tjpress.com
电子邮箱：zb65244790@vip.163.com
经　　销：全国新华书店
印　　装：三河市兴博印务有限公司

开　　本：145mm×210mm　　32 开
印　　张：9.75　　　　　　　　字　　数：215 千字
版　　次：2025 年 1 月　第 1 版　　印　　次：2025 年 1 月　第 1 次印刷

书　　号：978-7-5234-1499-6
定　　价：49.80 元
　　　　　（版权所属，盗版必究）

我会带你回家。

目录 *Contents*

只要秦洲在，
林异永远不可能沉没水底。

校园公经 破局

林异
LIN YI

REC

HQ 1080 / 60 p   ISO 200

林异，好久不见。

江小囿，
有人会坚定地选择你。

第 1 章　真假

这两天是周末，周末对非自然工程大学的学生来说，与平时无异，他们要么在寝室里复习，要么在图书馆里复习。

现在已经是十一月了，再过一个多月，到了一月初，就是本学期的期末考试，相比于期中考试，期末考试会难得多。论坛里有高年级学生根据往年的经验盘点了期末考试之后可能活动的规则怪物，其中，讨论度最高的就是 1-3 规则。

1-3 规则每三年出现一次，大都是交由学生会主席亲自处理，最不济也是巡逻队队长出马。三年前，还是大一新生的秦洲临危受命，从巡逻队队长的身份顶上学生会主席。至今，秦洲已经大四了，也即将迎来任学生会主席的使命——探索 1-3 规则。

林异的道歉因为受到论坛里无数帖子的影响而搁置了，程阳不是很明白其中的逻辑关系。林异考虑得比较多，大事前的道歉就像是生死关头前立遗嘱一样，不怎么吉利。

寝室里，程阳还在努力地复习，而林异却放下课本，他根本就学不进去。手边是秦洲买给他的新手机，林异想了想，没忍住，还是拿起手机登录论坛，继续看里面的帖子，直到看到一条回复：你以为真的可以顺利毕业吗?

他愣了一下,为了避免人心不稳,毕业后仍旧无法离开学校的事实不允许任何人向学生透露。林异的账号有封号、删帖的权利,他赶紧删掉那条回复。等他操作删除时,弹出系统提示:该帖已被 [qinzhou] 删除。

林异看着这条系统提示,他当然知道这个账号。应该这样说,所有人都知道这个账号。

这条帖子下面的 [删除] 和 [恢复] 键都呈现了灰色。

秦洲的论坛权限最高,经他删除的帖子,其他人就没有权限再恢复了。

林异抿了一下嘴唇,也就是说,秦洲也看到了这个帖子。他赶紧回到论坛首页,谁知短短几分钟的时间,论坛首页几乎都是关于是否可以顺利毕业的讨论帖。

不过,等林异想看看其他分析帖的时候,页面已是一片空白,他试着点了一下,系统就弹出了一条提示:你无法发帖。

林异的账号从未有过不良记录,应该是秦洲设置了不容许众人发帖。但他还想来验证一下,于是,他不好意思地喊正在旁边埋头复习的程阳:"程阳兄——"

程阳此刻已经复习到脑子都不转了,巴不得有人来打扰自己,好给自己一个完美的休息理由。听到林异叫他,立刻放下书,问:"什么事?"

林异说:"你赶紧看看你的账号还能在论坛上发帖吗?"

程阳飞快地拿出手机,登录上论坛,一番操作之后,说:"发不了了。"

林异的心放了下来,然后继续盯着空白的论坛首页。他很想去问问秦洲,又不知道该问什么,更不知道要怎么问,期末考试结束后是为期一个月的寒假,而寒假结束后就是 1-3 规则怪物的活动期。

林异曾旁敲侧击地问过王飞航怎么领取 1-3 规则,王飞航的回答是,高级规则的任务领取需要整个学生会开会评估,1-3 规则是校园守则中最高级规则，就算是巡逻队的成员想要主动领取 1-3 规则任务，学生会也要按照正常流程去评估，然而，并没有人能通过评估，巡逻队的成员没能领这个任务。所以论坛里没说错，这是历届学生会主席的任务。

程阳拖着屁股下的凳子，往前挪了几步，对林异说："今天立冬啊！你有邀请秦会长吃饭的理由了。"

"没错，趁今天和学长道歉。"林异也觉得程阳的话有道理。

程阳转念一想，又说："不过，秦会长本来就是咱们学校的风云人物，加上最近论坛的事，不宜出现在大众面前，食堂可不是一个好选择……"

林异急忙问："那应该去哪里吃？"

"邀请秦会长来这里啊！"程阳的手指朝下，又用脚点了几下地板，"在这儿煮。"虽然他也很想蹭一顿饭，但考虑到林异和秦洲之间的矛盾，如果他也在场的话，就会显得林异这个人嘴上没把门的，什么话都对旁人说，于是又提议道，"不用管我，到时候我去食堂吃饭，你们两个趁机把误会给说开。"

林异双手抱着手机，考虑了一下，看着程阳，问："发短信，还是打电话？"

程阳说："先发短信，如果秦会长没回再打电话。"

林异小鸡啄米般地点头，道："好的。"

大概还是因为心虚，他的短信用词显得有几分尴尬：学长，冬天到了，一起涮羊肉吗？

林异终于发出了这条代表求和的短信，五分钟后，秦洲的电话打了过来。

他晃着手机，激动地说："程阳兄，程阳兄，电话，电话！"这是不是就代表着——矛盾破冰了。

林异跑到寝室阳台接起电话："喂，学长。"

电话那头的秦洲却说："可我不吃羊肉。"

林昪愣了一下，以为秦洲还在生气，顿感失望，他只好边抠墙皮边问："哦，那要不要吃点别的？"

秦洲没有回答，只听他说："论坛封三天。"

很明显，秦洲还在跟别人说话。

林昪正要重复："学长，要不要吃点别的……烤串怎么样，我们可以不点羊肉的？"

秦洲好像没听出来林昪明显变得沮丧的口吻，只是说："我手边还有点事，先挂了。"

林昪自然能听见电话那头传来忙碌的声音，被截了话之后，心底的失望就更明显了，他只好说："行，那我就不打扰学长了。"

到了晚饭时间，林昪提着好酒好菜，到了秦洲的寝室门口。

门是虚掩着的，林昪心想：难道学长在寝室？

他赶紧敲了敲门，里面没有人应答。他等了片刻，想了想，还是小声地喊道："学长……"

屋内依旧是无人应答。

林昪收回手，在门外站了一会儿，就在这时，放在衣兜里的手机响了一声。

林昪赶紧掏出手机，看到一条新短信，是巡逻队群发的例行问候的短信。他有点失望，正想把手机放回兜里时，背后响起一道男声："林昪？"

林昪转过头，看着秦洲朝他这边走来。秦洲的手里也提着饭菜，另一只手拿着一杯咖啡，腋下夹着一摞文件，像是打算要通宵工作的样子。

秦洲走近后，问林昪："你怎么不进去？"

"你不在，我不确定能不能进去……"林昪越说声音越小，突然又举了举手里的饭菜，"学长，要一起吃饭吗？"

秦洲当然清楚林异这是在求和，问："等多久了？"他的双手都拿着东西，只能用脚轻轻地踢开寝室门，率先走进去，把东西放在桌上。

林异也不想表现得太急功近利，没有急着走进屋，而是尽量自然地说："也没等多久，我刚到。"

秦洲看着他，问："还不进来？"

林异"哦"了一声，赶紧走进去。秦洲解开塑料袋，把打包好的饭菜一样样地取出来，摆在桌子上。林异也忙把自己带来的饭菜拿出来，放在一起。

两个人终于坐下来后，林异主动掰开一次性筷子，递给秦洲。而秦洲则是打开两瓶林异带来的啤酒，把一瓶放在林异的面前。

相互碰了一杯，林异问："学长最近很忙吗？"

秦洲倒也没再端着，顺势说起了自己最近的工作。他说："欧莹忙不过来，把一部分工作交给我了。对了，我听王飞航说你问起过 1-3，是你想问，还是帮任黎问的？"

林异喝酒的动作微微一顿。他能感觉到，秦洲这是在试探，大概是因为学生会主席的身份吧……林异又开始心虚了，他支吾着想把这个话题岔开。

就在这时，秦洲的手机响了起来。林异瞥了一眼来电显示，是欧莹打来的。

秦洲的精神都被"试探"林异占据了，他并不想去接电话。但很快，第二通电话又打了过来。

秦洲和林异顿觉不妙，想必是出了什么大事。秦洲忙接通电话，问："怎么了？"

"什么！"他猛地站起来，碰倒了桌上的啤酒杯，"你说什么！"

林异听出了不对，但不敢问。他只好站起来，扯过卫生纸擦桌子上洒出的啤酒。

秦洲皱起眉，急声问道："还没回来？联系过没有？所有人都联系不上？"紧接着，他的声音沉了下去，"等着，我马上就过来。"

林异知道，肯定是发生了什么不好的事情。秦洲挂了电话，看了一眼桌上的饭菜，对他说："我有点事要出去一趟，你等我……算了，你先回去吧，我回来后再去找你。"

林异本想问点什么，但秦洲已经拉开门，快步走了出去。

他追到门边，看到秦洲甚至跑了起来。

一定是出事了！

想到这里，林异不禁摸了一下自己的胸口，心跳得很快，因为他产生了一种……不祥的预感，这种预感让他心烦意乱。

林异拿起那瓶刚刚打开的啤酒，喝了几口后，心里那股子烦闷劲儿仍旧压不下去。他想起论坛上的那些帖子，秦洲走得这么急，难道是因为 1-3 规则吗？那个让无数学生会主席折戟的 1-3……

放下啤酒，林异还是没忍住，径直追了出去。

他也疾步往教学楼区走去。然而，他比秦洲迟了很长一段时间，早就看不见秦洲的身影了。他一路向学生会办公室跑去，还是去晚了，只听别的同学说，看见秦洲出了学校。

出了学校？林异找到欧莹，这才从欧莹的口中大致明白到底是出了什么事。

其实，非自然工程大学的学生是可以在周末和法定节假日内离校的，但学生会一般不会允许，原因就像林异收到的录取通知书里所写的那样，在规定的时间无法抵达学校，就会被怪物吞噬。所以校门口有一家旅馆，专门给那些想要离校透透气的学生提供服务。

学生会采购部一般都是利用周末或法定节假日离校采买物品。为了避免发生意外，学生会规定，夏季时，离校外出采购的同学必须在当晚 6 点前返校，冬日时，必须在当晚 5 点前返校。否则天一黑，想要找到非自然工程大学可就难了。

刚才秦洲匆匆忙忙地离校，是因为采购部的同学迟迟没有回来，一共去了二十一个人，全都失联了。他作为学生会会长，必须去找他们，即便离校也在所不惜。

今天是周六，他们还有一天时间能赶回来。所有人都在等，林异再怎么着急，也只能是干等着。他不断地给秦洲发短信，也打过很多个电话，但都石沉大海。

林异本想多了解一些情况，但他发现，欧莹一副欲言又止的模样。每当林异询问秦洲的情况，都被欧莹用别的话给岔开了，似乎对他有什么防备。

几番下来，林异困惑地问欧莹："学姐，我是有什么地方做得不对吗？"

欧莹还是欲言又止的表情，却欲盖弥彰地说："没有啊，怎么这么问？"

林异看着她，深吸一口气，问："是学长对你说了什么吗？"

欧莹顿住，很是无奈。

还真是。

从非自然工程大学到达采购地点需要两个小时，来回就是四个小时。而秦洲现在只有一天的时间，必须把失联的二十一个人带回来。对于外面的情况，他们一无所知，欧莹也不敢保证，秦洲会不会因为同样的意外而被绊住脚，别到时候那二十一个人带不回来，还把自己的命也搭进去。

欧莹当时提议，找一个人跟着秦洲，她提出的人选就是林异。然而，秦洲拒绝了，拒绝的理由让人无法反驳。他说："林异不行，他的问题很大。"

欧莹一愣，问："什么？"

秦洲解释道："他很可能和 0-1 规则有关，绝不能放他出学校。"

最主要的原因是袁媛。陆前辈提到过 0-1 规则论，如果林异和袁媛真的有瓜葛，那就说明，林异和 0-1 规则脱不开关系。

秦洲不会突然说这些，一定是知道了些什么事情，所以欧莹对林异产生了防备之心。可她看到林异满脸的真诚，又想到这段时间和众人的相处，还是忍不住问道："林异，洲哥怀疑你和0-1规则有关，你跟我说句实话，真的和0-1规则有关系吗？"

林异沉默了。他其实很清楚秦洲在怀疑自己，只是谁都没有捅破这层窗户纸。但林异没想到的是，秦洲的怀疑能够精准到这个地步。他低着头，沉思了一会儿，说："欧莹学姐，其实我认识袁媛……"面对欧莹的注视，林异由于没能和朋友坦诚相待而心虚地低着脑袋，回避着对方的眼睛，"来学校之前，我见过袁媛，但我想不起来她是谁，和我有什么关系，只是觉得她很熟悉……"

林异还是撒谎了。

"你的身体里不止你一个人，这个秘密你必须藏起来，不能被任何人发现……你要去非自然工程大学……从那里启航，揭开困惑你的一切秘密。"在林异想要说出更多的事情原委之时，他的脑海里又响起了这句话。和最初听见时有所不同，那时候，这句话是在告诉他不要这么做，而现在，这句话透露出浓浓的警告意味。

欧莹的表情明显缓和下来，问："然后呢？"

听到她这么问，林异的心里也松了一口气。看样子，欧莹应该是相信了他的话，便继续说："十年前，我最后一次见她，之后就再也没见过。因为那种感觉太熟悉了，但根本不知道她是谁，所以我一直在找她。而且，我在家里找到过一些疑似是她生活的痕迹……"

欧莹说过，对于他们这类人，亲朋好友都会遗忘。但林异想，人可以失去记忆，但一个人的生活痕迹是很难清理的，他完全可以利用这一点。

"所以在高考填志愿时，我看见'非自然工程大学'的那一刻心里就有了一种预感，进入这所大学会找到我想要的答案。"说完，林异看到欧莹稍稍皱了一下眉，他又继续说，"所以我填报了咱们学校……事情就是这样，欧莹学姐。"

欧莹还是紧紧地盯着他。因为心虚，林异无法准确地判断对方的心里是怎么想的，他想了想，又保证道："欧莹学姐，你相信我，我没骗……"

欧莹忽然开口问："袁媛资料的浏览记录是你删除的吗？"

林异愣了一下，原来秦洲已经发现这么多了。他点了点头，说："是我。"不等欧莹继续问，他就主动交代，"我是害怕自己被发现，所以把浏览记录删掉了……"

欧莹又问："那你的一模、二模成绩和高考成绩是怎么回事？"

林异说："失利了。"

欧莹没再说什么，只是叹了口气，说："我会把你的话原封不动地转告给洲哥。"

"好。"林异还是不放心地问，"欧莹学姐，有学长的消息吗？"

距离秦洲离开学校已经很长时间了，林异真的担心他会遇到什么危险，这种联系不上对方只能干熬着的滋味太难受了。然而，欧莹还是摇头。林异看得出来，欧莹不是因为防备他而不说，她是真的不知道秦洲的情况。

所有人都在等，每个人都很煎熬。等待的时间过得很快，转眼间就到了第二天，如果秦洲和采购部的二十一位同学今晚还不回来，就再也回不来了。林异也整晚没睡，一直在校门口等着。

他不厌其烦地给秦洲打电话，自己的手机没电了，就用程阳的，程阳的手机也没电了，他又看向任黎。任黎立刻把自己的手机拿出来交给他。

"谢谢。"林异继续给秦洲打电话。

终于，电话通了。

林异激动得想要大声尖叫，他兴奋地指着手机，高声喊："通了！终于打通了！"紧接着，他又忙对着电话急切地问，"学长？学长，你们还好吗？"

电话那头有短暂的停顿，秦洲没有直接回答，而是说："现在在返校的路上。"

"太好了！"林异看了一眼手机上显示的时间，"还有多久到学校？来得及吗？"

秦洲说："应该来得及。"

林异还想再问些什么，又听见秦洲说："我还有事，先挂了。"

林异愣了一下，说："哦……好的。"还没说完，对方已经挂了电话。

确定秦洲没发生意外，林异暂时松了口气。他看到站在校门口的欧莹也在打电话，刚刚还算镇定的表情此时有了明显的变化，应该是一些重要情报，欧莹甚至转过身与校门口的众人拉开了一段距离。

程阳推断道："欧莹学姐应该是在和秦会长打电话，好像有大事要发生。"

连程阳都察觉到了不对，林异自然也感受到周围紧张的气氛。

这样的气氛持续了很久，所有人都沉默地等待着，等待秦洲和采购部的同学们……

程阳看了一眼时间，担心地说："还有半个小时。"

最后三十分钟，林异的心重新揪了起来。他紧紧地盯着校门口，只盼着外面的人赶紧回来。

片刻之后，他又看了一眼时间，又过了一半，还剩下十五分钟。

十五分钟，一眨眼就过去了。

最后五分钟！

最后三分钟！

最后一分钟！

就在大家屏气凝神的等待中，汽车的引擎声远远传来。

林异立刻望过去，程阳猛地跳起来，激动地喊："他们回来了！"

所有人紧绷着的情绪都稍微得到了舒缓，他们死死地盯着校外的方向。

欧莹只是朝着校外看了一眼，就立刻说："都让开！让开条道！"

王飞航也跟着高声吼道："让开！让开！"

众人刚刚四散开，几辆飞驰的越野车就从外面冲了进来，速度之快，都能看到轮胎因为高温而升起的白烟，以及被轮胎卷起的尘埃。这种速度，急刹根本无法在第一时间停下来，第一辆驶进校园的车在刹车后径直缓了五十多米的距离后，才堪堪停下来。当最后一辆车驶入校园。所有人都如释重负地吐出一口气，悬着的心放了下来。

林异朝第一辆越野车跑去，他刚才看见那是秦洲驾驶的。然而，他还没跑到车跟前，秦洲就已经打开车门。等林异一到，秦洲就说："上车。"

林异隐隐地感觉到，秦洲应该是知道了些什么，他只好坐上了车。随着车门的关闭，车外的喧嚣瞬间就消失了。

林异看了一眼秦洲，对方的眼底好像藏着什么不明朗的情绪。他拘谨地问："学长……这次离校没出什么事吧？"

秦洲言简意赅："校外有个怪物。"看见林异露出吃惊的神情，他继续说，"我应该是遇见 0-1 怪物了。"

林异猛地愣住，半天说不出话来。

秦洲问："你有什么想要说的吗？"

过了许久，林异抠着手指，吞吞吐吐地说："学长，其实……我很早就知道非自然工程大学了。"

秦洲并不意外，他早就知道了，只是不知道林异到底是从哪里听说的。是不是早在他之前就有人试图用这个办法来引出 0-1 怪物？也就是说，林异是个"工具人"？但也不对，林异说了"很早"两个字。外界的人不会记得非自然工程大学的学生，等他们离开之后，别人就会慢慢忘记秦洲和林异。连人都会遗忘，就更不可能会记得他们说过的话……然而，林异说的是"很早"，他记得非自然工程大学，并且记了很久。

林异接着说："我看到了我爸妈的录取通知书。"

闻言，秦洲一愣。

林异低下头，像是下了某种决心一样，道："我妈就是……袁媛。"他没去看秦洲的表情，但这句话说出口之后，他就有了一种如释重负的感觉，接下来的话就轻松多了，"我爸爸叫林圳。我调查过了，他们都是非自然工程大学的学生。学长应该对袁媛比较熟悉，她就是 4-4 规则世界里消失的学生，当时是学生会副主席，和我的辅导员蒋韬认识……哦，对了，孙老师也认识我爸妈，如果孙老师没有记错的话，我爸爸和妈妈在学校根本没有交集。"

林异自顾自地说着："在 4-4 规则世界里我骗了学长，最后一次时间回溯我假装睡着了，等学长去"新闻稿"事件的时间回溯后，我就去另一段的时间回溯，目的是想找到原因。"

"学长，我还骗了你，我身体里的副人格其实不是我自己的……"林异说，"它是 4-4 怪物，名字叫岑潜。它在我知道非自然工程大学之前就进入我的身体了，它出现后，我爸妈就怪物化了，就是可以行走，但是没有呼吸和思维，有点像被卷入规则世界的同学。"

"整个 4-4 规则世界我知道的比学长多一些。我妈……袁媛进入 4-4 规则世界之后，和我们一样，找到了真正的剧情。她和岑潜做了交易，她留在规则世界里陪伴岑潜，条件是岑潜减少出现在校园的次数。"

听到这里，秦洲问："4-4 怪物同意了？"

"岑潜答应了，但 0-1 怪物没有答应。应该是为了惩罚岑潜的自作主张，0-1 怪物把袁媛送出了 4-4 规则世界，我猜岑潜因为不甘心，便从 4-4 规则世界离开，成为新的被塑造者的'副人格'。"林异还想再说点什么，却又感觉该说的都已经说了。随后，他抬头看向秦洲，"学长，我知道的就是这些了，你……"他看见秦洲的脸色沉重，林异知道，自己说的内容确实有点骇人听闻，即便是秦洲，也不能在第一时间全部消化，于是他又说，"学长，你有什么想问的吗？我保证不撒谎！"

"你就是……"秦洲问，"被 0-1 怪物塑造的人？"

林异张了张嘴，却不知道该怎么回答。

秦洲继续问："你早就知道0-1怪物的存在，至少在4-4规则世界之后就知道了？"

林异还是沉默着。

秦洲说："林异？"

林异不明所以，愣愣地看向他。

秦洲嘟囔着："林异，林异，01，0-1……"

林异这才反应过来，对方不是在叫自己的名字，而是将自己的名字和0-1联系在一起。他感到十分不安："学长，我……"

秦洲突然问："你和0-1怪物是什么关系？"

林异摇了摇头，说："我不知道。"他又补充一句替自己辩白的话，"除了有可能我是他塑造的人之外，我应该和他没关系。"说完这句话后，他紧盯着秦洲，等待对方的反应。

秦洲表情沉重，声音也很冷："谁给你取的名字？"

林异老实地说："我爸。"

他心里极度慌乱。有时候太过聪明也不是什么好事，比如像现在，他很清楚秦洲为什么问他名字的来历，因为秦洲在怀疑，林圳想用"林异"这个名字暗示什么。

还能暗示什么，暗示他是0-1制造出来的人？还是暗示他就是0-1？

林异还想替自己争取点信任，笨拙地解释道："学长，我肯定不是0-1怪物，你说你在校外应该是遇见了0-1怪物，但我并没有离开校园……"

秦洲没说话，而是继续审视着他。

林异和他对视了几秒后，慌乱地转移了目光："学长，你能不能不要用这种眼神看我。"他的鼻子突然有些酸，"可不可以继续……把我当朋友。"

秦洲愣了一下。

林异吸了吸鼻子，觉得自己的要求过分了。没有人类会和怪物成为朋友，他开口的时候就知道场面不会和谐，结局也不会美好。秦洲的身份就决定了他的态度，或者说整所非自然工程大学的学生都对 0-1 怪物深恶痛绝。

他坦白之后，秦洲没上手揍他就已经是网开一面了。林异只是一时接受不了对方用这种眼神看自己，那是被当作怪物看的眼神。换言之，秦洲把他当怪物，不会把他当朋友。

"我的秘密都告诉您了……"林异不敢奢望自己的秘密被戳破后再和对方做朋友。他闭上了嘴，结束了这场让两个人都很别扭的坦白局。

秦洲没说什么了，他打开车门下了车，朝着校门口众人大步流星走去。

林异也打开副驾车门，跟在秦洲的后面。

校门口的众人看见秦洲下了车，都往秦洲方向走去。

快会合时，欧莹把刚在通话时秦洲要求准备的校园守则递给他。

"洲哥，"欧莹问，"人都带回来了吗？"

秦洲翻动着校园守则，叹了口气，说："只剩下十二个人。"

众人脸色瞬间难看起来。

校园守则被秦洲直接翻到了最后一页。

新生的 17-1 规则出现了。

秦洲说："五分钟后，201 会议室，重大紧急会议。"

201 会议室。

在等人员到齐的时间里，在座的每个人的脸上都露出凝重的表情。欧莹朝王飞航的方向看了一眼，又看了看王飞航身后的巡逻队成员。奇怪，居然没有看见林异。

欧莹走到秦洲面前，小声问："洲哥，林异是身体不舒服吗？我认为他应该来参加。"

秦洲紧紧地捏着校园守则，把纸面压出一条深深的痕迹，沉默半晌才一语双关道："他不合适。"

林异确实不合适参加这次紧急会议，一是林异参加这次会议肯定是坐立难安，秦洲不难想象那幅画面；二是林异身份成谜，也是字面意思上的不合适。

欧莹愣住了，一时没反应过来，问："什么意思？"

秦洲张了张嘴，那句"回避原则"终究是没说出来。他看了一眼会议室墙上挂着的时钟，五分钟的集结时间已经到了。直接跳过这个话题，他问欧莹："人齐了吗？"

欧莹道："我去确定。"

一级重大紧急会议虽然不要求学生会的每位成员必须参加，但也面向学生会的各个部门，即便是后勤部也得来参加，出席会议的人员基本是各个部门的部长和副部长，由他们认领自己的职责。之后的两分钟时间，各个部门向欧莹汇报人员到场情况。

欧莹清点完毕，看着秦洲，严肃地说："会长，全员到齐。"

随后，秦洲抬眸看向会议室里众多的与会人员。

随着秦洲有所动作，会议室里安静了下来。能来参加一级重大紧急会议的人都明白这个会议的重要性，大家都自觉地安静下来，心里多多少少都升起了紧张。

秦洲深吸一口气，郑重地开口道："0-1假说由陆前辈提出，内容是将整所非自然工程大学看作一个规则世界，将非自然工程大学命名为'0-1规则世界'，将选择你我到校的力量命名为'0-1怪物'，现在我宣布，0-1假说成立。"

"林异兄，你怎么不去参加秦洲学长举行的会议啊？"在食堂里，程阳哪壶不开提哪壶，问道。

倒不是他没有眼力见儿，而是实在想不通为什么会单独把林异排除在外。

林异剥着手里的茶叶蛋，没有反应。

程阳叫他："林异兄？"

"啊？"林异这才反应过来，"你叫我吗？"

程阳盯着林异看了一会儿，突然紧张起来："你身体不舒服吗？"否则，程阳是真的想不出林异不参加会议的原因。

林异继续剥蛋，闷声道："是我自己不想参加的。"在程阳询问原因之前，他赶紧解释，"没有为什么，就是不想去，有点累了。"

程阳哦了一声。

看着程阳明显不相信的表情，林异有些自嘲地想：果然，这个蹩脚的理由连程阳都说服不了。他有些无奈，也有些自暴自弃地说："不信就算了。"

程阳："我没说不信啊？"

林异白了他一眼，说："表情就看出来了。"

程阳："……抱歉哦。"或许是感受到了空气中的沉重，他想了想，说，"你的茶叶蛋凉了吧？兄弟请你吃份热乎的。"怕林异拒绝，他赶紧起身，拿着校园卡去给窗口买茶叶蛋。

林异可没心思去阻止，干脆继续剥鸡蛋壳。

"哎，你知道吗，听说今晚召开一级重大紧急会议了。"

"什么？是会长出事了？我之前听说会长好像离校了……"

"呸呸呸，瞎说什么！会长好着呢！"

"那为什么会突然召开一级重大紧急会议啊？这可是最高等级的会议啊！"

"我估计还是和会长离校的事情有关，听说，会长前一秒返校，后一秒就决定召开了会议。可见事情有多严重！"

刚刚结束执勤的两名学生会成员来食堂吃饭，自顾自地闲聊，因为林异低着头，他们也没认出来，从林异面前走过。

林异抬起头，看着他们。

"难道是找到了离开学校的办法了？"其中一人露出惊喜的表情。

"应该不是，听说会长回来时表情很难看啊……"另一人摇头否定，"想离开学校哪有那么容易，对我们来说，能活着就不错了……"

"那开会是为了什么啊？"那人不解，"是高层有人出事了吗？可罗亦哥离开那次也没有召开最高级会议啊。"

"你这张嘴能不能说点好听的啊。"回答的人说，"应该因为采购部部长和后勤部部长的失职吧……我听说这次离校，二十一名采购部的同学只回来一半。"

后勤部一直是伤亡最少的部门，这个数字足够令人震撼、惋惜了。

林异看着他们，原本是想安慰自己，毕竟有学生会成员也没能参加会议，他不算是个例。然而，渐渐地，他被对方的谈话内容所吸引，连程阳什么时候买完茶叶蛋回来都不知道。

两个人买了食物后，找了一个距离林异不远的位置坐下。

"原来是这样，难怪会长刚回来就要开会呢！二十一个人只回来一半，他们是遇到什么危险了？"

"具体的就不知道了，我只知道他们好像在金马街附近失联的。"

"金马街？那不是酒吧一条街吗！咱们学校禁酒，采购部的同学去酒吧一条街干什么？"

"你别忘了，金马街旁边就是新华街，手机一条街！估计是帮嵩哥进货吧，毕竟咱们学校对手机的需求还是挺高的。我还听说，最后一次联系离校的人是嵩哥，嵩哥让他们带回来一个MP4，说是填写需求单的时候给忘了。"

林异闻言，猛地坐直了身体。

程阳被他的反应吓了一跳，问："怎……怎么了？"

林异喃喃地说："MP4，MP4……"

　　林异的推理能力很强，他已经从这些只言片语里推测出了事件的全貌。

　　他的 MP4 被送到陈嵩那里检修，在检修的过程中，陈嵩肯定打开了 MP4，也肯定听见了他收录在 MP4 里的音频，那样的声音确实会让人误会是 MP4 出了故障。可现在使用 MP4 的人不多，陈嵩那里有手机存货却没有富余的 MP4。秦洲没有忽略这个"坏掉"的 MP4，送给他一个新手机，顺带捎上一个新的 MP4。所以采购部的同学外出时就增加了购买 MP4 的任务。

　　林异突然有些喘不过气来。尽管采购部的同学到底是不是因为他才前往新华街还有待商榷，尽管他反复告诉自己别往这方面想，但心里涌出的内疚感让他无法回避这个问题。

　　从这个问题牵扯出更多的问题：他叫林异，他无法否认自己和 0-1 怪物无关。

　　这里是非自然工程大学，里面所有的人都是 0-1 怪物迫害的对象。

　　有秦洲和欧莹，有程阳和任黎，有王飞航和罗亦，有辅导员和各科老师……

　　还有袁媛和林圳……

　　他环视一圈，心想：对了，还有眼前这两个谈话的人，以及食堂里的工作人员……

　　全校师生都是受害者。

　　程阳看着他的样子，有点急了，问："林异兄，你到底怎么了？"

　　林异看着程阳手里还拿着替自己剥好的茶叶蛋，他猛地搓了把脸，道："对不起。"

　　程阳露出一脸茫然的表情："好端端的，为什么突然说'对不起'啊？"

　　林异开不了口，只能无比艰难地说："我……不配吃茶叶蛋。"

　　程阳更茫然了："啊？你说什么呢，一个茶叶蛋而已，才几块钱啊……"发现林异的情绪不对，他安抚道，"你不是惦记螃蟹薄饼吗？

等寒假时，咱们申请出校，我请你吃！吃它一百个，兄弟有钱！"

"我……我去静静。"林异仓促地扔下这句话，落荒而逃。

程阳没想到林异会突然逃跑，等反应过来想去追时，林异已经不见了踪影。

他只能对茫茫夜色吼了一句："林异兄，我在寝室等你回来……啊！"

林异听见了程阳的话，跑得更快了。他不知道自己跑了多久，也不知道自己跑了多远，等他回过神时，才发现自己已经跑到秦洲的寝室门口。因为他和秦洲离开得急，寝室门还没有关。他伸手替秦洲关上门，随后转身离开。

走了两步，他就停了下来，来到宿舍外的花坛边坐下。

林异不知道自己能去哪里，他有种不被天理所容的羞愧，只能抬头茫然地看向夜空。怎么会有人不是人类呢？他心里憋着这个问题。想到 MP4，他从兜里拿了出来，把耳机塞进耳朵里，把 MP4 的声音调到最大。

劣质的 MP4，劣质的耳机，遮住他的听觉。慢慢地，再一点点遮掩住其他的感官……

第 2 章　信任

秦洲回寝室时，看见了坐在花坛旁边茫然的林异，他走到林异面前站住，盯着林异看。

劣质耳机的收音不好，秦洲能听见林异耳机里的声音，他沉默了片刻，过了好半晌才说："我听见了。"

林异这才发现秦洲，一下子就慌了。

秦洲替他摘下耳机，说："这么晚了，赶紧回去吧。"

林异没有动。

秦洲还想再说点什么，却被林异打断了。

"秦洲，"这是林异第一次叫秦洲的名字，"会议结束了，学生会商量好怎么对付我了吗？是杀掉我，还是把我关起来？其他人……都知道我的奇怪了吗？欧莹学姐、王队、任黎哥是不是恨得牙痒痒？"

秦洲当然知道林异在担心什么，他又何尝不是呢？但现在他看得出林异内心里的挣扎，只好把自己心底的烦躁强行压制下去，哑声解释道："会议只宣布了 0-1 假设成立。"

"我不会杀你，更不会把你关起来。换了欧莹、王飞航，也不会这么对你。你知道为什么吗？因为我们有眼睛，都能看到你的好。"

林异闻言愣在当场，过了好久，才找回自己的声音，道："万一是呢，就算不是……我也和0-1有关系。说实话，我到底是人、是怪物，我也不知道，我还在找……找答案，但现在还没有找到……"

秦洲郑重地说："我帮你找！"

林异彻底被惊呆了。过了很久，他猛地抓住秦洲的衣角，好似溺水之人抓住了救命稻草一般。他颤抖着开口："学长，如果找到的是最坏的结果，我向你保证，一定不会让你难做！一定不会的，请你相信我！"

秦洲在紧急会议上宣布0-1假说成立，林异的缺席让欧莹和王飞航察觉到了什么。但除了他们两之外，其他人并没有注意，只是沉浸在这个震撼的消息里。

可以这么说，学生会的努力在0-1假说被宣布成立的那一刻变成了笑话。学生会是由各个部门所组成，每个部门的职能都不同，但归根结底，都是努力让非自然工程大学看起来像普通大学那样正常，努力保障非自然工程大学的学生不被卷入规则世界，但现在他们才发现，原来他们一直处在一个更大的规则世界里。

0-1假说成立的消息足够震撼，秦洲已经下了死命令，这条消息不允许传出学生会，之所以召开紧急会议宣布消息，不是让他们提高警觉性，也不是因为他们拥有知情权，而是要学生会全员去寻找与0-1有关的线索。

如果非自然工程大学是0-1规则世界的话，校园里必然会有线索。秦洲还是之前的想法，没有发生改变：怪物始终是怪物，再高等级的怪物也不可能缔造出一个完美的规则世界，就像世界上不可能有完美的犯罪一样。

一级重大紧急会议之后，学生会高层也是开了一个又一个会议。

近一个月来，高层们仿佛是在会议室里扎了根。学生会报上来的消息，小到校园内的一株草突然枯死都不能放过，任何有可能是线索的，即便看起来无比荒谬，也必须送到秦洲那里。他负责判定线索是否与0-1有关，再经由欧莹等人筛选、整理后，统一交给王飞航，他会带着巡逻队去现场勘察。秦洲是铁了心要揪出0-1。

这一天开会前，欧莹给秦洲带了一杯咖啡。进门时，秦洲正在忙着看手里的资料，头也没抬，说："放那吧。"

欧莹无奈地看了一眼会议桌，发现秦洲的手旁早就摆满了还没处理的文件，别说是他手边了，整张会议桌上都放满了各类资料，连一杯咖啡都找不到地方放置。

好在今天参会的人员不多，还有空的椅子可以用。欧莹拿过一把椅子，放在秦洲的身边，又把咖啡放在椅子上，说："喏，林异给你买的。"

秦洲这才抬起头，莫名地看着对方。

欧莹笑了一下，解释道："在来的路上，我碰见他和程阳了。我看他一副欲言又止的样子，估计是想问你，我就主动告诉他了，说你最近很忙，连轴转，几乎没有合过眼。他就赶紧买了一杯咖啡，托我给你带过来。休息一会儿吧，尝尝这杯咖啡。"

秦洲端起咖啡杯，喝了一口，但手上的动作仍旧没有停止。

欧莹笑容淡了下来，她看着秦洲。

0-1假设成立确实兹事重大，可秦洲高强度工作已经持续了一个多月，铁打的身体也经不起这么折腾啊。她很想说"不急于一时"，却没办法说出口。

紧急会议结束后的第二天，林异就向巡逻队递交了辞呈。王飞航拿着林异的辞呈急匆匆地找到秦洲汇报，没想到的是，秦洲批了。

除了巡逻队之外，林异也向欧莹递交了一份辞呈，内容是他要退出学生会，并且请欧莹收回他可以在学校论坛上登录的学生会账号。欧莹也去找了秦洲，秦洲同样批了。

两份辞呈让欧莹和王飞航隐约有所察觉，秦洲和林异是在用这种方式暗示他们。眼下，秦洲不要命地寻找和 0-1 相关的线索，让欧莹更加确定，林异和 0-1 有关系。

欧莹已经忍了一个月，此时，她终于忍不住开口："洲哥，把整所非自然工程大学看作一个规则世界，那在这里，有些规则和其他的规则世界是一样的吧？按照 0-1 假说，所有的规则怪物都是由 0-1 怪物豢养，所有的规则都是 0-1 怪物制定，它自己应该也会遵守吧？"

秦洲拿笔的动作一顿，笔尖在文件上留下一个突兀的墨点。

欧莹点到即止，说："期末考试快到了……"

秦洲盯着文件上的墨点，看了很久，心情突然就难以抑制地暴躁起来。他深吸了一口气，克制自己的情绪。他知道欧莹的意思，紧急会议没让林异参加，会议结束后，自己又批了林异的辞呈。在紧急会议上没有说出口的"回避原则"用这种方式传递出去了。

"回避原则"能说明很多问题，林异需要回避 0-1，说明他和 0-1 有关。

而这时候，欧莹提到了规则。

每个规则世界里，都存在一个怪物的本体。如果非自然工程大学也是一个更大规则世界的话，也会有 0-1 怪物本体的存在，而林异又和 0-1 怪物有联系……

欧莹的意思是：林异有可能就是 0-1 怪物的本体。

如果林异是 0-1 怪物本体，意味着什么？意味着他只是一个虚构的人物，创造他的目的是叙述怪物生前的经历。当 0-1 怪物死亡时，本体也会随之消失。

怪物不是天生的，它们在成为怪物之前，也是一条条鲜活的生命。只是在经历了糟糕的事故后，他们的身体被恶意侵占，才成为怪物。那么林异呢？他到底是经历了什么才会成为凌驾在所有怪物之上的 0-1 怪物呢？

"没有任何迹象可以表明他就是 0-1 怪物的本体。"秦洲沉默了很久之后才缓缓开口道，"也没有任何迹象能够说明，他就是 0-1 怪物。"

欧莹没有反驳，事实上，她也不希望这样的事情发生。她第一次见到林异时，就很喜欢这个干干净净的小学弟，除此之外，林异一口一个"欧莹学姐"地叫着，即便知道他和 0-1 怪物有些瓜葛，也很难让人打心眼里生出仇恨和厌恶。

秦洲继续埋头做事，但他心里是浮躁的，就连文件上的文字在他看来都变得扭曲。

欧莹改口道："也对，林异才多大啊……非自然工程大学存在这么久，他要是本体的话，不该等到现在才出现，应该早就在校园里存在了才对。抱歉，是我说错话了。"

明明知道欧莹是在安慰他，但秦洲还是松了口气，收拾好心情后，他说："往年怎么准备期末，今年就照常准备吧。你全权处理，不用过问我。"

欧莹点了点头，说："这次需要投放的规则世界有 1-3……"

闻言，秦洲皱起了眉。

欧莹没有注意，继续汇报："根据 1-3 以往的记录来看，它卷入的人数并不固定，除了投放的人员之外，应该还会额外卷入其他人。"

这次的 1-3 需要秦洲亲自去处理，虽然他现在全心扑在寻找 0-1 的线索上，但不代表他会把 1-3 交给别人。就像论坛上所说，这是学生会主席的职责。

秦洲捕捉到一个关键词，皱眉问道："应该？"

"应该"这个词不该出现在欧莹的正式汇报里。

"是的。"欧莹解释道，"1-3 怪物的活跃时期内，学校会出现投放计划外的学生失踪事件，直到 1-3 怪物的活跃期结束，学生陆续失踪才会停止。因为没有直接证据可以证明，学生的陆续失踪和 1-3 规则有关，而且学生的失踪地点各不相同，寝室、图书馆等地方都有可能，所以 1-3 规则的正式记录文献里并没有记载这个情况。估计是怕闹得人心惶惶的，毕竟单是 1-3 规则，就足够让人害怕了……"

秦洲闻言，略微点了点头。

"我去档案室查看过，有用的资料寥寥无几，能查到的就是我刚才说的这些。"欧莹说，"这几天，我把 1-3 怪物活跃期失踪的学生名单整理出来了。其中，有一个人很特殊，他是在寝室里失踪的，但他的室友一直强调说，这个人没有做任何有可能被规则卷入的举动。"

欧莹说的失踪并不是说整个人莫名地消失了，而是指思维突然陷入沉睡。

失踪的人很多，能单独让欧莹提出来的人，必然是个重要人物。

秦洲沉声问："是谁？"

欧莹深吸一口气，道："是林圳。"

秦洲猛然抬头。

于是乎，在紧急会议结束之后，秦洲让欧莹立刻去调查林圳的所有资料。

林圳的资料并不多，死亡说明里也仅是注明了死亡时间。

非自然工程大学就是这样，偶尔会出现学生失踪的情况，但追溯失踪人员具体是被哪个规则怪物卷入规则世界并没有意义，学生会也没有人力能够追查下去。因此，失踪的学生在身体死亡之后，只会注明死亡时间，而没有具体的带编号的"死亡地点"。林圳是什么情况，只能看到简单的死亡标注，无法再追查下去。

欧莹把手里查到的资料交给秦洲，让他亲自过目。

她在一旁，问："1-3 规则世界里应该有你和林异要找的答案，你考虑带上他吗？林异的辞呈你给批了，但我还卡着，没给他，要把辞呈批准交给他吗？"

秦洲抬头，皱着眉看向她。

欧莹盯着秦洲看了半天，长叹口气，道："好吧，我就不跟你绕圈子了，让林异回来吧。我和王飞航都舍不得他。洲哥，你帮个忙，他最相信你了。你替我们去告诉林异，我们既不害怕他，也不讨厌他……"

其实，林异很犹豫，也很纠结。他现在有个想法，如果在期末考试交几张白卷的话，他就可以名正言顺地跟着秦洲进入 1-3 规则世界了。然而，一方面，他担心这么做会惹恼秦洲，毕竟秦洲并没有开口让他一起去，他退出学生会、退出巡逻队，也是因为身份敏感需要回避。另一方面，他是真的很想跟着秦洲一起进入 1-3 规则世界，但他知道，秦洲早早就放出话来，不让巡逻队的成员接这项任务，秦洲的打算是自己一个人去。

也对，1-3 规则让好几任学生会主席折戟，其危险程度不是一般的规则能比的。说句不好听的，巡逻队的成员进入 1-3 规则世界，等同于去送死。

林异担心的就是这个。他丝毫不怀疑秦洲的能力，甚至他无比相信，秦洲能解决 1-3 规则世界。但前提是，秦洲没有被 1-3 怪物选中。

如果秦洲被 1-3 怪物选中，后果会怎么样？林异根本不敢想，他不想失去秦洲这个朋友。

稍微权衡一下，就知道孰轻孰重，林异最终还是决定要在期末考试时故意考差，而且是要考得奇差无比，最好在全校排名的最后几位。排名越靠后，才越有可能跟着秦洲去 1-3 规则世界。

哦，对了，还有平时表现。

因为之前是学生会成员，再加上他的成绩足够好，所以平时表现分也很高。想要达到目的，林异得做一些能够扣分的禁止行为，于是，他开始无故旷课，深夜在校园里乱晃。一旦被逮到，立即报上自己的名字，就等着学生会扣掉分数。如此放肆了几天之后，也就是期末考试的前一晚，林异在校园里瞎转悠时被欧莹和王飞航当场逮住。

欧莹盯着他，戏谑道："呦，怎么不主动报名字了？"

林异低着头，现在，他只想找个地缝钻进去。

王飞航又好气又好笑："怎么，脱离学生会就无法无天了？"

林异又把脑袋往低里埋了埋："对……对不起。"

王飞航说："觉得有会长撑腰，就敢无视规矩了？"

林异赶紧摇头，解释道："没有，王队，不是这样的，跟学长没有关系。"

王飞航气道："呦，还知道我是你王队呢？"

林异哑然，因为不知道能说什么，只好又低下了头。

欧莹也调侃道："听执勤的同学汇报说，有个人天天夜里在校园里转悠，我当是谁呢，原来是你啊，林异同学。"

林异觉得更尴尬了。

欧莹挑了一下眉，说："走，聊聊去？"

林异没有点头，也没有摇头，只是木讷地跟着对方走了。

非自然工程大学的夜里只有食堂还开着。两位前领导坐着，林异可不敢坐，在一边站得端端正正。王飞航几次让他坐，林异都惶恐地摇头。

欧莹对王飞航说："算了，由他去吧。"

王飞航叹了口气，道："一个两个都这么犟，当初，就不该让你和任黎当搭档。"

欧莹直接进入正题，说："怎么，你以为我们不知道你的想法吗？"

林异没吭声，说实话，他这种行为确实很幼稚。

欧莹问："所以，你当初为什么要离开学生会呢？"

这个问题，林异没办法回答，只好继续沉默。

欧莹看了他一眼，道："好吧，你不愿意说我也不勉强。但有个坏消息，我必须告诉你。"

林异顿感紧张，忙问道："什么坏消息？"

欧莹双手一摊，道："你的辞呈我没批。"

林异愣住了，问："学长，可是会长他……"

欧莹解释说："洲哥一个人批了没用。要我和王飞航同意，各部门的部长都同意后才算通过。"

林异不知道还有这么多流程，也不知道欧莹和王飞航为什么不同意。他站在原地，一时有些手足无措。

欧莹却忽然笑了："林异，洲哥说你很好唉，果然是真的。逗你玩呢，洲哥一个人批了就行。"

林异松了口气，以为算是通过了。

王飞航插进来，说："实话跟你说吧，我跟欧莹学姐不是来逮你违反校规的，是专门请你回来的。"

欧莹点头道："是啊，洲哥不肯帮忙转达，我们只好放下手头工作，专程来找你聊聊。你是怎么想的？要不要给我俩一个面子，回学生会吧。"

林异听着他们俩的对话，想了想，还是决定坦白："欧莹学姐，王队，你们是不是不知道我……"

"知道啊。"王飞航打断他，"但这并不影响。"

林异沉默了，他不敢相信这是真的。

欧莹露出一副原来如此的表情，说："我总算是知道为什么洲哥不来提我们说和了，如果我们不当面和你说明白，你肯定不愿意相信这是我们的意思，恐怕会把洲哥的转述看作是一种安慰。"说着，她叹了口气，"这段时间，学生会很忙，我们也没时间和你聊太久。但是，期末考试你得好好考，要是排名能进前三，就可以来我这里领 1-3 规则世界的资料。"

林异僵住了，过了半天才反应过来，惊喜道："欧莹学姐，我可以直接领 1-3 任务！"

见到他这个反应，王飞航嘟囔道："领个任务而已，怎么跟中了五百万大奖似的……"

期末考试如约而至，林异超常发挥，虽然平时分因为那七天的放肆被扣了不少，却也仍旧是名列前茅。

考试成绩出来之后，他欢天喜地地去找欧莹领了 1-3 规则世界的相关资料。

和其他规则世界的资料相比，1-3 规则世界的资料少得可怜，仅有一张薄薄的纸，但这并不妨碍林异的兴奋。因为这才是他名正言顺地跟着秦洲进入 1-3 规则世界。

林异心里很清楚，如果没有秦洲的允许，欧莹不可能擅自做主让他领取任务。

换言之，是秦洲邀请他了！

并且，他又回到了学生会，这说明，欧莹、王飞航和秦洲一样，他们是真的不讨厌自己，而不是碍于秦洲的情面！

林异内心深处那种沉甸甸的感觉瞬间轻松了许多，这一个月以来的阴霾被清扫得干干净净。

程阳考得还行，擦线躲过了这次投放。程阳和林异递交的寒假离校申请很快也得到了批准。

林异都计划好了，两个人趁着寒假好好玩一玩，等寒假结束，他就陪着秦洲一同进入 1-3 规则世界，一起面对这个校园守则中的最高级规则。

计划很好，但计划赶不上变化。

林异和程阳的身份信息在现实世界已经被注销了，两个人呆愣愣地站在校门外，相顾无言。没办法，他们寒假只能待在校内。

程阳的心情则无比低落，他基本只待在寝室里，不肯出去。

林异也会因为身份注销而有那么一瞬间感到失落，但他和程阳不一样，可没有那么多时间去低落。他必须抓紧时间调节自己，毕竟，开学后没几天，就是 1-3 规则的投放期了。

学生会的投放名单已经出来了，林异收到通知后，就去找王飞航拿名单。

王飞航把名单交给他时，叮嘱道："别向任黎透露关于 1-3 的任何消息。"

林异不明所以。这次他领取 1-3 任务不是秘密，学校论坛上还有关于他领取任务的讨论呢。

王飞航颇感头疼地说："你和任黎是搭档，现在你要去 1-3 规则世界了，他也找到我，跳着脚非要去。1-3 是什么地方？他这不是添乱吗！"

林异替任黎辩解："任黎哥肯定不是想给咱们添乱……"

"我当然知道。"王飞航的头更疼了，"他就是想领任务。上学期最后一个月你不是不在吗？他一个人单着没办法领任务，也跟着歇了一个月。现在听说你领任务了，立马就来找我，也想跟着。他不清楚 1-3 规则是什么等级吗！"不等林异说什么，王飞航自顾自地说，"算了，这件事和你没关系，你这几天好好休息，我想办法再给任黎找个新搭档吧。"

林异点了点头，说了句"好"。

林异拿完投放名单准备回宿舍，在路过食堂时，他打包了两份饭，其中一份是替程阳带的。他知道，程阳现在还处在心情低落期，肯定不愿意让自己看见他这副模样，便把饭放在程阳的寝室门口。随后，他敲了敲门，喊道："程阳兄，饭我给你放门口了。"说完，便回了寝室。

林异关上门，拿出 1-3 资料和校园守则，一起对照着看。

欧莹在给他资料时提到过，她怀疑 1-3 怪物在活跃期内会随机卷入投放名单之外的学生，让他们失踪。所以，对于投放名单里的三十个人需要注意，但也不用太过注意，毕竟，1-3 怪物不一定隐藏在他们三十二个人当中，也可能是在校园失踪后进入 1-3 规则世界里的人。

林异又看了看校园守则。

1-3：校园内金钱无法购买人命，如出现此类交易……（待补充）

1-3 规则就在校园守则的第一页。这并不是林异第一次看这条规则了，但自从知道秦洲要进入 1-3 规则世界之后，他看着这条规则，越看越觉得诡异瘆人。用以往的规则世界的经验来看，这条规则的意思是：规则世界里会出现用金钱买人命的情节。

任何生命都应该是至高无上的，拥有最高的优先级，但 1-3 规则直接打破了对生命的尊重，给人一种"人为刀俎，我为鱼肉"的被践踏感。

对他们来说，1-3 怪物的活跃期并不是一个好时候，正逢非自然工程大学开学季，正是学生会忙碌的时候。

林异直到投放期的前一晚，才见到秦洲。

秦洲在学生会内部举办了一个小型会议，会议的内容让很多人都感到惶恐不安。是他对学生会后续的安排。

秦洲力荐欧莹成为学生会主席，当然，最终结果还是要看其他人是否同意。罗亦死后，巡逻队的副队长王飞航一直都在做罗亦的工作，于是，秦洲更改了王飞航的职位，任命他正式成为巡逻队队长，又让王飞航自己挑选一两个得力的干将做他的副手，以及细化了学生会全员寻找 0-1 线索的方案。

当然，这些都发生在如果秦洲没能从 1-3 规则世界出来后。

第二天就是 1-3 规则的投放期了，秦洲在前一晚说这些，的确会让人觉得不吉利，连林异都听得直皱眉。但没办法，秦洲担任学生会主席一天，就有责任保证学生会正常运转，不能乱套。

会议结束之后，秦洲没有立刻离开会议室，他必须做好自己不能从 1-3 规则世界里安全出来的各种备案，在进入 1-3 之前，他必须把手里的工作全部做完。毕竟，将未完成的工作丢给下一任，算怎么回事呢？

　　林异待在一旁，静静地看着秦洲整理工作，也不知道秦洲今晚要熬到多晚。

　　答案是——一个通宵。直到天快亮的时候，秦洲才终于把所有积压的工作都处理完毕。

　　林异原本是想和秦洲谈谈，但没想到他的工作有这么多，不知不觉地，他竟然陪着秦洲工作了一个通宵。

　　看了一眼表，距离投放时间只剩下两个小时。林异收起了谈话的心思，两人去食堂吃完早餐后，就往1-3投放地点走去。

　　1-3怪物出现的地方不固定，所以不是所有人都待在一个地方，而是分批次地前往资料中记录的1-3怪物现身地点。

　　因为人数太多，地点又不固定，再加上还会有其他学生被卷入规则世界而失踪……足以说明，这次投放任务有多艰巨。

　　然而，欧莹并没有手忙脚乱。为了避免其他人被卷入1-3规则世界，所以负责投放工作的学生会成员不算多，都被欧莹指挥得井井有条。她早就和被投放的三十名学生打过招呼，进入规则世界后一定要服从安排，毕竟这次行动是秦洲和林异两个人亲自带队，成功率极高。

　　三十名被投放的学生虽然心里很害怕，但也都听话地待在投放地点，不敢乱跑。另一边，欧莹让王飞航安排了巡逻队成员认真巡逻，及时汇报学生失踪的情况。只要有学生失踪，她就立刻安排投放学生前往失踪地点，也就是进入规则世界的地点。

　　林异和秦洲等了一会儿，就接到了欧莹的电话。果然有学生失踪了，地点是图书馆一楼的服务总台。

　　秦洲和林异立即往图书馆走去。跟他们一起被投放的几个学生也忐忑地跟了上去，他们还没走到图书馆，迎面就有一阵风吹来。

　　林异和秦洲停住脚步，有风吹来并不是什么奇怪的现象，让他们停下的原因是风中竟然带着水汽，以及飘散着咸涩的味道。

　　这让林异想到了海风，他还来不及告诉秦洲，耳畔就听见了潮水涌动和浪花拍打的声音。

　　"学长，你听见了吗？"林异紧张地问。

　　秦洲颔首，道："嗯，'它'出现了。"

🔍 第 3 章　不夜城

　　风里的水汽在他们身上凝结成水珠，林异抹了一把脸，手上就沾到了咸涩的气味。

　　这个味道不算太难闻，却让人打心眼儿里特别排斥。

　　林异不确定这种排斥反应是自己独有的，还是说大家一样，于是，他抬头去看秦洲的表情。

　　然而，刚看到秦洲皱了一下眉，林异就两眼一黑。

　　黑暗来得很快，陡然降临又陡然消失，速度只比眨眼慢一两个节拍。紧接着，耳畔就响起了一阵吵闹声。

　　"都站好了！别往里面挤！"

　　"检查结束后，自然会放你们进去，急什么！"

　　"你，过来，站这！"

　　斑斓的色彩很快便浮现在眼前，林异看着眼前的场景，第一反应是"纸醉金迷"，第二反应是"跨时代"。

　　此时，他就站在有一种跨越世纪的时代感的建筑中间，他们一群人被这些建筑所环绕。人很多，都挤在一起，等着进入那些建筑内部。

　　趁着这个空当，林异赶紧去找秦洲。现在人多到已经让他没办法辨认他们到底是 NPC，还是被 1-3 怪物拉入的卷入者了。幸好秦洲个头足够高，站在人群中极为显眼，林异没费什么工夫就找到了他。

当然，秦洲也在找他。

林异在人群中不停地说："不好意思，借过。"

但是根本没有人愿意给他让位置，他只好艰难地往秦洲那边挤。

秦洲的动作就快多了，他是靠着硬挤才挤过来的。

会合后，林异才有机会打量周围的人群，也看到几个眼熟的人。

他们都是投放名单中的学生，挤在人群中，他们很慌，也都在东张西望地找秦洲和林异。

再往前看，是建筑的正门口，有几个统一着装的人在对门前的人进行检查。只有通过检查后，才能进入到建筑里面。

"学长，"林异虽然已经做好 1-3 规则世界不容易通过的心理准备，但是进入之后，才发现 1-3 怪物比他想象得更强大，"不到两秒。"

只一眨眼的工夫，他们就从非自然工程大学进入 1-3 规则世界，并且没有黑雾。换言之，1-3 规则世界能在短短两秒就加载出眼前这些瑰丽恢宏的建筑，上一个世界观如此庞大的还是 4-4 规则世界，但在 4-4 规则世界里，他们进入之后等了很久，黑雾才逐渐散去，仅是这一点，就足以说明 1-3 怪物的强大了。

林异又联想到：1-3 怪物都强大到这种地步了，那 0-1 怪物呢？他虽然内心担忧，但脸上还保持着镇定。毕竟他们刚进入 1-3 规则世界，还没到寻找 1-3 怪物的步骤，现在就和大家说怪物的强大容易消磨大家的心气儿。

在知道 1-3 怪物强大后，自证环节就没什么必要了。1-3 怪物已经都如此强大了，实在没必要学其他怪物附身在最强的卷入者的身体上，那对 1-3 怪物来说，反而是失去了规则世界的乐趣。林异甚至都不担心 1-3 怪物会故意引导他和秦洲做触犯"淘汰条件"的举动，因为 1-3 怪物足够强大，所以不需要。

秦洲也在思考林异所说的"不到两秒"，回道："我知道。"

林异是在提醒他要小心，不仅是 1-3 怪物仅用两秒就加载了规则世界，还有就是此时……

天是黑的。

"你答应我，"秦洲对林异说，"做什么事前要先和我商量，不能私自做主。"他知道林异的性格，好骗但不老实，看着听话，有时候又特别气人。秦洲也知道林异想去探索 1-3 规则世界的心情，尤其是知道自己的父亲林圳和 1-3 规则有关。秦洲不会阻止他，只是希望林异做决策之前先和他商量一下，至少让他知道林异要做什么。

林异想要他平安回去，他又何尝不希望林异能够平安回去呢？没有人希望自己的朋友遇到危险。

林异点头，答应下来："好的。"

检查的速度并不快，林异和秦洲初步观测完毕后，他们已经在门口等了近一个小时。又约莫三十分钟之后，终于轮到了他们两个人了。

直到这时，林异才知道为什么检查的速度能这么慢，门童会仔细地检查通过者身上每个地方，再细微的地方也不放过。

"进去吧，进门右手边，走到底就是交易厅。"负责检查林异的门童说。

林异走进门内，正对的是一个花纹繁复的复古大屏风，遮住了进入者直接窥看内部的视线。

林异站在屏风前等待秦洲，陆续有通过检查的人走进来。有的直接绕过屏风往内部走，林异估计他们应该就是 NPC 了。也有看到林异也停下来等待的人，就是跟随他们一起进来的投放学生和卷入者了。

有秦洲在的规则世界里，卷入者们都会不自觉地把他当成主心骨，秦洲做什么，他们就跟着做什么。

虽然秦洲现在还没进来，但他们都认出了林异，知道林异和秦洲是一起的，所以便在这里驻足，和林异一起等待着。

林异不断向门口张望。门童的检查很怪，一般来说，这种地方进行检查主要是看来客有没有带不该带的东西，但这里不一样。门童没有拿金属探测器，只是用肉眼看进入者的五官和四肢。

林异暂时还没搞清楚检查的目的是什么，也不知道判定合格与否的标准是什么，只要秦洲没进来，他的心就是悬着的。

这么多人往建筑里涌，难免会给人造成建筑外不安全的错觉。

又等了一会儿，林异终于看见了秦洲，悬着的心终于落地了。

就在等待秦洲的过程中，屏风处已经聚集了数十名卷入者。既然秦洲进来了，林异可不打算等凑齐所有卷入者后再行动。在自身难保的规则世界里，要想保护其他人，最好的方式是尽快探索、尽快离开。

林异对秦洲说："学长，门童说交易厅在进门的右手边。"

秦洲说："他也对我说了。"

林异问："去吗？"

秦洲点了点头，道："走。"

门童肯定是 NPC，他的指引不一定是善意的，但没办法，谁让他们什么都不知道呢，只能遵从对方的指引。

按照门童的指引，秦洲和林异一行人绕过屏风。

屏风后是一个装潢奢华的门厅，门厅向左、向右各有一条道路。林异发现，刚进来的人大多数都是向右边走，很少有人走左边那条路的，他们也跟着向右边走。

建筑的外观就已经透着奢靡感，内部更是将奢靡发挥到了极致。脚踩在地毯上，柔软得像是踩在云端之上。

门厅右边是两扇敞开的大门，门上挂着烫金牌匾，写着"交易厅"三个字。还没进去，他们就听到里面传来嘈杂的声音。

"不满意就走，别耽误别人。"

"就值 200 金。不要？不要拉倒！"

"你可当面点清楚了，看看不夜城会不会少你这几两金子！"说话之人的语气很不客气，一副盛势凌人的架势。

众人进入交易厅。

整个厅呈弧线形，大到可以装得下两千人。

墙体被做成一个挨着一个的交易柜，柜台很高，伙计坐在柜台后边，高高坐起，用鼻孔看人。仿佛这就决定了伙计和交易人的地位。

门童让他们来这里，目的大概是让他们去交易。

不过，秦洲和林异并没有直接排队交易，毕竟他们身上可以用来交易的值钱物品。

秦洲说："咱们先看看。"

林异也正有此意，点头应下。

这里的人很多，他们在中间穿梭，并不会引起别人的注意。

看起来没有什么危险，林异便提议大家分散开来，这样能多探听一些消息。

秦洲也同意这样安排，卷入者们立刻照做。

在众人约定了会合地点之后，林异开始独自在交易厅里转悠。

每个交易柜前面都排着长队，人们的脸上都露着很焦急的神色，还有人不时地朝队伍前面打量，埋怨道："前面磨蹭什么呢？"

林异注意到，排队的人大多衣着普通，看起来不像是带着值钱物品的样子，但人不可貌相，兴许人家身上真的揣着宝贝呢？

就像林异永远都猜不准程阳的衣服价值几位数一样。

他朝着交易柜前边走去，立刻就有人不满了："嘿！你干什么？排队去！"

林异并没有停下脚步，边走边说："我就去前面看看。"

众人并不相信他的说辞，不满声此起彼伏。有的是让林异去排队，有的甚至想上前拽住林异，又怕自己好不容易排到的位置被别人给占了，只能气得大骂。

林异一心想弄清楚这里是什么情况，压根不理会身后的杂音，只一个劲地往前冲，直到能看清的位置才停下。

交易柜的上面标注着"8 号"，正好轮到一个人去交易。伙计都不用正眼瞧人。

那人磕磕巴巴地说："再……再交换一根手指。"

林异闻言，愣了一下，立刻朝那人的手掌看去。果然，那人双手加起来，只剩下三根手指了。

那人说完后，伙计朝着他的手瞥了一眼，嫌弃地说："3 金。"

那人一愣，忙问："3 金？怎么才 3 金，之前不是一根手指能换 5 金吗！"

伙计翻了个白眼，道："我乐意，你爱当不当。"

那人沉默下来，半天没有反应。

伙计刚要吆喝："下——"

"别！别！"那人赶紧说，"可以交易。"

伙计低头开票，问："期限?"

那人咬了咬牙，说："三天！"

伙计头也不抬地说："利息是一天 1 金，三天之内不还钱，你的手指就归不夜城，不可赎回。"

林异吃了一惊，一共才 3 金，利息却高达一天 1 金。

那人倒是没什么反应，俨然已经习惯了高利贷，他频频点头，表示同意。

伙计丢出 3 枚金块，连同票据往前一推，又继续喊："下一个。"

那人用仅剩的三根手指吃力地拿起金子，揣进兜里就兴冲冲地往外跑去。

跟上来的人对 8 号交易柜的伙计说："我当一颗肾……"

林异一直都知道有卖肾的梗，亲眼所见却根本笑不出来。他看不下去了，转身往会合点走去。

林异算是回来得比较晚的，他到达之后没等一会儿，人就齐了。

大家都在交换着各自探听到的消息。

"这里是不夜城。"有人说，"听起来像是吃喝玩乐一体的高端会所。"

"在这里住是要钱的，没钱好像会被赶出去。"

"可我们身上没带值钱的东西，没法拿去交易啊，那该怎么办？"

林异开口道："这里的交易可以用身体器官做抵押，要在规定的期限内赎回，否则……"

众人都陷入了沉默。

有人问："那……可不可以不交易啊？我就在走廊、门厅、休息室那种地方待着就好。"

林异没吭声，不交易是不可能的，不然为什么门童要用那种方式去检查来客，查看他们五官有没有损伤，四肢有没有缺陷，就是在判断他们是否具有交易的价值，能进不夜城的人都是具有交易价值的，不做交易就没钱，就会被赶出去，而外面看起来是危险重重……

沉默中，有人弱弱地开口问："交易吗？是不是我们能拿回去就行？毕竟，现在外面是什么情况咱们都不知道，至少先在这里待一晚吧？"

林异把交易的利害向大家说明："赎金有利息，刚才有一个人当了一根手指，价值 3 金，期限是三天，利息是每天 1 金。这里好像没有定价，交易金额全看伙计的心情。如果换了其他人去交易，兴许连 3 金都没有，利息也可能更高。这样一来，我们很难把原本的东西赎回来。"

众人闻言都慌了，问："那……该怎么办啊？被赶出去的话会死吧，外面已经天黑了啊！"他们都看向秦洲，想知道他会怎么做。

1-3 规则世界一开始就是黑夜，没有给他们留出能够思考对策的时间。黑夜所蕴含的危险是未知的，他们只能先顾好今晚，再去做其他考量，既然伙计提到了可以赎回，那就证明，再难赎回也还有机会，还是先平安度过今晚，等到明天白天再去摸清不夜城的情况。

秦洲严肃地说："交易！"他知道，自己的行为会成为其他人的表率，又补充道，"当然，选择交易并不保证能平安度过今晚，因此，是否交易，自己想清楚。"

其他人原以为秦洲是看出了什么，才决定交易的。没想到，秦洲之后补充的话好似一盆冷水，把他们浇得透心凉。

就在众人陷入沉思的时候，林异和秦洲商量道："学长，我来吧？"

秦洲没说错，因为他们刚进 1-3 规则世界，什么情况都不知道，所以不能排除交易就是今晚的"淘汰条件"。在这种薛定谔的"淘汰条件"的情况下，他和秦洲不能都用自己的身体去做交易，一个人涉险，两个人共用交易资金。

秦洲不置可否，反问他："你想怎么交易？"

林异低头看着自己的双手，还没想好要不要交易自己的手。

秦洲顺着他的视线低头看向林异的手腕，突然说："手挺好看。"

林异抿着唇，这还是学生会主席除了"聪明"之外的夸奖词，虽然没什么用。

秦洲继续说："这么漂亮的手交给别人多可惜啊，还是我来吧。"

林异一怔，忙说："学长，你的手也好看！"

秦洲有点无奈，说："别闹了。"

林异沉默了。秦洲带着他离开临时会合点，找了一个排队人数相对较少的交易柜。

林异跟在他身后，排了一会儿，伸手扯了扯秦洲的衣角。

秦洲抬眸看向他。

林异小声说："学长能不能也答应我，做决定之前和我商量，我们是队友，也是朋友，不是吗？"

林异小心得过了头，这让秦洲心里有些不是滋味。过了片刻，他用商量的口吻，道："这次我先来，下次换你来，成吗？"

林异点头："成！"

秦洲又问："那……交易两根手指？"

刚刚听林异的描述，有人用了一根手指换取 3 金，换言之，3 金就够让他们待在不夜城一晚了，所以秦洲准备交易两根手指，换 6 金。

林异还是忍不住去看着秦洲的手。他的手掌宽大，骨节突出，手背上盘亘的青筋一路往手臂延伸，带着蓬勃的力量。就是这双手托住了非自然工程大学，托住了多少学生的性命。

林异压抑着心里的难过，点了下头，回应道："成！"他一定会想办法赎回秦洲的手指！

两人排队的交易柜是之前林异去的 8 号交易柜，数字"8"大大地悬挂在交易柜顶上。

交易的速度不慢，只等了一会儿，排在他们前面的人只有几个了。随着队伍前面的人越来越少，林异还是不免紧张起来。

终于轮到秦洲了，他走上前。

伙计打了个呵欠，用余光瞥了一眼秦洲，懒洋洋地说："看着挺面生啊，刚来的吧。"

既然伙计已经挑明，秦洲也不再隐藏，说："是。"

伙计"哼"了一声，说："我特别厌烦新人。先和你说好，当还是不当，自己先想清楚，别试图在我这里讨价还价。"

秦洲点了点头，说："两根。"

站在秦洲身后的林异紧张地注视着他们。

伙计皱了一下眉，看了一眼秦洲的手，说："又是手指啊？最近这东西收得太多了，不想收了，你要是确定交易，就看在你是新人的分上，我给你个打包价，三根手指价值 5 金。"

　　林异心里陡然一沉，这是贱卖！他忍不住上前，道："你这分明是欺负新人！"

　　伙计的目光越过秦洲，落在林异身上，笑了："我欺负新人？你换其他交易柜去问问还收不收手指？我能给你打包价就不错了！要不怎么说讨厌新人呢，真是麻烦。"说着，他看向秦洲，不客气地喊道，"下一个！"

　　排在秦洲身后的就是林异。

　　伙计用手托着脸，叹了口气，说："得，一次来了两个新人。"或许是想让他俩赶紧走人，伙计明明白白地告诉他们，"想卖高价，拿完整的、成对的、让我感兴趣的东西来交易。"

　　林异没听懂，但秦洲听明白了，他把左手放在交易柜面上。

　　伙计摇了摇头，道："一只手也卖不出价，如果是一双，我倒还可以考虑。看你们是刚来不夜城的新客，一双手我给你 300 金，一周期限，利息算你们一天 20 金。"

　　秦洲回头看向林异，用目光征求对方的同意。

　　然而，林异仍然是犹豫不决，如果是自己的手，他肯定毫不犹豫就同意了，毕竟一周期限足够让人心动了。

　　伙计眨了眨眼，不敢置信地问："怎么，300 金还嫌少？你去别的交易柜看看，看他们愿不愿意出这么多钱。"

　　林异伸手拉了一下秦洲，意思很明显，让他先去做交易。

　　伙计的目光被林异的双手所吸引，眼露精光，道："他的手不错，如果是他做交易，我可以出 500 金，利息还是算你们一天 20 金。"

　　秦洲面色阴沉地看了伙计一眼，道："他不行。"

　　伙计耸了耸肩，问："那你还做不做交易？提醒你们一声，身上没金子的话，在不夜城可是待不下去哦。"

　　秦洲点头道："嗯。用我的。"

　　林异也不再多言，沉默下来。

伙计"啧啧"两声，像是因为没收到好货而感到遗憾。他给秦洲开出票据，又弯腰在交易柜下拿出装有 300 金的锦囊袋子丢出来："本金 300 金，利息每天 20 金，七天之内不还钱的话，你的双手归不夜城，不可再赎回。"

秦洲刚想离开，林异却往前走了一大步，盯着交易柜伙计，问："七天之内，是来找你做赎回吗？"事关秦洲的事情，他必须问清楚，"如果赎不回，是谁来收走双手？"

"我给你开的票，当然是找我赎。"伙计回答了林异的第一个问题，但对第二个问题，他则意味不明地笑了一下，高声道："下一个！"

有的卷入者排在他们后面，学着秦洲的样子，也进行了交易，但也有人不敢尝试。他们没法做到像秦洲和林异这样，一个人交易两个人使用。

当其他人交易完成后，就又都看向秦洲。现在在他们身上有钱了，但该做什么、该去哪里，都没有想法和目标。

秦洲开口道："去三楼。"

不夜城很大，随处可见有很多指示牌，秦洲看见指示牌上写着，不夜城的二楼是餐饮场所，三至五楼是客房，现在天已经完全黑了，不夜城的人太多，他们最好还是找客房住下。

从电梯上三楼，电梯小姐收取每人 1 金。

没有做交易的卷入者直接被电梯小姐阻拦在外面，她说："电梯服务是收费的，不愿意支付费用的话，可以选择走楼梯。请诸位往后退，电梯门即将关闭。"

门外的人面面相觑，问："楼梯……在哪里？"

电梯小姐保持着职业微笑，并没有回答。

电梯门关上，把不夜城一层的喧嚣阻挡在外。

比起门童和交易柜后的伙计，电梯小姐的服务态度简直是如沐春风。

当然，那是因为她收费。

秦洲直接掏出钱，付了两个人的费用。电梯小姐清点了金额后，问："请问客人们去几层？"

"三层。"秦洲开口。

电梯小姐微笑道："好的，没问题。"

电梯缓缓上行，轿厢里的卷入者都沉默着。

乘坐电梯的 2 金让林异感到"肉疼"，但没办法，从乘坐电梯需要支付费用这一点来看，不夜城会想尽办法收取各种费用，电梯小姐不可能告诉客人楼梯在什么位置。

天已经完全黑了，在不夜城里晃悠的时间越长就越危险。安全起见，他们必须支付使用电梯的费用。

电梯到达三楼后，电梯小姐做出"请"的手势："三层到达，请慢走。"

他们从电梯里走出来，林异打量着不夜城的三层。

三层的确是客房，和正常酒店没什么两样，两侧的房间林立。但不同的是，大部分房间门口都站着一个身着正装的中年男人。随着他们走过去，中年男人会看向他们，等他们走过后再撤走目光，重新目视前方。

林异注意到，每个房间门口都有一盏造型独特的灯。

没有站人的房间门口的灯亮着红色，站着中年男人的房间门口的灯要么是熄灭的，要么是绿色。而熄灭灯的房间和绿色灯的也有不同，如果门口的灯熄灭了，门口的中年男人不会抬头看他们，只有亮着绿灯的房间门口的中年男人才会抬眸看向他们。

林异思考一下，对秦洲说："学长，你看他们像不像是在招揽客人？"

秦洲说："问问他们就行了。"

交易柜伙计会提醒过他们，在这里没钱寸步难行，电梯小姐告诉他们，这里有楼梯的存在，也就是说，不夜城的 NPC 会向他们透露一些线索。

秦洲就近问站在 3011 房间门口的中年男人。

中年男人回答道："我是房间管家。如果贵客愿意入住 3011 房间，每晚只需支付 100 金的房费，我将竭尽全力为您服务。"

林异看了一眼客房门口的灯，明白了。绿灯表示此房间暂时无人居住；熄灯的表示房间里已有客人且正在休息，请勿打扰；红色的灯也表示房间有客人，只是客人不在房内。

相比于不夜城的一层，三层要安静得多。

秦洲问林异："住一间？"

林异想了想，问中年男人："有没有便宜一点的？"

3011 管家说："有，但目前没有空房。"

到底有没有更便宜的空房，他们也无从所知。秦洲对林异说："先住一天，明天再看情况。"

也只有这样了，林异点头表示同意。

看样子，房间管家并不会打扰房间里的客人，他们能在不夜城里拥有一个短暂的私人空间也挺好的。

秦洲对 3011 管家说："要一间。"

3011 管家收取了 100 金费用，并为秦洲打开房间，说："祝您入住愉快，如果有任何需求，都可以呼叫我。"

秦洲和林异刚要走进去，3011 管家却伸手拦住了林异。他说："抱歉，这是单人间，只允许一人入住。"

林异无奈了，心想：为什么不早说？

秦洲问："那双人间有吗？"

3011 管家收回手，回答道："五楼的客房是多人间，双人间的价格每晚最低是 250 金。"

林异咋舌："这么贵！"

3011 管家解释道："价格是老板定下的，谁知道老板是怎么想的呢……大概是因为老板不喜欢热闹吧。"

秦洲只交易了 300 金，林异不舍得秦洲再花钱，打算去门厅对付一晚。即便是门厅没有位置，整座不夜城这么大，他总能找到歇脚的地方。

秦洲看他一眼："别胡思乱想，也别想做出格的事儿。"随后，他看向 3011 房间旁边的 3012 房间。

3012 管家看到后，凑了上来："您好。"

秦洲又支付了 100 金。

3012 管家为林异打开房门，道："感谢您选择 3012 房间。在您入住期间，我将全程为您服务。"

比起双人间的价格，两个单人间能便宜 50 金。再说了，秦洲已经支付了 3011 的房费，以不夜城的作风，3011 肯定不会因为他们改住双人间而退费。至此，300 金已经花费了电梯费 2 金，房费 200 金，余额 98 金。

其他人看见秦洲办理了入住，也跟着入住到了不夜城三层中的各个房间。

秦洲对林异说："早点睡，天亮见。我就在你隔壁，放心。"

正好两个人在进入 1-3 规则世界前那个晚上也没好好休息，就借着这个机会补补觉吧。

林异点了点头。

秦洲下巴一抬，示意道："你进去吧。"

等林异走进 3012 房间后，3012 管家贴心地关上房门，甚至还比秦洲更暖心地对林异说了句"晚安"。

秦洲看着林异走进房间关好房门后，这才进入属于他的 3011 房间。

房间内部装潢奢靡，配置讲究，值得上每晚 100 金的价格。林异现在可没心思去关注房间的条件，他只想早睡早起，明天天一亮，就能精神饱满地和秦洲一起去找线索。于是，他洗漱完毕后，就躺倒在床上了。

　　正在酝酿睡意时，林异的余光瞥见了房间正对门的一幅画上。这几乎算是房间内部唯一的不好之处，这里没有窗户。这幅画是童话风，画里有城堡，有即便是在天黑也泛着湛蓝的大海，唯一奇怪的是画里有一个衣衫褴褛的佝偻人物，与整幅画的画风格格不入，更让人觉得不舒服的是，那个人物面对着他，好似是在看他一样。

　　林异翻了个身，好不容易酝酿出一点睡意，如果陷入这幅画为什么如此诡异的思索中，他就该睡不着了……他得睡好，让脑子得到充足的休息，明天才能让大脑保持高度清醒，他回忆着 MP4 里的内容，慢慢地，呼吸变得均匀。

🔍 第4章 访客

"啊啊啊——"

亢奋的吟唱声从远处飘进房间，到达 3012 房间时，音量已经变得很微弱了。

林异听见了吟唱声，睁开眼，房间并不隔音，整晚都有一些细微的声音飘进来。

他估算了一下，自己应该睡了有五六个小时，所以现在的精神还不错。

天应该亮了。

林异往画的方向看去，看到画上黑色的天空，才想起房间里没有窗户。他掀开被子准备下床洗漱，再去找秦洲。

然而，手刚碰到被子的一角，像是突然想到了什么，林异一顿，猛地朝画看去。

画上的人竟然消失了！

林异没法不去关注这幅古怪的画作了，他立刻跳下床，朝着画跑去。

然后，整个人就僵在了画前。

他明显感觉到，有海风从画里吹出来，带着咸涩的味道。

林异小心地伸手去触碰，就亲眼看着自己的手穿过了画……

这并不是一幅画。

林异愣住了，过了好一会儿，他才抬高音量，叫道："3012 管家！"

房间被敲响，3012 管家的声音在门外响起："有什么能为您服务？"

林异问："房间里有窗户吗？"

3012 管家道："有啊。"

林异深吸了一口气："那房间里有画吗？画着城堡和大海！"

3012 管家道："您说的画作未免和不夜城不太搭配，但城堡和大海……窗外确实有。"

林异盯着自己悬空的手，沉默了。

原来这并不是一幅画，而是房间的窗户。城堡和大海只是窗外的场景而已。

那画里的人……不是看起来像是在注视着自己，而是真的有人趴在窗户上朝房间里看！

因为角度的关系，他躺在床上看不见此时能看见的窗台。此刻，林异低下头，正好看到窗台上留下了一串脚印。

脚印的脚尖朝内，说明这个人前进的方向就是 3012 房间。并且他成功地从窗户翻了进来，因为地面上也留下了一串脚印。

林异顺着这串脚印看过去，脚印一直往屋内延伸，最后停在……他的床底。

林异死死地盯着床底，那里不算高，但想要塞进一个人也没问题。

因为角度关系，眼下他根本就看不见床底下是否有人。他往后退了一点，这才看见衣服的一角。

果然，床底有人！

但林异不打算叫 3012 管家进来，毕竟 3012 管家可不会为了 100 金而拼命保护他。

　　林异在"画"上见到的人身体很瘦且佝偻着，如果房间里只有这个人，他有信心可以应对。但这个人身份不明，万一是 NPC，再加上同样是 NPC 的 3012 管家，林异就会陷入一对二的处境，他肯定讨不到好处。

　　林异慢慢地挪动脚步，想在房间里找到一件可以用来抵抗的武器。他看到桌上摆的花瓶，便把花瓶拿到手里做出攻击地动作，然后对床底的人吼道："出来，我发现你了！"

　　人不可能一直待在床底，早晚都会出来的，倒不如在自己有防备的时候主动出击。林异要看看现在到底是什么情况，就算今晚"挂"了，也可以给秦洲留个提示，这么想着，他的声音更凶了："出来！"

　　一直保持死寂的床底终于有了窸窸窣窣的回应。

　　林异抱着花瓶，警惕地盯着床底。

　　在窸窸窣窣声中，那个精瘦佝偻的人从床底慢慢地爬了出来。他发现林异抱着花瓶之后，突然就往窗户边冲去，想要逃离。

　　林异愣了一下，忙把花瓶丢到床上，身手敏捷地去抓这个人。

　　这个人的第一反应是逃跑而不是伤害他，就说明他没办法对林异造成威胁。

　　林异的速度比佝偻的人更快，扑上去后直接抓住了对方的脚腕，用力一扯，把他从窗户边扯了回来。

　　紧接着，林异快速坐到这个人的身上，以此形成压制。

　　这个人太瘦了，林异只用一只手就能轻松地钳制住他挣扎的双手。

　　"啊——痛痛痛！痛痛痛！"

　　这人痛呼，又像是想到了什么，赶紧憋住了声音，愁眉苦脸地看着林异。

　　林异心想：自己也没有用多大劲儿啊？有这么疼吗？于是，他也不敢再坐在对方身上了，生怕把人压散架了。

　　他站起身走到窗户边，探出身子将两扇窗的窗户合拢、锁上，避免他逃走。

随后，林异转过身来，盯着对方，问："你想做什么？"

窗户不是一幅画，这人趴在窗户上盯着他，趁他睡着后偷溜进来，却又没有伤害他……怎么想怎么觉得奇怪。

那人还躺在地上，刚刚的挣扎让他不断地大喘气，但眼睛还是盯着林异看。

林异只好拿过床上的花瓶，假意威胁道："再不说话，我就动手了！"

那人依旧不吭声，林异举起花瓶，作势要朝他砸下来。

"等等，等等！我就是找个地方对付一晚，睡个觉而已……你还真砸啊！"那人终于怕了，连忙从地上爬起来，"别，卷入者不能杀卷入者，你不知道吗？难道你是第一次进入规则世界吗？"

林异猛然愣住。他本来就只想吓唬对方，并不会真的动手。

因为他把对方当 NPC 看待，在规则世界内，卷入者不能攻击 NPC。但现在，事态的发展显然超过了林异的预期。

林异很确定，在这次的投放名单中根本没有这个人，甚至是整所非自然工程大学中都没有这个人，他不是非自然工程大学的学生。很明显，这个人的头发已经出现了花白，年龄根本就不符合。在非自然工程大学中，上了年纪的人都是教职工，但他们不会再进入规则世界。

林异沉声问："你是卷入者？我怎么没见过你？"

他没必要再隐藏自己是卷入者的身份，如果对方是怪物制造出来的 NPC，不可能不知道林异的卷入者身份。

看出林异的怀疑，那人说："你是非自然工程大学的学生。"

林异依旧狐疑地看着他。

"我都说到这份上了，你还不信我是卷入者吗？"这人想了想，又说，"李尧认识吗？周建国认识吗？算了，他们应该都不在了……那你认识陶梁吗？认识孙海吗？"

这几个名字让林异狐疑的目光变得严肃起来。

他还真认识后面提到的两个人。

陶梁，学校老师。

孙海，林异就更熟悉了，也是学校老师，教他生物课的老师，亦是林圳的室友。

单是这两个名字就让林异几乎相信对方真的是卷入者了。

1-3 怪物再强大，也是校园守则上的怪物，自然是熟悉非自然工程大学的。但学校这么多人，怪物不可能每个人都认识，更不可能记得他们的名字。

对方又说了一个名字："陆进，你认识吗？你们前两届的学生会主席，就是提出 0-1 假说的那个……要是不认识的话，那你认识张引远吗？张引远应该也是学生会主席吧？陆进进入 1-3 规则世界之前，就是力荐他成为下一任学生会主席的。我想想还有谁啊……"

林异放下花瓶，恢复了乖巧的模样，连续发问："前辈，这到底是怎么回事啊？你是之前的卷入者吗？是一直活到了现在？那你是谁？"

但那人并没有直接回答，而是……伸出了手。

林异莫名地看着对方伸来的手，问："什么意思？"

对方说："你问了四个问题，每个问题收费 5 金，一共 20 金，先给钱再回答。"

林异无语地抿着唇，道："我没有钱。"

对方显然不信："能住在 100 金的房间，难道给不出 20 金？你还不相信我吗？要不这样，你先付 10 金当定金，我把你想知道的问题都回答了，你再付我另外 10 金。"

"前辈，我真没钱。"林异叹了口气，想了想又说，"能先写欠条吗？"

对方盯着林异，好像他说了一个很好笑的笑话："欠条？孩子，你在逗我吗？在不夜城里，欠条是最没有效力的东西……你是因为不想给才跟我开这种玩笑吧！你知道你问的问题能帮你们解决多大的麻烦吗？我才收你 20 金而已！"

如果对方真的能回答自己的满腹疑虑，20 金的价格的确算是很公道了。这样想着，林异开口问："前辈，你能在房间等会儿我吗？我去给你找钱。"

那人眼睛明显一亮："等多久？"

林异保证道："很快！他就在隔壁，我给他说一下情况。"

那人说："行吧，你可快点，我还有事呢，给你十分钟。"

林异点头："好。"

房间里有备有饮用水，林异拿了一瓶递给他。然后，他转身跑出去，去找隔壁 3011 找秦洲。

然而，隔壁 3011 房间门口竟然亮着红灯，3011 管家也没有站在门口。

林异一愣，红灯代表秦洲不在房间。

那秦洲去哪了？

林异仍旧不死心地敲了敲门，没人应答。

3012 管家回答："贵客是要找 3011 房间的客人吗？在两个小时之前，他就和他的管家离开了。"

林异看了一眼房间门口的红灯，心里很郁闷。秦洲答应过他，做什么事之前会和他商量，眼下这种情况肯定不是遇到危险而来不及告诉他，因为如果有危险秦洲不可能带上 3011 管家这个 NPC 与自己同行。

林异问 3012 管家："你知道他去哪里了吗？"

3012 管家说："抱歉，我只负责服务我的贵客。"

言外之意，就是 3012 管家压根不关心，更不会去问，所以他并不知道秦洲去了哪里。

林异一下就急了。他们还不知道不夜城的情况，刚刚看着窗外时，外面还是黑天，秦洲到底能去哪里呢？他想去找秦洲，又想到房间里的前辈……

他咬了咬牙，先快步返回房间。

那位蓬头垢面的前辈喝完水正在抹嘴，听见推门声，他下意识要找地方躲，看见是林异回来后，才从床边站起身来。

等林异关上门后，他连忙走到林异身边，问："这么快？钱呢？"说着，还伸手来。

"前辈，抱歉。"林异焦急地说，"他没在房间，我准备去找他。你能先在房间等我吗？我找到他立刻回来把钱给你。"

前辈的脸色沉了下去，看林异的表情不似作伪，他把空水瓶丢开，兴致缺缺地说："那就算了，我都说了我还有事……"

眼看前辈要走，林异哪肯放过，这位前辈表现出很知情的样子。

"前辈，"林异再次尝试着请求他："拜托了。"

看到林异伸过来的手，前辈连忙躲开："你不可能把我锁在这里吧？"

林异也察觉到自己的举动有些不妥，又局促地收回手："不是不是，我不是那个意思。"

得到林异的答复后，前辈安下心来，问："你是准备去找别人要钱？你不会蠢到把钱放在别人身上吧？"

"不是。"林异辩驳了一句，却没有解释。

前辈盯着林异看了又看，以为林异和自己一样，是准备空手套白狼。他说："人不在房间里，必定是去人鱼厅了，你去人鱼厅找看吧。只要没把钱输光，他肯定就在人鱼厅，这里的有钱人都是这样。"

林异重复了一句："人鱼厅？"

昨天晚上，他在不夜城的指示牌上看到过人鱼厅的标识，在不夜城的六层。但这个厅的名字给人一种奇怪的违和感，与不夜城格格不入。

林异问："前辈，人鱼厅到底是什么地方？"

"用外面世界的话来解释……"前辈道，"人鱼厅就是游戏厅，玩'游戏'的地方。"

玩游戏？玩什么游戏？林异急忙拽住前辈的手，问："前辈，能借我1金吗？"

他要去找秦洲，但乘坐电梯需要支付1金，但他身上没有钱。楼梯位置他又不知道，他也没时间在偌大的不夜城找楼梯，那得多耽误事儿啊。

然而，前辈的反应更大："找我借钱？你没事吧！你看我像有钱的样子吗！"

确实不像，对方现在就像是乞丐。

"前辈，那你能把楼梯的位置告诉我吗？"林异退一步，继续问。

前辈的话提醒他了。前辈能出现在他的房间里，身上又没钱，肯定不是乘坐电梯来到三层的。又能笃定地说出人鱼厅，想必是极其熟悉不夜城的地形构造。

林异无比诚恳地说："前辈，我现在没钱，只要你告诉我，我找到朋友后一定给你钱。"

"撒手！"前辈说。

林异偏不，死命地抓着前辈，可怜兮兮地说："前辈，拜托你了！"

"撒手！"前辈突然发力，挣脱了林异，又快速拉开和林异的距离，在林异想再黏上来时喘着气说，"你身上连1金都没有？你先关心关心自己吧！还想去人鱼厅？"说完，趁着林异陷入思考时，他突然拉开门，快步蹿了出去。速度之快，就连门口的3012管家都反应过来。

随后，3012管家回头看向房间里的林异，问："贵客，需要为你关上门吗？"

对于房间里突然多出一个人，他好像见怪不怪，并没有多余的反应。

　　这很矛盾，昨天管家就强调过，单人间不允许多人居住。

　　然而，林异现在没空去思考矛盾里藏匿的信息，他惊讶地看着快速消失的前辈，从背影来看，前辈是个逃窜的高手。

　　从林异的目光中，3012 管家似乎领悟了什么，贴心地问："需要把他抓回来吗？"

　　林异摇了摇头。抓人太费工夫，就算把人抓回来了，对方也不会说实话。

　　他只好把希望寄托在 3012 管家身上，问："前往六层的楼梯怎么走？"说实话，他并没有信心 3012 管家会告诉自己，只是在寻找楼梯之前再试图挣扎一下。

　　"贵客要去人鱼厅吗？"3012 管家整理了一下自己的衣服，表现出要陪同的样子，道："乘坐电梯会更快。"

　　林异感觉有戏，说："我吃撑了，想走路，消消食。"

　　"好的。"3012 管家意味深长地看了他一眼，却仍旧礼貌地说，"请贵客跟我来。"

　　在 3012 管家转身带路时，林异松了一大口气，赶紧跟上。

　　3012 管家带着他来到三层的大堂，大堂处也摆放着一个屏风。他伸手推了下屏风，屏风就朝里转去，露出后面的光景。

　　林异还没抬眼看，一阵恶心黏腻的臭味就飘进了鼻尖。和之前闻到的尸臭、腐臭味儿都不一样，现在的臭味是体味、汗味及馊味的混合。

　　屏风后面就是林异要找的楼梯，和奢靡豪华的不夜城仿佛是两个极端。

　　楼梯上躺满了人，大多是形销骨立、蓬头垢面的，眼睛在眼眶里滴溜溜地乱转，像是老鼠的眼睛，冒着精光。

他们看见 3012 管家，又越过 3012 管家，将目光放在林异身上，眼中多了打量和思考的意味。好似是在通过林异的着装，以及他健全的身体来判断林异身上有没有钱。

楼梯并不狭窄，甚至光线都是明亮的，但这里堆积的人实在是太多了，乌泱泱的，让光线都变得昏暗起来。

楼道几乎没有可以下脚的地方，3012 管家在前面带路，他才不会考虑会不会踩到人，那些人若是不躲，他就直接踩上去。

呼痛声在楼道里此起彼伏。

林异小心翼翼地跟着。他看到楼层的标识从"3"慢慢上升到"6"。

不夜城的六层到了。

但 3012 管家并没有要推开隐形门的意思，而是说："贵客，需要支付 20 金。"

林异心下一惊，问："什么？"

3012 管家耐心地解释道："陪同您去人鱼厅，需要支付服务收费 20 金。"

林异松了口气，忙说："我一个人去就可以。"

3012 管家看着他，微笑着问："是不需要我的意思吗？"

林异连忙点头，道："麻烦你了，我一个人可以的。"

3012 管家笑着说："我明白了。"之后，他不再说话，也没有下一步动作，就在原地站着。

林异只好自己上前一步，试探着去推门。

突然，3012 管家抓住了林异的手腕，问："贵客是没有钱吗？"

林异心头一颤，抬眸看向 3012 管家。

3012 管家道："房间还有六个小时到期，祝您在人鱼厅获胜，期待您的续费，期待为您再次服务。"说完，3012 管家松开了林异的手，朝他鞠了个躬后，从原路返回。

林异的心怦怦直跳，先有前辈那句'你个穷鬼先关心自己吧'，现在又有 3012 管家的灵魂拷问……这让林异敏锐地察觉到，在这里，身上没钱，可不太好过啊，他压下心头的不安，推开了门。

只听"吱呀"一声，不夜城六层的屏风被他推开了，他站在六层的大堂里。

喧嚣声猛地就袭来了，六层的人更多，比一层的人还要多。

大堂大得好似是一个会馆，提供休息的座椅上坐满了人，地上也坐满了人。他们紧紧攥着手里的金子，目光紧紧盯着大门紧闭的人鱼厅。

人鱼厅在大堂对面，中间有一条长长的走廊。

人鱼厅外的两侧共站了六名门童。或者说，是安保更准确一点，他们手里都拿着维护秩序的武器。在喧嚣声中，林异听见"还要多久""下一轮"的字眼。

看样子，人鱼厅是限时开放的，大堂里的人就是再等待下一轮开启的玩家。

为了验证自己的猜测，林异找到一个蜷缩在角落的人询问："请问下一轮还要多久？"

被询问之人睨了林异一眼，抬抬下巴，示意林异往上看。

林异顺势看过去，大堂吊顶处悬挂着一个大型的圆环屏幕，屏幕里的画面应该是此时人鱼厅内的现场直播，右上角是倒计时。

29:28:11。

也就是说，还有半个小时，人鱼厅才会被开启，放新一批玩家进入。

林异虽然急着找秦洲，但此刻也没办法，所有人都听话地在大堂里等待着，必然是没有投机取巧的办法。他围着这块巨大的圆环屏幕转圈，在屏幕里寻找秦洲的身影。终于，他看到了秦洲。

屏幕的画质很好，林异甚至能从秦洲眼中看见对方因为没有休息好而冒出的红血丝，他看着秦洲在玩押宝游戏，和他在同一张游戏桌上的其他玩家把身上的金子都放进投币口。

1块金子价值1金。

画面中，他看见秦洲一次就投了20金。惊得他倒吸了一口凉气。

旁边也有不少人正在一边观看一边议论。

"打钟了，打钟了！"

"天啊，外八门！"

"……"

林异听不懂他们的游戏规则，他只想知道秦洲是赢了还是输了。

然而，人群里突然的哄闹声仍旧是扰乱了林异的注意力。

他好像听见了有人在喊"救命"。

顺着声音找去，他看见十几个身着相同制服的人把角落里躺下休息的人抓了起来。

林异认识那名被抓的人，是这次的卷入者之一，在交易结束后就和他们分开了。那个人没有进行交易，无法乘坐电梯。看样子，应该是找到了楼梯，来到六层休息，想度过第一个夜晚。

大堂看热闹的玩家对这件事情议论纷纷。

"看着身体很健全，是没去交易吗？"

"就想空手套白狼，老子最讨厌这种人了，活该！我今天看到好几个了，就在门厅里缩着，看着就晦气。"

林异的神经一下子就绷紧了。他的感觉没有错，在不夜城没有钱，就是没有好下场。

不夜城里处处透着金钱的气息，没有钱，就意味着不符合不夜城的主题，这很可能就是不夜城的"淘汰条件"！

林异来不及再看秦洲的输赢，转身就跑。

"在那里！"

那群人的声音就在他身后。

他被发现了！

追逐的脚步紧随其后。

推开大堂的屏风，林异撑着楼梯的扶手，几乎是飞着往一层跑去。

用身体撞开一层的隐形门，林异连回头看的时间都没有，径直冲向交易厅。

排队的人很多，林异也顾不上素质不素质了。他直接冲到 8 号交易柜面前，说："我交易我的双手。"

伙计也被林异吓了一跳，正要骂骂咧咧，看清是林异后乐了，道："哟，是你啊。"

林异焦急地重复一遍。

排队的人群中夹杂着因为被插队而不满的声音。伙计瞥了他们一眼，冷冷地说："再闹就别在我这做交易了，被插队怪谁？还不是你们自己蠢笨？"说完，他转头盯向林异，"可以，没问题。"伙计突然笑了，说，"50 金，一天当期，利息每天 10 金。"

林异一顿，不可置信地看着伙计。

就在六个小时之前，伙计还出价 500 金收他的双手，现在却骤降到 50 金……林异现在急需金子保命，50 金就 50 金吧，但是当期只有一天……

很明显，伙计还是喜欢他的双手，并且精准地拿捏住他的紧迫，才将七天的期限缩减到一天。

"交易吗？"伙计催促道，"门口是追你的人吧？"

林异讨价还价："三天。"

"就一天。"伙计不松口，他的目光又从林异的手上移到脸上，"你长得不错，要不把脸交易给我吧，我给你 1000 金，三天期限，利息每天 100 金。"

"双手。"林异心一横道。

伙计颇感遗憾，道："下次可不一定是这个价了，真不考虑一下吗？"

林异道："就双手，开票吧。"

伙计遗憾地给林异开了票，把钱和票据都推到林异面前，道："本金50，利息每天10金，一天后不还钱，你的双手就归不夜城，不可再赎回。"说完，伙计看向他的双手，眼里洋溢着精光。

林异拿到钱，回头看向交易厅门口追他的人。那些人看到他已经有钱之后，便都离开了。

他松了口气，心里的焦虑才逐渐散去。

林异没在交易厅里待太久，从楼梯处重新回到了不夜城的六层。

巨大的圆环形屏幕还在播放着人鱼厅内的场景，倒计时剩下最后十分钟。

已经没几个玩家在观看了，他们都提前在人鱼厅外排起长队。

林异也走向队伍，占据一个位置。

他掂了掂手里的钱，1块金子只有指甲盖大小，50金几乎没什么重量。完成了交易之后，林异才后知后觉，他其实更应该用脸去做交易，虽然利息高得吓人，但至少有三天时间可以缓冲。也不知道是不是因为当时太焦急了，他根本无暇去比较两者之间哪个选项更安全。

从进入不夜城到现在，只过去七八个小时，但好像发生了很多事。突然出现在房间里的前辈，房间里只能住一个人管家却并没有对多出来的人感到意外，对于这些矛盾，他们好像很难提起注意力，更别说去分析藏在事件背后的线索……就好像有人故意让他们刻意忽略掉似的。林异判断，秦洲带着3011管家来人鱼厅也绝不简单。

等待的最后十分钟过去了，林异却还没想好见到秦洲后是直接带着对方离开，还是陪着对方继续游戏。

十分钟不算长，但林异因为担忧，反而觉得这十分钟过得无比漫长，就好像经历了一个世纪那么久。

等待的期间，林异又听到了之前在房间里听到的吟唱。

原来，这吟唱声是从人鱼厅里传出来的。

一般来说，吟唱是平静且温柔的，人鱼厅里飘出来的吟唱却不是这样的，节奏快且抑扬顿挫，就好像要配合人鱼厅里如火如荼的气氛一样。

终于，人鱼厅的门被打开了，排队的玩家顿时兴奋起来。

林异抬头望去，人鱼厅的灯光在门口隐隐闪烁。有个身穿正装的人从人鱼厅里走了出来，看起来，他的着装比房间管家的服装要更正式、更昂贵。

他停在人鱼厅大门口，看向焦急等待的玩家们："欢迎大家来到人鱼厅，人鱼厅正在清扫，请大家稍等片刻。"说完场面话后，他补充道，"本轮的起始游戏费用为 50 金，请大家准备好游戏费用，两分钟后我们会进行验金。"

听到这个数字，排队的众人立刻表达不满。毕竟，这些人很难拥有 50 金，多是身揣几枚金片来这里翻本的。

"本轮游戏的获胜者赢得 5000 金，按照每轮入场门槛是上一轮赢取金额的 1% 计算，确实是 50 金。大家可以再等一轮，如果入场门槛降下来，我会在第一时间通知大家。"这人简单地解释了一下，就不再理会众人。

很快，有人开始验金。

林异听完觉得很纳闷，游戏厅为什么要设立门槛？门槛收取手续费更让他觉得人鱼厅透露着古怪，而且那人还说了"清扫"二字，游戏厅需要清扫吗？清扫的是什么？

他更担心秦洲了。

排队队伍里不足 50 金的人是大多数，林异刚好卡在门槛线上。

验完金后，那个类似管家的人说："人鱼厅已经清扫完毕，请各位玩家入场，祝大家玩得愉快。"

人鱼厅的门正式向他们打开，林异随着诸位玩家们一同进入。

进入人鱼厅之后，林异才看清，人鱼厅比他想象的可小多了，差不多只有交易厅的一半。

里面人头攒动，让林异有种人挤人的感觉。等他们这一轮的玩家进入之后，那扇厚重的大门轰然关闭。

林异的目光在厅内逡巡着，他在找秦洲。

秦洲没找到，反而把人鱼厅的内部都看了一遍。

除了玩家，他看见好几位管家，他们都穿着相同的衣服，看起来是陪同房间客人一起来这里进行游戏的。

人鱼厅的正中央有个圆形的舞台，不过垂着珠帘，只是隐约可见，在珠帘后面有一个妙曼的人影。

随着"叮铃"的声音响起，新一轮游戏开始了。

而珠帘后面，吟唱声慢慢响起。

可能是因为刚刚开始，吟唱声节奏缓和，让人不自觉地就联想到美人鱼。在所有的童话故事里，美人鱼的歌喉细腻温润，是天底下最好听的声音。

林异对游戏没兴趣，他只想尽快找到秦洲。

每张游戏桌都围了很多玩家，像是一个包围圈，想要挤进去并不容易。林异靠近，拼命往里挤，只为看一眼有没有秦洲。

这些玩家像是杀红了眼，眼中充斥着红色的血丝。

整个游戏厅都充斥着玩家们的叫喊音。

刚开始，人鱼的吟唱声根本就压不住玩家的声音，不知道从什么时候开始，吟唱声越来越高，几乎能和这些叫喊声持平。

在找过七张游戏桌之后，林异终于看到了秦洲的身影。他加紧脚步，朝着秦洲走去，视线一直牢牢地锁定秦洲，想看看他在游戏里的状态。

秦洲旁边站着 3011 管家，秦洲每一局的游戏奖励，都由管家替他拿着。而管家就像是啦啦队一样，秦洲一赢，他就疯狂地鼓掌，嘴巴也一直说着鼓励的话："贵客这次投多少？ 1000 金能直接结束这场！"

秦洲便说："投！"

林异听不到对话的声音，只能看懂他们的口型，内心顿时冒出一团火。

3011 管家分明就是在拱火！

林异赶紧往秦洲身边跑去，奋力挤开其他玩家，还顺势把 3011 管家挤开。

3011 管家看见是林异，知道林异和秦洲认识，便默默地往后退了一步，给林异腾出位置。

林异喊道："学长。"他看到 3011 管家手里拿着的金片数量，猜测上一轮获胜者应该就是秦洲了。

秦洲看了他一眼，有些意外："你怎么来了？"

林异问道："你怎么来这里也不跟我说一声？"

"客人，大家都等您投币了！"游戏主持者开始催促秦洲。

"对啊，对啊，赶紧的吧！"其他玩家也催促着。

林异赶紧扯了一下秦洲的衣袖，想借此提醒对方。然而，他摸着秦洲的袖子上竟然一片潮湿，低头一看，是血！

林异先是一愣，紧接着便说："学长，我们走吧。"虽然秦洲没跟他商量就来到这里，但结果还不错。秦洲赢到的金子足够赎回他们两人的双手了，剩下的金额也足够他们不去交易还能保证自己的生命。

秦洲犹豫了一下。

主持者却又开始催促："客人，您还投不投？"

　　林异很是厌烦，他抓着秦洲的袖口，道："学长，我们回去吧，我有要事和你商量！"他想了想，又附在秦洲耳边悄声说，"学长，我知道'淘汰条件'了。"

　　秦洲却像是没听到他的话，对主持人说："1000 金。"

　　林异不敢置信地盯着秦洲，又有点怀疑是不是自己的声音太小了，他真的没听到。

　　不知道从什么时候开始，人鱼的吟唱声已经完全盖过了众多玩家们的呐喊。林异看向珠帘后面那个妙曼的身影，她居然做出一个抚摸喉咙的动作，之后便是一阵"啊啊啊——"

　　吟唱陡然高亢起来！

　　节奏激昂、振奋、高涨、冲动，但很快，吟唱声中的节奏全然消失，只剩下犹如尖叫的呐喊。

　　林异还来不及反应，他的思维便被歌声震得迟缓、呆滞，就好像脑海里只剩下这个声音，其余的是一片空白，他呆呆地站在原地，怔怔地望着秦洲。

　　秦洲的双眼已经彻底红了，其他玩家更是如此，红得仿佛下一秒就会流出血泪来。他们把所有的金子都放进投币口，喊着自己想要的结果。

　　直到看到有人开始去抢别人的游戏币时，林异才后知后觉地反应过来，他们确实是真的疯了。

　　输光的玩家开始动手去抢别人手里的金子，秦洲拥有的金子最多，他是被围攻的对象。这时候，3011 管家就用手中的匕首扎向攻击者。

　　输光的玩家在抢劫的过程中被匕首所伤，还有金子的玩家继续游戏，又有人输光了，再抢再被伤害，又淘汰一批。

　　一轮轮下来，人鱼厅陷入了诡异的安静，只有人鱼的吟唱声仍在继续。

　　林异呆呆地看着，但心里十分焦急，他觉得自己该做点什么了。

　　然而问题是，他不知道自己该做什么、能做什么。林异的焦躁达到了顶峰，所以被影响到无法判断。

　　人鱼厅里只剩最后一张游戏桌还在持续，这张桌子前有八个人。

　　很快，八个人剩四个、剩两个，最后只剩下秦洲一人。

　　人鱼还在尖叫，游戏还在继续。

　　主持者看了看秦洲，又看着林异："最后两位客人，该投币了。"

　　秦洲抬头看着他，已经全无理智。

　　林异急到好像就只有"着急"这种情绪了，他紧紧地捏着手里的50 金。

　　耳畔是主持人蛊惑的声音：

　　"客人该您投币了。"

　　"客人您想投入多少金？投入越多游戏奖励越丰厚。"

　　"客人，现在机会摆在您面前了，这局游戏赢了，你就能拥有 1000 金了。"

　　其实，这些蛊惑的声音很小，声音最大的还是人鱼的吟唱声。

　　林异看了看秦洲，又低头看着面前的游戏桌。

　　地上满是鲜血，但游戏桌却干干净净，主持人很平静地擦拭着游戏桌上的污迹，把游戏桌擦得锃亮，亮到他和秦洲的身影都能投在上面。

　　林异看见 3011 管家替秦洲投入了 1000 金。

　　比起他的 50 金，1000 金简直闪耀，但对于林异来说，这没有任何诱惑感。林异心里很奇怪，一开始他就和秦洲商量好了，因为不知道"淘汰条件"是什么，所以他和秦洲决定，一个人身上有钱，另一个身上不放钱。他们约定了共享金额，所以他为什么要和秦洲争夺他们俩共同的钱呢？

　　林异不明白这件事的意义是什么，就呆愣愣地站在原地，任凭其他人蛊惑，始终不愿意把 50 金放进投币口。他抬起头，重新看向秦洲，把手举起来，说："学长，给你。"他才不和秦洲竞争游戏的输赢，秦洲要，他直接给就好。

没想到的是，这个动作做完后，珠帘后的人鱼吟唱音突兀地停止。珠帘就在秦洲后面，林异只需要一抬头就能看见珠帘的方向，此时，珠帘后妙曼的人影沉静地看着他们。

手上一空，林异立刻收回目光。

递给秦洲的 50 金被 3011 管家拿走，替林异放在游戏桌上。

趁着吟唱暂停，林异猛地朝着秦洲吼道："秦洲！你清醒点！"

看到秦洲眼里的红色正在慢慢变淡，他想动手把秦洲叫醒，但这个举动却被 3011 管家误认为是他要上手抢，手中的匕首朝着林异就扎了过来。

林异刚碰到秦洲，就看到匕首过来了，他眼疾手快地躲开，但手臂上还是被划出了一道长长的口子，鲜血立刻涌了出来。

游戏桌上，主持者宣布游戏结果。

林异输了。

林异没有其他动作，他目睹了人鱼厅里发生的一切，没钱的玩家会去抢，在抢钱的过程中会被刺伤而死亡。负责人是陪同玩家来此的管家，也有人鱼厅的工作人员。换言之，被杀死的条件不是花光手里的钱，而是动手去抢。

林异现在没钱了，所以他暂时不能有任何动作。他的手臂上已经被匕首划伤了，他不能再做出让 NPC 认为会上手抢钱的动作，但站着不动并不代表他就安全了，之前一直追他追到交易厅的十几名制服安保又出现在人鱼厅里，并且快步朝他走来。

林异一边注意着秦洲，一边快速思考下一步动作。

而秦洲则是收起游戏桌上的奖励，3011 管家凑上来，看样子是准备替秦洲保管。但秦洲没有给他，而是看了一眼装着 50 金的锦囊袋子。

那些人已经走到林异面前，同一时刻，秦洲上前一步，抬起林异的手，把锦囊袋子放在他的手里。然后，秦洲皱眉看向林异的伤口，眉间挂满了内疚。

林异顿时松了口气，秦洲清醒了，他重新拥有了 50 金，那些安保便又调转方向离开了。

人鱼厅里开始有人打扫满地的狼藉，看来，这一轮的游戏已经结束了。

3011 管家很有眼色地上前解释："非常抱歉，我以为你会抢走尊客的钱。"

卷入者不能攻击 NPC，再加上 3011 管家也是为了保护秦洲，林异说："没关系。"

3011 管家又说："尊客请先移步竞拍厅，我会请医生来为 3012 的客人诊治。"

林异和秦洲都没问竞拍厅是什么地方，因为 3011 不是请求他们去，更像是告知他们下一步动作。那问了也没有意义，竞拍厅有什么陷阱，NPC 才不会明明白白地说出来。

他们从人鱼厅另一个门离开，通过电梯从不夜城的六层到达七层，就是不夜城的顶层。

竞拍厅由一大一小两个厅组成，还有很多单独的私密性很好的休息区域。

3011 管家带他们进入一间休息区，道："今晚的竞拍时间在十分钟之后，尊客请稍等片刻，医生已经在路上了。"

休息区里有甜品、饮品，3011 管家对秦洲说："这都是为尊客免费提供的，尊客携带的客人也可以免费食用。"

林异早就注意到了一个关键词——尊客。

他们被称呼过客人、贵客，现在是尊客。感觉像是晋级一样，秦洲的等级提高了。

不用问，身份等级的晋升必然和拥有金子的数额有关。

当他们有了金片后，他们就是不夜城的客人。

当他们有每晚花费 100 金的能力后，他们就是不夜城的贵客。

现在秦洲身上有 12000 金，他就是不夜城的尊客。

林异问 3011 管家："只有尊客才能来竞拍厅吗？"

他看见竞拍厅门口也站着衣衫褴褛的人，如果是尊客，有了那么多金子，不至于让自己衣不蔽体吧。

3011 管家回答："左手边的竞品厅是资产达到 10000 金的尊客才可以进入，右手边的竞拍厅任何人都可以进入。"

左边的竞拍厅就是那间大的竞品厅，右边的是小的。

3011 管家猜到了林异的担忧，安慰道："您可以跟随尊客进入左边的竞品厅，这是尊客的权力。"

秦洲给林异丢了一颗水果糖，林异打开糖纸，把糖含进嘴里。

糖果刚有化开的趋势，来给他处理伤势的医生就到了。

尊客的待遇就是林异连看病都是免费的。

十分钟后，3011 管家带着秦洲和林异二人进入大的竞拍厅。这个厅里有很多座位，像是一个大礼堂，在众多座位前，有一个很大的舞台，舞台的灯光很足，看起来会有一场精彩的表演。

3011 管家把他们带到最后一排，抱歉地说："两位暂时先坐在这里。"

林异明白，秦洲现在拥有的金额让他成为尊客，但尊客也有等级划分。秦洲是最低等的，所以只能坐在最后一排。

3011 管家恭敬地说："我在外面等您结束。"

待 3011 管家走后，秦洲才用仅有他们俩能听到的音量问："做了什么交易？"

林异说："和你一样。"想了想，林异又解释道，"学长，事出紧急。"

秦洲的语气里都是后怕："我明白。"

这里不光是他们两个人，还有其他人，很多事不方便在这里交流。

说完这两句后，他们俩就噤声了。

第 5 章　竞拍

演出开始。

竞拍厅的光线熄灭，只剩下舞台上的灯光。

有工作人员抬着数十个覆盖着正红色丝绸的箱子进场，放在舞台上，舞台灯光也熄灭了，只留下一簇追光灯打在主持人的身上。

"欢迎各位尊客光临竞拍厅。"主持人朝着台下的众人虔诚鞠躬，鞠躬的动作维持了三秒才起身，"我宣布，今晚竞拍正式开始。"说完，主持人扯下一张红布。

林昇和秦洲面色顿时凝重了。红布之下本就不是箱子，而是笼子。笼子里锁着一个人，林昇认出来，那是在不夜城六层被抓住的人，本次的卷入者之一。

"因无钱在不夜城生活，他将为不夜城做工以抵偿每日费用。"主持人说，"招工价 2000 金。"

最终的成交额是 3500 金。

主持人又揭开另一块红布，同样是本次的卷入者。他报价："招工价 3000 金。"

成交金额为 6800 金。

主持人揭开第三块红布，这次笼子里不是卷入者了，但林异觉得很眼熟。想了片刻才记起，那是他在 8 号交易柜张望时看见的只剩下三根手指却仍然要交易的人。

主持人报价："招工价 200 金。"

舞台上十几个笼子里有卷入者，也有其他人，有被雇主看中拍下的，也有没被拍下的。

林异盯着笼里的人，脸色更加难看。他明白为什么单人间不允许多人入住的情况下，3012 管家却对多出来的前辈见怪不怪。因为管家认为，前辈和此时的这些人是一样的，是为不夜城做工的人，是林异拍下的帮工。

为不夜城做工，就成为不夜城的一部分了。这些人已经不算是人了，只能算作附属品，附属品当然可以和雇主待在单人间里。所以3012 管家看到前辈窜出去后会询问林异需不需要抓回来。

那十几个身着制服的保安如果抓住身上没钱的人，并不会把他们赶出不夜城，也不会杀掉他们，而是把他们送到这里来进行招工。

林异甚至可以想象出，这些所谓的帮工根本就没有人权可言，任凭雇主打骂，即便雇主不高兴而杀掉他们，在不夜城里也是一件再正常不过的事了，而他，有两次都险些成为被拍卖的对象。

竞拍很快便结束了。

3011 管家见他们走出来，赶紧上前。

秦洲现在还没有足够多的金片能够拍下他们中的任何一人，否则，他拥有的金额数量就会降到 10000 金以下，就失去了竞拍的资格。

然而，毕竟都是非自然工程大学的学生，秦洲向管家询问了他们的去向。

3011 管家道："自然是跟着他们的雇主离开。"

林异问："没被拍下的呢？"

3011 管家平静地说："自然是处理掉了。"他笑起来，"不夜城可不需要没用又没钱的废物。"

面对的毕竟只是 NPC，林异和秦洲听闻这个消息后并没有把情绪写在脸上。

3011 管家看秦洲两手空空的，便体贴地问："尊客没有拍下帮工的话，还需要竞拍其他东西吗？"

七层的竞品厅有两个，现在他们知道了左边的竞拍厅是用来竞拍帮工的，右边的还不知道。奇怪的是，左边的竞拍厅比右边的竞拍厅大，也设置了竞拍门槛，但右边任何人都能去的竞拍厅的装潢却更好一些。

既然都来了，右边的竞品厅是怎么回事也要顺便搞清楚。

秦洲直接管家："竞拍其他东西是在右边交易？"

3011 管家点头："是的。"

秦洲问："里面有什么？"

林异也看向 3011 管家，等待他的回答。

3011 管家说："什么都有。"

秦洲沉默一瞬，又问："什么意思？"

"您想要的在右边竞拍厅都能得到，只有尊客有足够的钱。"3011 管家微笑着向秦洲和林异介绍道，"您可以在右边竞拍厅进行任何竞价，我知道一些行情，比如购买人鱼小姐的金额，比如……"他讳莫如深地笑了笑，又说，"不过这项服务需要额外收费。而且我需要提醒您，您的房间还有一个小时就要过期了，期待您的续费。"

听到这句话，林异抿了抿唇，察觉到有些不对劲。之前 3012 管家也提醒过他，3012 房间还有六个小时到期。可他们并没有住满二十四个小时，只有十二个小时……

秦洲不准备向 3011 管家支付额外的费用来探听竞价的行情，如果有需要，他们可以直接去右边竞拍厅进行咨询。

　　像是看出了秦洲的想法，3011 管家补充道："不管您最终在右边的竞拍厅内有没有完成交易，在您交易之前都需要向老板支付 200 金，这是老板的服务费。"

　　秦洲挑了一下眉，问："老板？"

　　"是的。"3011 管家道，"右边的竞拍厅是老板亲自经营的，交易的金额也都是老板亲自定价。当然，我也不是掌握所有的竞价标准，只知道几个热门竞价，如果您没有竞价意愿，确实不用向我打听。"

　　秦洲"嗯"了一声。

　　3011 管家又问："您还需要续房吗？"

　　秦洲道："不用了。"

　　但他还是给了 3011 管家 200 金，这是小费。

　　3011 管家收下钱后，不再因为秦洲不续房而恼怒，他咧嘴笑起来："不夜城的五层有多人间，预祝您和您的朋友在不夜城玩得愉快。"说完，他恭敬地朝秦洲鞠躬。

　　秦洲道："不用再跟着我们了。"

　　3011 管家点头："好的。"

　　秦洲和林异乘坐电梯到达不夜城的一层。

　　"小天才，把票据给我。"秦洲说道。

　　"喔。"林异把票据交给秦洲。

　　两个人再次排在 8 号交易柜前的队伍里，等了一会儿就轮到他们。秦洲把两个人的票据都交给 8 号交易柜伙计。

　　伙计"啧啧"两声，不情不愿地给他们开了交易撤回票据。之后，他又遗憾地看着林异的双手："怎么说呢，总感觉你们还会来找我……"

　　随后，林异和秦洲去了不夜城的五层，这里有双人间和多人间。和三层一样，每个房间门口都站着一个管家。

但不同的是，五层的房间基本是空的。

秦洲挑了中间位置，5005 房间，支付了 250 金的房费。

"很高兴为您二位服务。"5005 管家向二人鞠躬，"有什么需求尽管吩咐我，我将竭尽所能。"

他们已经忙活了很长时间，他们感觉到了饥饿。秦洲便点了餐。

待 5005 管家离开后，秦洲关上门看向林异。他很想问林异，到底发生了什么，却看见林异紧紧盯着像画一样的窗户。

秦洲顺着他的视线远眺了一眼，外面有城堡和大海。如果不是有海风吹进来，乍看上去，确实很像是挂在墙上的一幅画作。

随后，林异转过身来，一脸凝重。

"先喝点水。"秦洲拧开一瓶饮用水递给林异，又去盥洗室找到一条干净的毛巾用温水浸湿，他让林异坐好，轻轻地替林异擦掉身上的血迹。

"我在房间里听见了人鱼的吟唱，之后意识就有些模糊了……"秦洲只能讲自己还记得的内容，"离开房间后，3011 管家就跟了上来，他跟着我去了人鱼厅。这应该是他的服务内容。之后，我到了人鱼厅，意识也越来越不清楚，只想着游戏……再后来，你就出现了。"

林异也听见了吟唱，但他很意外："你怎么知道那是人鱼的吟唱？"

秦洲说："游戏开始前，我模模糊糊地听到别人在谈论'人鱼小姐'。"

用词是"美丽""漂亮"之类的褒义词。但在褒义词之中也有一些下流的词汇，所以 3011 管家才会告诉他们'人鱼小姐'在右边竞拍厅的行情，恐怕不夜城里有很多人都对这位"人鱼小姐"有着别样的心思。

林异听着秦洲的讲述，陷入了沉思。

"人鱼小姐"应该就是珠帘后的那个人影。她的歌声能够让人迷失，林异虽然没有像秦洲那样直接被吸引到了人鱼厅，但他的思维也确实受到了影响，难以正常运转。而且，人鱼的吟唱声可以让人陷入焦虑和慌乱而无法自拔。

"对金钱有欲望的人会被吟唱所吸引。"秦洲解释道，"昨晚临睡前，我一直在想怎么拿回双手。"他知道，如果自己不能在期限内撤销交易的话，林异肯定会以交易自身来救他。

林异点了点头，认同了秦洲的观点。

现在想来，他没有被吸引到人鱼厅，一是因为他身上没有钱，"人鱼小姐"并不需要他这种空手套白狼的人，二是因为他回房间后就睡了，没有来得及思考。

没有钱和没有金钱欲望的人就不会被吸引。

没有钱会被抓住丢进竞拍厅，无人拍下的话，就会被不夜城当作废物处理掉。

有了钱，尝到了有钱的滋味，尝到了有钱带来的尊敬和权力，又怎么可能不生出对金钱的欲望呢？不夜城就是在营造这种氛围。

他们现在拥有 12000 金，暂时是不需要钱的，但人鱼的吟唱声会在某种程度上影响他们的思考。人没有了思考能力，更容易被"人鱼小姐"的吟唱声操控。

难怪叫人鱼厅呢。

趁着现在没有人鱼的吟唱声，林异想了一会儿，道："学长，现在我们知道了两种死亡方式，第一种是因为没钱被送去竞拍厅，如果没人要就会被不夜城处理掉，第二种是在人鱼厅里做出抢钱的行为被杀死。"

虽然根本原因都是没钱，但很明显，这是两条"淘汰条件"。

因为动手的 NPC 不一样。

而且林异在人鱼厅输掉仅有的 50 金后并没有被杀死，只是负责抓捕的安保人员出现了。

一个晚上，竟然有两个"淘汰条件"？

林异确定，从进入不夜城到现在只有一个晚上，尽管思维被心里的焦急所影响，但他对时间还是很敏感的。

　　他也确定，从入住房间到现在只过了十二个小时，但是他们的房间到期了，而且赎回双手时，秦洲支付了两天的利息。

　　林异看向窗外，说："学长，天还是黑的。"

　　这一点秦洲也发现了，他说："是，所以只有一个可能。"

　　林异深吸了一口气，说："不夜城没有白天。"

　　因此，刨除白天的时间之外，二十四个小时被一分为二，不夜城的一天只有十二个小时。

　　按照这种算法，他们现在已经是进入不夜城的第二天了。

　　这种情况比不夜城没有白天更糟糕。

　　林异又和秦洲说起在 3012 房间里遇到的那位前辈。

　　"学长，如果这位前辈没有撒谎的话……"林异抿了抿唇，沉声道，"1-3 规则世界不是重复开启，而是一直都存在，只是什么时候拉人进来的问题。"

　　1-3 规则比 2-6 规则、4-4 规则存在得更早，如果它从未结束，按照每晚不死人就会增加一条"淘汰条件"的大规则，1-3 规则存在的十几年里，只有黑夜的 1-3 规则世界恐怕已经有成千上万条"淘汰条件"了。

　　遍地雷池，走错一步就是死。

　　秦洲也跟着沉默了一瞬，随后又开口："是不是真的，等把那个人找到就知道了。"

　　林异有些内疚，道："学长，他跑了……"

　　不夜城这么大，人又这么多，上哪儿去找一个人呢？

　　正在这时，房间门被敲响，是 5005 管家推着餐车在门口按响了门铃。

　　秦洲把毛巾放到桌上，起身去开门，他给 5005 管家扔了 100 金，

吩咐道："帮我找个人。"

房间里还在难过的林异猛地抬起了头，心想：对啊，现在有钱了，想找人还不简单吗？

甚至根本就不需要他们去找。

5005 管家收下 100 金后，问道："尊客想找谁呢？"

秦洲转头看向林异。林异了然，向 5005 管家描述出现在房间里的前辈。虽然当时他的思维被人鱼的吟唱声影响了，好在他和前辈交流的时间很长，现在回想起来，林异仍旧把前辈的模样、特征记得很清楚。

5005 管家点头道："我这就去，找到这个人后，我立刻把他带来。"

待 5005 管家走后，秦洲把餐车推了过来。

在不夜城里，有钱确实好，食物琳琅满目，看着就让人食欲大增，两个人大快朵颐起来……

兴许是林异的描述很准确，也可能是秦洲给的酬金够高，他们饭还没吃完，5005 房间的房门就被敲响了。

5005 管家在门外说："尊客，你们要找的人找到了。"

他们也吃得差不多了，便放下筷子。

秦洲起身去开门。

林异紧张地注视着，他看见秦洲在开门后身体明显地一怔。随后，他听见秦洲意外的声音："陆前辈？"

5005 管家很有眼力见儿，自觉地退了出去，把空间留给客人及这个"帮工"。

陆进站在门口，比起林异的温和，秦洲让他感觉到很强大的压力。他又瞟了一眼林异，发现林异也在打量着自己，与之前独处时的焦急目光截然不同。

陆进知道林异目光变化的原因，他之所以从床底下出来，就是因为知道人鱼吟唱对卷入者带来的影响。

现在人鱼小姐暂停了吟唱，陆进便警惕了起来，他不觉得这两个卷入者花钱把他抓来，是真的要给他支付 20 金来换取答案。

"陆前辈？"秦洲意外地又喊了一声。

不只是秦洲意外，就连陆进也很意外，他已经很久都没有听到这个称呼了。

他上下打量着秦洲，在脑子里一阵搜刮，却没有从遥远的记忆里找到和眼前这个人相关的一星半点。

也就是说，陆进不认识秦洲。

而且他的记性不算差，虽然在 1-3 规则世界蹉跎了这么久，但凡是见过的人，多少都会有印象，觉得陌生必然是从未见过。对方却知道自己姓什么，那就只有一种解释了。

"学生会的吧，"陆进笑了一下，他努力板正佝偻的背，让自己挺直一些，或许是想在后辈面前找回一点前辈的颜面。然而，他驼背太久了，再刻意伸展身躯，也没办法像两个小辈一样，"挺拔"早就已经不属于他了，但陆进还是坚持着，问秦洲："你是第几届的？"

陆进是第 12 届学生会主席。不是每个人都能随便查到他的资料，职位至少是学生会副主席级别可以。能认出他，又出现在 1-3 规则世界里，秦洲的身份就很明了了。

见陆进已经猜测出自己的身份，秦洲也不打算隐藏，便道："第 14 届的。"陆进点了点头，刚想问什么，秦洲先他一步开口，"陆前辈见没见过张引远？"

陆进面色一僵，低下了头。过了很久，他才叹了口气，说："张引远那小子就是第 13 届的学生会主席吧？好小子，之前还总是跟我推诿呢……"继而，他想到了自己的力荐，语气中充斥着后悔，"算起来，也是我逼着他走上这条路，都是我害了他啊……"

陆进说出这句话，秦洲和林异想：陆进并没有在这个规则世界里见过张引远。但张引远确实是进入 1-3 规则世界后消失的，为什么他们能遇见陆进，张引远却没有呢？

陆进解释道："之前我被人竞拍下了，前几年没有人身自由。直到那位雇主死了，我才能稍微喘口气……"

秦洲和林异对视一眼。

秦洲更直接地问："现实里有陆前辈的死亡映射，那陆前辈现在是人，还是什么？"这个问题一出口，陆进身体瞬间僵硬，秦洲解释道，"抱歉，我必须搞清楚。"

陆进苦笑了一下："换作是我，也会这么做的。"他说，"我猜测身体有死亡映射应该是因为我沦为了不夜城的帮工。在不夜城里，帮工就不再算是人了。算起来，我在这里待了有……"陆进冥思苦想了一番，不夜城的时间机制及流速让他无法准确地得出一个数字，最终只能模糊地说，"八、九……十年得有了吧。"

难怪，这么久的时间让实际年龄不超过三十岁的陆进已经头发花白，看样子，他的身体机能也在不夜城带来的巨大的死亡压力下急剧老化。看起来好似一个老人。

"我知道你们想问什么。"陆进重新抬起头，指了指林异，"之前找这孩子要钱，吓到你了吧。"

林异摇了摇头，说："陆前辈，没有。"他倒是没有被吓到。当时他根本就没去想前辈为什么会用一副无赖的口吻找他要钱，心思都放在怎么才能让前辈解答自己的疑问。当然了，当时他对前辈的身份也有所怀疑。

陆进笑了笑，把林异的话当作安慰。他说："我确实是想要钱，因为我在攒钱。"看到秦洲和林异露出一副思考的神色，他补充道，"在不夜城七层有两个竞拍厅，左边的竞品厅是帮工的竞拍，而右边竞拍厅可以用钱拍下任何东西。"

秦洲有点明白了，问："陆前辈是想要离开这里？"

陆进赞扬地看了秦洲一眼："你一定把学校管理得很好。没错——"他深吸了一口气，说，"我确实是攒钱准备去右边竞拍厅去竞拍离开 1-3 规则世界。"

林异忍不住问："陆前辈，真的可以离开吗？"他总觉得这种离开规则世界的方式显得很荒诞。

"可以。"陆进肯定地说，"我亲眼看见有人离开了。当时，我和你的想法一样，直到他成功离开后，我才敢相信。"

秦洲进一步确认，问道："是真的离开了？"

"至少是从 1-3 规则世界消失了。到底是离开，还是死了，我没法确认。"陆进说，"在这里，我们是不能自杀的，就算这项交易有陷阱，我也认了。有时候想想，与其这么人不人鬼不鬼地活着，还不如死了算了……"

秦洲和林异没有说话。

的确，这样的环境令人丧失斗志。能离开这里，至少给人一个盼头，即便不能保证竞拍是真实有效，好歹也是一份希望。

"我记得他离开的价格是 1 亿 1 千金。"陆进嘲讽地笑了一下，"是个天文数字，对吧？我在这里待了近十年，迄今为止，也只攒下了3000 金……看样子，我可能一辈子都要交代在这里了。"

"陆前辈……"林异看了眼秦洲，在得到秦洲的允许后，紧张地问："离开的那个人是谁，您知道吗？"

"我刚来的时候，他就已经被这里困住十多年了。"许是时间太过久远，陆进认真地回想，仍旧不太确定地说，"我记得，他好像……姓林？"

林异低下头，深吸一口气。

秦洲把手放在林异的肩膀上，轻轻摁了一下，以示安慰。

陆进和林圳并不是同一时期的人，在陆进之前，并没有人提及0-1。

如果林圳是想借助林异这个名字暗示什么，这中间就产生出时间差的矛盾。毕竟，林圳并不是学生会的成员，在林圳时期，也没有 0-1 假说。

如果林圳和陆进在 1-3 规则世界里相遇了，这个时间矛盾倒是能解释通了。

陆进口中那位"姓林"的幸运离开的人应该就是林圳。但奇怪的是，陆进记不清林圳的姓名，这就表示他和林圳的交流并不多。这样的情况下，陆进会把 0-1 假说告诉林圳，从而让林圳在林异姓名上做暗示吗？

一时间，房间里陷入了沉默。

片刻之后，秦洲开口问："陆前辈，你提交了 0-1 假说。是出于什么原因，才让你提出 0-1 假说的呢？"

与此同时，陆进忽然想到什么，问："孩子，你身上没有钱，不会也成为帮工了吧！"

林异摇头："没有。"他感恩地说，"多亏了前辈提醒我，我在被抓之前赶去交易厅做了置换。"

陆进点了点头，提醒道："你们小心一点，这里最高等的'淘汰条件'就是非帮工者没有钱。每晚 7 点，那些安保人员就开始抓捕，8 点准时送到竞拍厅。"

林异说："谢谢您的提醒。"

陆进这才看向秦洲，问："对了，你刚刚说什么？"

秦洲正打算再重复一遍，就听见陆进的肚子发出"咕噜噜"的叫声。

陆进瞬间红了脸，一直坚持挺直的后背又驼了下来，前辈的颜面似乎因为饥饿的咕噜声而荡然无存。

"那个……我先走了。"陆进站起身来，走了几步又停下，回头看向秦洲，"我一般在楼道三四层的位置歇脚，你们下次想找我可以直接去这里，别再浪费钱让 NPC 来抓我了。在不夜城，金子越多越有存活概率。"

"好的，我知道了。"秦洲盯着陆前辈，心里很心酸，"那请陆前辈吃顿饭，不算乱花钱吧。"

陆进摆了摆手，是拒绝的姿态。

"陆前辈，"秦洲唤住他，"张引远会长经常向我提到您，您为学生会的付出我都有所耳闻。您在进入 1-3 规则世界之际，张会长因为要担任学生会主席的事和您闹了点不愉快，这一直都是张会长的遗憾。我进入学生会后，张会长教了我许多，让我请你吃顿饭吧。"

"他就是不想我进 1-3 规则世界……哪有什么不愉快，我根本就没和他计较。"陆进看着秦洲，又叹了一口气，"学生会……那都是很久以前的事了。"说着，他自嘲地笑了一下，指着他们的餐车，"我看你们还剩下不少，我就吃这个吧。"说完，他走到餐车前。

林异见状，赶紧给他腾出位置。看得出来，陆进的身体已经差到一定程度了，就连拿筷子的手指都在止不住地发颤，但他依然维持着自己的尊严，只肯吃秦洲和林异的残羹剩饭。

林异看得心里很不是滋味，为了躲避，只好抬眼看向秦洲。

秦洲脸色阴沉，看向吃得津津有味的陆进，提议道："陆前辈，我替您拿回身份吧。"

陆进抬头看秦洲，咽下口中的食物，说："有什么意义呢？我的身体不是已经出现死亡映射了吗？有这个钱，你留着傍身不是更好吗？1-3 规则世界太大了，NPC 又这么多，迄今为止，我都没能找到主线。"说完，他又担心会打击秦洲和林异，又说，"我找不到主线是因为我能力有限，相信你们俩肯定能够离开这里。"

秦洲和林异没吭声。

看着秦洲的表情，陆进放下筷子，叹了口气，道："你们不用可怜我，比那些已经死掉的人，我已经好太多了，至少我还活着。如果你非要替张引远那小子弥补遗憾的话，就替我开间房吧，我已经很久很久都没有好好地睡一觉了……"

秦洲替陆进在四层开了一间单人房。原来四层就是管家口中更便宜的房间，费用是每晚 50 金，此时正好空出来一间。陆进执意要住在四层，不肯让秦洲多花钱。

秦洲也没和陆进争辩，等陆进入房间休息后，他给陆进的房间管家 500 金，请他给陆进点餐。

其实，他和林异根本就没剩下什么饭菜，陆进肯定没吃饱。做完这些之后，秦洲和林异才离开。

等他俩都离开之后，房间门却被打开了。陆进看着他俩的背影，又看了看管家，伸出手说："我不吃饭，金子退给我。"

拿回 500 金，陆进看着手里的金子，唏嘘道："引远啊，你找了个好孩子，如果可以的话，我倒是想亲眼看看现在的非自然工程大学是什么模样……可惜了，我见不到了。"他揣着金子，离开房间，乘坐电梯到了不夜城的七层，径直走向右边竞拍厅。他向老板支付了 200 金的服务费，老板睨了他一眼，问："想要什么？"

在 5005 房间内，秦洲替林异换药。

林异看着秦洲，问："学长，你认为 1-3 规则世界的主角是谁？"

陆进刚才说的那句"迄今为止还没找到主线"让他的心里产生隐隐的不安。既然陆进能提出 0-1 假说，能力肯定是不差的，但沦落至此，着实让人心酸。

秦洲说："你记得 1-3 规则中说的校园内金钱无法购买人命，所以由此看来应该是不夜城老板。"

3011 管家也曾说过，房间的费用是老板定下的，不仅是房间费用，这里的很多规则都是老板亲自定下的。

林异点了点头，他也是这么想的。还要再说些什么，房门却突然被敲响。

门口传来陆进冷冷的声音："是我。"

林异看向秦洲，小声问："陆前辈发现我们给他点餐了吧……"

秦洲想了想，前去开门。

果然，房门刚刚打开，陆进就把锦囊塞回秦洲的怀里，说："500 金，点一点。"

秦洲和林异相互看了一眼，没有说话。

然而，陆进好像很生气的样子，非要让秦洲打开锦囊点清 500 金。

"我都说了不要可怜我，不要乱花钱！"他咄咄逼人，"点清楚！"

秦洲解释道："陆前辈，我们不是这个意思，您别多想。"

"你不点就是看不起我！"陆进的情绪很是激动："是，我现在已经不是学生会主席了，说什么别人都不会放在心上。"

林异忙开口道："陆前辈，你误会我们了。"

陆进坚持说："点！ 500 金点清楚了，我们再聊其他的！"

没办法，秦洲只好拉开锦囊袋子。

然而，一股奇异的香味从锦囊里飘散出来，"咚"的一声，秦洲直接晕倒在地。

林异一愣："陆前辈，你……"他也嗅到了锦囊的香味，这句话刚说了一半，也晕了过去。

陆进赶紧把锦囊系上，又把鼻子里塞着的布条拿出来，一直强撑的后背又重新驼了下来，看见地板上躺倒的两个人，他松了口气。

"孩子啊，"陆进看着他们"啧啧"两声："没办法，前辈也不想伤害你们，可前辈没钱……我已经很久很久都没去过人鱼厅了。"

说着，他在秦洲的身上一阵摸索，找到装着金子的锦囊，随后，又翻林异的身上，取走了秦洲分给林异的金子。

从偷钱到离开，他甚至没再向两个后辈投去一丝目光。相比于担心秦洲和林异没钱后该怎么办，陆进更在意的是，能不能用这些钱在人鱼厅玩个痛快。

窗外的天色沉得可怕。

那个提出 0-1 假说的第 12 届学生会主席揣着偷来的钱，佝偻着身子，快步向不夜城的六层跑去。他兴奋着、激动着。从头到尾，都在诠释一个人被金钱欲望侵蚀有多可怖。

在前往人鱼厅的路上，陆进想起来，秦洲问他是怎么发现 0-1 怪物存在的问题。

对啊，是怎么发现的呢？

陆进早就忘了，所以他才岔开话题。他尽情利用初来不夜城的卷入者的善良。他是 0-1 怪物的发现者，能力能差吗？

当然不，所以他才能轻而易举地获得两个后辈的信任。前辈之所以是前辈，这就是他比后辈厉害的地方……

窗户没有关上，咸涩的海风从外边吹进来，吹着林异还没来得及换好药的手臂上。

他感受到点点刺痛，到更痛，于是，他慢慢地睁开眼。

房间里还有淡淡的香味，林异回过神后立刻起身。

秦洲接触的香味比他多，现在还昏迷着。

他赶紧跑到秦洲身边，摇着对方的身体，叫道："学长，学长！你醒醒！"

秦洲还是没有反应。林异伸手去掐秦洲的人中，过了一会儿，秦洲的睫毛也只是微微颤了几下。见还是没有反应，林异跑去盥洗室接了一盆水，直接浇到秦洲头上。

"咳咳咳——"秦洲被呛了几下。

林异放下水盆，用袖子替秦洲擦掉脸上的水珠，说："学长，你没事吧？"

秦洲睁开眼，看见满脸担忧的林异。他努力撑着身体坐起来，脑子还是昏昏沉沉的，不得不在地上靠着床体来支撑。

林异又赶紧去拿干净的毛巾，替秦洲擦头发。

秦洲轻轻抓住他的手腕，看着林异手臂上缠绕到一半的纱布又浸出了血，便安抚道："小天才，我没事。"

林异感受到握着自己手腕的秦洲的手在轻微颤抖，担心地说："这还叫没事？"

秦洲解释自己手抖的原因："香的作用，没什么大问题。"

到底发生了什么事，他们都心知肚明。

秦洲也进过很多次规则世界了，这并不是他第一次体验被熟人背刺的滋味，心里更多的是一种深深的无力感。

然而，这一次背刺他们的人是第 12 届学生会主席，是提出 0-1 假说的陆进。

其实仔细想想也不难理解，近朱者赤近墨者黑，陆进在 1-3 规则世界里逗留了这么久，被欲望侵蚀也是情理之中。只不过他曾经是学生会主席，让陆进在他人眼中带上一层天然的滤镜，就像每个规则世界的卷入者都会情不自禁地把秦洲视作主心骨一样，他们几乎可以无条件相信秦洲。同样的，秦洲也会情不自禁地相信陆进。

陆进很清楚这一点，并且利用了它。

林异摸了摸自己身上。秦洲在人鱼厅得到奖励后，分给他一部分，但开支都是由秦洲支付。林异还奢望，陆进没有发现他身上有金片。

但可惜的是，林异只摸到了空空的口袋。陆进并没有放过他。

"学长，钱没了。"林异说。

"抱歉。"秦洲有些愧疚。

林异赶紧说："学长，不是你的错，你不用向我道歉。"

"其实我并没有全信他……"秦洲兀自开口。正是这个缘故，他并没有告诉陆进 0-1 假说被证实成立的消息，也没有告诉陆进 0-1 和林异之间可能存在某种关系。但他确实也因为陆进的身份而心存一线希望，所以他才打算请陆进吃饭，当时他的想法很简单，不管陆进是好是坏，单凭曾经的身份，他都不想看到陆进太过狼狈。这让秦洲有种唇亡齿寒的蹉跎感。可就是这份在 1-3 规则世界里不合时宜的善意，把他和林异再次推出了安全线。

秦洲再次说了一句："对不起。"

林异说："学长，其实这样也好，陆前辈的遭遇让我们见识了 1-3 规则的强大。"

不夜城肯定不止一个像陆进这样的人，吃一堑长一智。就连陆进都堕入了深渊，其他人的话就更不值得相信了。

不等秦洲再说什么，林异道："学长，该我去交易了。"

秦洲一下子就沉默了，过了片刻之后才说："你当过了，这次还是我。"

林异坚持道："上次不算，那是紧急情况。"说完，他起身从桌上拿过为客人准备的便笺和笔，在纸上写了又写，然后递给秦洲看。

纸上是一个以不夜城的时间为标准写出的时刻表。

林异按照陆进所说，把 7 点圈出来，旁边标注着"抓人"，把 8 点圈出来，旁边标注"竞拍厅"，把 10 点圈出来，旁边标注"招揽帮工"。

林异对时间比较敏感，但不夜城是按照每天 12 小时为标准，他就不知道具体的时间了。现在好了，他可以按照这个时刻表把时间做好区别。

"现在大概是 6 点 30 分。"林异说，"学长，还有半个小时，就要开始抓身上没钱的人了。"

秦洲看着时刻表，问："你到底想说什么？"

林异认真地说："没时间再争了。"

秦洲说："这中间没有逻辑关系，你不用忽悠我。我不是程阳。"

林异被说得沉默了。突然，他闻到空气里残留的香气，灵光一闪，拽着秦洲的袖子说："学长，我们是陆前辈第二次来房间后才被他晕倒，那就说明，陆前辈第一次来的时候，身上没有能迷晕我们的香料，是后来才有的。"

秦洲想了一下，就明白了，说："你是说他去了七层右边的竞拍厅？"

林异点头，道："对，陆前辈肯定是去右边竞拍厅找到了能让我们晕倒的香料，我们也可以去置换让'人鱼小姐'停止吟唱的东西，只要我们有钱。"

右边竞拍厅真有这种东西吗？

答案是有。

3011管家曾经说过，在右边竞拍厅能直接交易到"人鱼小姐"，既然"人鱼小姐"都能被竞拍，那让她停止吟唱的东西必然也能通过竞价得到。只要"人鱼小姐"停止吟唱，不再蛊惑他们陷入狂乱的情绪，他们就能再去人鱼厅里搏一搏奖励，但他们俩必须分工合作，一个去交易厅先进行交易，确保两个人身上有钱，不被安保人员抓走；另一个人去右边竞拍厅排队，用交易来的钱向老板支付200金服务费，然后了解"人鱼小姐"停止吟唱的价格。

如果交易换来的钱在支付200金服务费和购入"人鱼小姐"停止吟唱的交易之后还有余钱是再好不过了。如果不够，另一个人还得再去交易厅，否则二次排队又要支付200金的服务费。

因此，能一次交易到足够的金额是最好的情况。

林异说："我比学长的行情好，你就别和我争了。"

还剩下半个小时，林异飞快地跑进一层的交易厅。此时，他已经要命不要脸了，直接插队到8号交易柜。

伙计本来还骂骂咧咧的，看见是来人林异后，咧嘴笑道："我说的话这么快就应验了？"

伙计十分乐于见林异来交易，除了金额不会提升之外，其他方面还是很愿意照顾他的。

当排队的人看到林昪插队后高声咒骂，伙计还替林昪解围，道："去去去，再啰嗦，就别来 8 号交易柜和我做生意。"

林昪已经顾不上这些了，急忙问："你上次说交易脸给我 1000 金，还作数吗？"

伙计理所应当地说："那肯定不行了。上次我就告诉过你，再来一次就不是这个价了。"

林昪早就猜到伙计会这么说，问："那这次你给我多少？"

伙计上下打量着他，说："给 200 金吧，一天期限，利息每天 20 金。"

林昪早就看透了伙计的套路，他给的期限越少，就说明他越想要。

于是，他假意道："那算了，我当双手。"

这个落差让伙计气急败坏，直接破功了，道："你要是当脸的话，500 金，一天当期，利息每天 50 金。"

拒绝讨价还价的伙计还是加了价，但林昪并没有大获全胜，500 金还是太少了，支付完右边竞拍厅 200 金的服务费后，肯定不够买下让"人鱼小姐"停止吟唱的东西。

"才 500 金啊……"林昪故意露出心动却纠结的模样。

伙计瞅准林昪急需用钱，上下打量一番后，建议道："要不你把整个人交易给我？"

林昪是故意的，让伙计知道自己需要钱，从而让他以为抓住了自己的心理，给出其他交易建议，开出高价作为引诱条件。就像之前的两次，伙计都提过建议。

不过，现在林昪是真的需要高额的交易金，反而不能直接开口问哪里最值钱，他才不会相信伙计不会故意压低价格呢。

林昪警惕地看向伙计，问："整个人？如果还不上钱会对我做什么？把我分尸吗？"

伙计哈哈大笑，故作深沉地说："你觉得是什么意思呢？"他不再回答这个问题,而是故意开出高价引诱林异,"给你 2000 金,三天期限,利息每天 200 金。"

林异立刻拍板:"成交。"

以为会被狠狠拒绝的伙计一怔,又觉得自己好像是被对方套路了。

林异生怕对方反悔,催促道:"快开票。"

伙计开了票,2000 金的金额很快就给林异装好了。仍旧是一个锦囊袋子,金额上了四位数之后,就不再是散装的金片了,金子体积会大得多,且都是实心的。

因为要和秦洲分钱,林异额外换了一些散装的金片,他抓着锦囊就跑到七层的右边竞拍厅,那里的排队竞价的人没有交易厅的人多,林异赶到时,前面还有两个人就轮到秦洲进去了。

林异留了一点金片在自己身上,剩下的全都塞进秦洲的手里。之后,他退到一边等着。

排队的人虽然不多,但不知道前面两个人到底是做了什么交易,花费了很长时间才轮到秦洲。

秦洲支付了 200 金之后,走进交易厅。

右边竞拍厅更像是一间办公室,不夜城老板懒懒地把身体重量都压在老板椅上,双腿搭在办公桌上,一副悠闲自得的模样。

秦洲朝老板看了一眼。

只见他穿着湛蓝色的条纹西装,内搭一件纯黑的衬衫,胸口口袋处别了一个六芒星的胸针。而脸上则是盖着一顶同色系的礼帽,整张脸都被礼帽遮挡得严严实实。

"我的客人,想要用钱拍下什么呢?"老板的声音从礼帽后边透出来。

"让'人鱼小姐'闭嘴。"秦洲说。

老板沉默了一下,好似听到了什么有趣的条件,大笑道:"哈哈哈,要'人鱼小姐'的嗓子?可以是可以,不过还没有人提出过这个交易,我得想想怎么定价，嗯……1000 万金你觉得怎么样？"

秦洲也不客气地说："不怎么样。"

老板"哦"了一声，停止了大笑，一锤定音道："那就 1000 万金。"

看见秦洲从右边竞拍厅里走出来，林异赶紧上前。

知道林异关心结果，秦洲带着他走到一个角落便停下来，向林异讲述里面发生的情况："得到'人鱼小姐'的嗓子是 1000 万金。"

听到这个数后，林异根本不知道能说些什么，他知道让"人鱼小姐"停止吟唱肯定不会是简简单单就能达成的，但他没想到会难到这种程度。

1000 万金！他整个人才交换了 2000 金，在保证价格不变的前提下，需要 5000 个他才能完成这笔交易。

然而，秦洲拿出了一个锦囊。

那并不是林异从交易柜换来的锦囊，林异惊讶地说："学长，你……换到了？"

秦洲说："1000 金，五分钟。"紧接着，他脸色严肃地说，"并且要让'人鱼小姐'喝下才能生效。"

锦囊里是一瓶具有时效性的毒药，虽然这个情况并不见得有多好，但至少有机会让秦洲把他交易出去的身体再赢回来。

林异松了口气，说："学长，我去找'人鱼小姐'。"

秦洲盯着林异看了好一会儿，才说："小天才，量力而行。"

1-3 规则世界里没有白天，还存在着很多未知的"淘汰条件"。但从目前的情况来看，"人鱼小姐"肯定是非常重要的 NPC 角色，从她吟唱的功效和交易嗓音的价格就能看出来了。既然是 NPC，就有"淘汰条件"，那么，用毒药弄哑了"人鱼小姐"的行为无异于是在徒手走钢丝。

如果不这么做，林异交易的身体就没办法拿回来，也是必死无疑。

秦洲自己没办法去让"人鱼小姐"喝下这瓶毒药，毕竟他们只有五分钟的时间，就算他能顺利地让"人鱼小姐"喝下去，也来不及回到游戏桌前。只能让林异去冒险，给他争取完完整整的五分钟，他才有更大的赢面。

林异点头："好。"

🔍 第 6 章　激怒

两个人到了不夜城的六层。

林异先陪着秦洲去人鱼厅门口排队，他尝试着捂住耳朵，但效果并不明显，他的思维还是在人鱼的吟唱中慢慢地变迟缓。

要让"人鱼小姐"停止吟唱可不是一件简单的事，林异必须保持冷静，所以不能在这里多待。

他对秦洲说："学长，等我。"

匆匆和秦洲告别之后，林异去了人鱼厅的另一个门。

秦洲排队的门是入口，另一个门就是出口。

人鱼厅里每一轮的幸存者和获胜者可以从出口离开，因为人数很少，这里只有两个安保人员在值守。

林异走到出口门前，对安保说："我的东西落在里面了。"说完，他也不等安保回答，直接给每个安保 100 金。

不夜城的地方都会巧立名目，目的是收费，林异认为，"有钱能使鬼推磨"的原则在这里肯定行得通。果然，两个安保把钱收好，问："客人丢了什么？"

林异道："一个空的锦囊而已，不过我还挺喜欢那个锦囊的颜色，是我的幸运色，所以想找回来。"

安保问："客人记得丢在哪里了吗？"

林异苦恼地摇摇头，道："不记得了，让我自己进去找吧，顺便再玩几局。"

知道人鱼厅出口的人是少数，能知道这里的，至少证明林异确实是人鱼厅的玩家，并且在某一轮中获得过胜利。再加上林异出手大方，一出手就是每人 100 金，身上不可能没有钱。安保认为，估计是懒得去外边排队和验金了，也不是什么大事儿，就直接放行了。

"多谢。"林异向两个安保道谢，"手气不错的话，肯定还要感谢你们。"

两个安保也不客气地说："那就祝客人玩得愉快，大获全胜了。"

林异快步走进人鱼厅里。他没听见人鱼的吟唱声，想必是上一轮游戏刚刚结束，内部正在清扫。既然连玩家都没有，"人鱼小姐"就没有必要再吟唱了。

"人鱼小姐"并不是始终待在珠帘后面，上一回林异离开人鱼厅时，就没看见她，估计是在休息。至少得喝杯水润润喉吧。

休息区是给上一轮获胜者准备的，林异朝里看了一眼，休息区里竟然不止一个人。换言之，上一轮游戏中活下来的不止一人。

每轮的游戏时间是一个小时，时间到了，"人鱼小姐"就会停止吟唱，身上还有余钱的人就能活着离开。

不过看样子，这些人还准备参与下一轮游戏。

在人群中，林异竟然看到了陆进。此时，陆进正在低着头清点余额，还拿着一块实心的金子放在嘴里咬了几下，然后喜不自禁地擦干净金子上面的口水。

林异心想：幸好是自己来这里，否则让秦洲看到陆进这副德行会心梗吧。

确实，陆进偷走了他们 10000 多金，并不是那么容易就输得干干净净的。

收回视线，林异没再耽误，他端着水杯，找到一个角落的位置，把从右边竞拍厅交易来的毒药撒进果汁里，之后就是在休息区里找"人鱼小姐"了。

林异站在一间屋子外面，隔着门，他能感觉到似乎有海风从门缝中溢出，门没有关严实，透过门缝，他看见了"人鱼小姐"。

人鱼小姐海藻般的头发披于身后，正静静地凝望着窗外，神情之专注，连林异走进房间都没有发现。顺着她的视线，林异发现，她正在遥看窗外的城堡，表情哀伤而沉重。

"你好。"林异三次开口都没能让"人鱼小姐"转过头。他不得不伸手戳了一下对方。

"人鱼小姐"这才转过头，看见林异后先是愣了一下，随后又好奇地看向林异手里的水杯。

其实，林异也不知道用什么办法才能让"人鱼小姐"喝下这杯果汁，既然想不出办法，那就用最简单的方式。

"你唱很久了……"林异问，"渴不渴？要不要喝杯水？"

"人鱼小姐"非常美，就连林异都觉得对方美得不可方物，甚至隐隐觉得她有些面熟，但林异的记忆里并没有见过她的记忆。所以他认为，这可能是男人遇见美女时的正常反应。毕竟很多男人都说"美女，我们是不是在哪里见过"。

不过，"人鱼小姐"的性别还有待商榷，只是从她的名字判断是"女性"。她上身没穿衣服，下半身用一张薄毯裹住，通过薄毯显出的轮廓来看，那不是一条尾巴，而是双腿。

仅从上半身来看，她不具备女性的生理特征。

"人鱼小姐"看着他，也不回答。

林异只好把水杯递过去，说："橙汁，很甜的。"他不知道对方会不会接果汁，只能摆出最真诚的模样。

"人鱼小姐"接过水杯，冲着林异笑了一下。在林异的注视下，她捧着水杯小口地喝着。

林异慢慢踱步到门口，他听见了人鱼厅传来阵阵喧嚣。看样子，新一轮的游戏就要开始了！

门口已经有脚步声朝着这间屋子走来，应该是人鱼厅的 NPC 来请"人鱼小姐"了。

林异不能再待下去了，他转身就往外面跑。

只听得身后传来"啪"的一声，那是水杯落在地上摔碎的脆响。林异感觉到溅起的玻璃碴子打在他的后脑勺上。

用这么大的力气摔杯子，"人鱼小姐"肯定已经发现了橙汁有问题。

尖叫般的吟唱突然乍现，像是对林异背叛的报复。

林异的头皮一阵阵地发麻，脚步也随之停了下来，他在思维彻底停止前想：坏了，毒药有发作期！

另一边，秦洲刚刚走进人鱼厅，就听见了带着几乎能掀翻屋顶的力量的吟唱，以排山倒海之势席卷而来，他的意识蒙了几分钟，等意识再回笼时，他已经把手中的金子扔进游戏桌的投币口里。

耳畔是玩家声嘶力竭地呐喊："大！大！大！"

"小！开小！"

"小！小！"

秦洲看见自己押了"大"。

紧接着，主持者宣布结果，获胜方是"大"。

他得到了奖励，这一局赢回 500 金，秦洲开始默念自己的名字。林异告诉过他，按照他的语速，五分钟的时间能念五百遍自己姓名，所以秦洲念到四百遍，绝对不能超过四百五十遍，必须收手离开。

秦洲一心三用，在心里默念自己姓名，因为没有听见人鱼的吟唱声，他知道林异成功了，但他担心林异能不能功成身退。

一边担心着，一边继续游戏。这一次幸运女神眷顾了秦洲，竟然得到 4000 金。

秦洲收起 4000 金。此时，心里已经念过三百遍姓名了，他慢慢从游戏桌上撤出来。此时，心里已经默念过四百遍了。

他得走了，从出口离开，秦洲飞快地往 5005 房间跑去。他和林异约好了，做完自己的事就回房间等着。

看到秦洲回来，5005 管家替他打开门。

刚进门，秦洲就看见藏在被子里的林异。

林异的声音在被子里显得有些瓮声瓮气的，他问："学长，赢了多少？"

秦洲回答道："4000 金。"

林异高兴地说："我就知道学长肯定能赢的！"

秦洲盯着高高鼓起的被子，问："为什么躲在被子里？"

林异沉默一会儿，才说："我受伤了。"

秦洲放下锦囊，走上前，掀开被子，严肃地看着林异。只见他身上到处都是淤青，脸上的表情也很难看。在秦洲的追问下，林异讲述了自己的任务过程。

"人鱼小姐"发现果汁有问题后尖叫发狂，林异距离她太近了，来不及逃跑，头皮阵阵发麻，腿脚也变得不灵活了。

之后，"人鱼小姐"从身后袭击了他。她掐住林异的脖颈，撕咬着他身上的肌肤。

好在毒药的发作时间并不长，趁着她被夺去声音的五分钟，林异身体重新获得力气，他一把推开"人鱼小姐"，不要命地往外跑。

在等待电梯时，他通过电梯门的投射看见了自己的惨状。

身上是大大小小的咬痕和掐痕，脖子一圈更是被勒出紫青色的印记。

秦洲起身准备让 5005 管家去叫医生。

"学长，不用了。"林异赶紧拉住秦洲的袖子，"我回来时，5005 管家看见我这样，已经给我拿来药膏，这是他的服务之一。我已经上过药了。"随后，林异又说，"学长，我发现了一个不对劲的地方。"

秦洲问："什么？"

林异递给秦洲一张便笺纸。他怕人鱼的吟唱声辉影响自己的思维，从而让他忘记自己的发现，回来 5005 房间后，他争分夺秒地写下自己的发现。

秦洲低头看便笺的内容时，林异怕便笺上有遗漏，又说："学长，我激怒了'人鱼小姐'。"

因此，"人鱼小姐"掐他、撕咬他，恨不得想杀死他。但仅仅是"恨不得"，林异并没有死。

经历过这么多次规则世界之后，林异很清楚 NPC 的实力。一旦触犯了它们的"淘汰条件"，它们就像锁定目标的杀手，不达目的不罢休，甚至是藏在卷入者里的怪物都会被 NPC 的"淘汰条件"杀死。

通过"人鱼小姐"的癫狂反应来看，林异肯定是触及了她的逆鳞。对于 NPC 来说，逆鳞就等同于"淘汰条件"。

矛盾又奇怪的是：林异没死，只是受了伤而已。

难道是因为时间太短了，所以"人鱼小姐"没能杀死他吗？

林异不这么认为。NPC 杀人的时间往往是按秒计算，林异在吟唱声中丧失了行动，就好比等待刀俎的鱼肉，但"人鱼小姐"只是死死地咬住他。

就算那五分钟停止吟唱的时间让林异逃脱了，之后"人鱼小姐"恢复嗓音后，也能再次杀死他。在不夜城值 1000 万金的"嗓子"，必然有昂贵的道理。

想要解释她伤害林异却没能杀死林异，包括后面没有追上来补刀的原因只有一个。

秦洲肯定地说："'人鱼小姐'没有'淘汰条件'。"

秦洲又把便笺上的内容看过一遍，问："你看到她时，她一直盯着窗外，你叫她好几遍都没有反应？"

林异点了点头。

二人不约而同地望向 5005 房间的窗户。

如果不是已经知道这是一扇窗，林异还会把它误当作一幅画。

天是黑色的，海水是蓝色，城堡是白色的，色阶干净分明，实在和不夜城的风格格格不入。真的像是画家用画笔画出的童话里的城堡。

越看越像。

林异想了想，说："学长，外面一定有线索。"

否则，这个像画作一样的窗户就毫无意义了。

并且在进入 1-3 规则世界之前，他们都嗅到了海风的气味。

林异征求秦洲的意见，问："学长，要离开不夜城去外面看看吗？"

秦洲思考了一会儿，把 5005 管家叫了进来。他给了 5005 管家 100 金，问："外面的城堡里有什么？"

5005 管家喜滋滋地收了钱，向窗外一眺，理所当然地说："城堡里住着王子和公主啊。"

秦洲说："你可以走了。"

5005 管家问："客人需要续房吗？"

秦洲答："房间到期了，我们会再找你。"

5005 管家刚得了 100 金，也不担心两位客人没有钱。他点头说："好的。"随后，便退出了房间。

待 5005 管家离开后，林异垂眸思考着他说的话，又重复了一遍："城堡里住着王子和公主……"他猛地抬头看向秦洲，"人鱼、王子、公主……学长，是安徒生童话《海的女儿》。"

《海的女儿》尽人皆知：人鱼公主救了一个落海的王子并芳心暗许，为了王子，她不惜用自己美妙的歌喉换取了双腿，尽管她每走一步，都犹如行走在刀锋之上，这份痴情换来的却是王子要与邻国公主成婚的消息。人鱼公主伤心欲绝。

人鱼公主的姐姐们闻讯赶来，交给美人鱼公主一把宝剑，只要用这把宝剑杀死王子，将王子的血涂抹在脚上，美人鱼就会重新拥有尾巴，就能回到海里继续做她的公主，但美人鱼公主并没有这么做，她将宝剑丢进了海里，自己也化作了美丽的泡沫。

秦洲点了点头，也陷入了思考。

从表面来看，这则安徒生童话似乎和不夜城没有什么关系，但细细思索，似乎并非如此。

童话故事里，人鱼公主先是用嗓音交换了双腿，之后人鱼公主的姐姐们用头发交换了宝剑。

"交换"这一点和不夜城的"交易"很相似。

不夜城里的客人可以用身体做交易，从而得到金子。如果客人拥有足够多的金子，就可以去七层的右边竞拍厅交换任何东西。

人鱼厅为什么叫人鱼厅？因为有"人鱼小姐"的吟唱声。

但是"人鱼小姐"为什么叫这个名字？她并没有人鱼的尾巴啊！

还是说，她用尾巴在不夜城做了交换？

林异又问："学长，要不要去不夜城外面找找线索？"

秦洲收敛了思绪，看向满身伤痕的林异。

林异当然知道秦洲在担心什么，连忙跳下床，又转了一圈，说："学长，我可以的！我和你一起去！"

秦洲点了点头，表示同意，他们确实得离开不夜城一趟。外面是什么情况他们不知道，但不夜城也绝非安逸窝，秦洲更不放心把林异一个人留在不夜城。

两人离开 5005 房间，先去 8 号交易柜赎回林异的身体。

8 号交易柜的伙计沉着脸，几次眼看就能收到宝贝，最后都落了空，很是不满。看着秦洲和林异，他恶狠狠地说："我预感你们还会来的！"

两个人都不再理他，而是穿过长长的走廊来到门厅。

然而，门童却拦住了他们的去路，说道："不夜城只进不出。"

对此，林异和秦洲并不感到意外。如果不夜城能随意出入，那些蹲在楼道里的人说不定就多了找钱的办法，既然这里不让出，他们就只能去七层的右边竞拍厅了。

右边竞拍厅能让"人鱼小姐"停止吟唱五分钟，必然也能竞拍到离开不夜城的宝贝，只是不知道竞价是多少，他们决定直接去找老板。

交了 200 金服务费，秦洲再次见到了不夜城的老板。

老板托着腮，宽大的帽檐遮住了他大部分的面孔，只留出一截精巧的下巴。

"离开不夜城？"老板"啧啧"两声，道，"你想要的拍品总是让我很为难啊……"

"那你能做到吗？"秦洲问。

"可以，也不是你一个人提出这种要求了，1 亿 1 千金。"老板依旧托着腮，也不抬头，"还是老价格。"

秦洲说："不是离开这里，是窗户外面。"

"这样啊……"老板饱含深意地点点头，"也是老规矩，按照时间算吧。离开不夜城一天 2000 金。怎么样，价格公道吧，是不是童叟无欺？"

秦洲掂了掂手里的锦囊。

林异交易了 2000 金，他赢得 4000 金的奖励。购入毒药和两次支付服务费花去 1400 金，林异买果汁和打点安保等花去将近 300 金，给5005 管家支付 100 金套话，拿回林异身体用了 2200 金，现在，他们刚好剩余 2000 金，但竞拍还是不可能完成的，他们身上必须得留点金子，以保证他们回来后不会因为没钱而被安保人员抓走。

见秦洲进去一会儿了，站在外面等待的林异就知道身上的金子不够。

8 号交易柜的伙计又说对了，他还得去交易。好在林异也搞清楚了8 号交易柜伙计的套路，之前交易过的或是他提议但没交易的部位就会被贬值。

林异不知道秦洲还差多少，他也不想秦洲走出竞拍厅，这样一来，又得重新支付一次 200 金的服务费。

林异得让交易一步到位，对 8 号交易柜的伙计说："我当我这条命。"

伙计笑道："200 金，三天期限，利息每天 20 金。"

林异抿着唇，始终不出声。

伙计看出林异是对价格不满意，解释道："都是老顾客了，我可没故意压价啊。这个价格我还多给你了呢，你要是不信，可以去别的交易柜看看，看其他伙计会不会给你 200 金。"随后，他嘲讽道，"命啊，在不夜城是最不值钱的东西。"

Q 第 7 章　珍珠

不夜城终于将林异和秦洲放了出来，他们身上的金子只够完成离开不夜城一天的交易，也就是说，他们只有十二个小时的时间。

前往不夜城的人络绎不绝，他们俩逆流快步往外走。

走出不夜城的范围，映入他们眼前的风景是一望无垠的大海，即便在黑夜，也能看出海水泛着蓝色。有海就有海滩，林异远远眺望，在视野尽头处能看见点点灯光。

城堡也和那些灯光处在同一个方向。

他们的时间并不充足，如果十二个小时内不返回不夜城会面临什么，不用大脑思考就能得出答案。

大约用了半个多小时，他们终于抵达了之前看见的灯光处。走近了才发现，这里好像是一座小镇，街道很少，只有竖横两条。壮观的是小镇后面的城堡，从小镇竖着的道路一直走，就能到达城堡的城门。

城门口有很多值守的士兵，他们都穿着厚重的盔甲，手里拿着锋利的矛。

林异和秦洲还没有靠近，为首的士兵便用着粗重的声音吼道："这里不准靠近！快离开！"

唰——

那些士兵将矛尖对准了他们，这个举动传达着一个信息：他们要是敢再往前走一步，武器将会捅进他们的身体。

既然已经来了，就不能无功而返。林异取出锦囊，想用金子贿赂他们。

在不夜城里，金子就是通行证。

"各位大哥行行好。"林异把金子递过去。

然而，看到林异手中寒酸的金子之后，原本严厉的士兵忽然大笑起来。

"这是在贿赂我们吗？"

"就用这点金子？"

"还只是金片，我家马桶都不用金片装饰了！"

秦洲见状，说："咱们先离开。"

被羞辱后的林异默默地把金子装回锦囊，内心十分沉重，这可是他们用身体交换来的金片啊。

两个人继续在小镇上转悠，按照不夜城的时间，现在应该是 2 点。

小镇不大，市集就在街边。

林异朝着摊贩看去，有卖猪肉、羊肉、牛肉的，还有一些常见的生活必需品。

秦洲在他耳边轻声说："没有鱼肉。"

林异点了点头。

这是一个很奇怪的点，在一座靠海的小镇里，按照正常逻辑来看，和其他肉类相比，海鲜才应该是最常见的肉类。然而，别说鱼肉了，他们连一只小虾米都没看见。

在贩卖工具的小摊上，有榔头、锤子等，但就是没有和渔具相关的物件。

秦洲说："咱们去海边看看吧。"

林异也是这么想的，便点头同意。

两个人朝着海边的方向走去，越靠近大海，空气里的咸涩气味就越浓重。他们在来的时候就已经察觉到了，只是这片海域中的味道更明显，即便捏住鼻子，咸涩的气味还是能往鼻腔里钻。

并不是每个渔民都住在小镇里，海边也有一些单独的房子。不过，房子距离海边还有一段距离。

秦洲问林异："小天才，你怎么看？"

林异便说："这里明明靠海，却看不见渔业发展。"他指着前方的一间小房子，"可是你看，墙上还挂着渔具，只是看起来搁置很久的样子。学长，我感觉这里应该是发生了什么事情，让渔民不再入海。但不可能是王子下令，因为渔民靠大海过日子，为了讨生活也不可能放弃渔业，只可能是渔民们发自内心地害怕大海。"

秦洲点了点头，补充道："放弃渔业，在距离海边远一点的地方建房，确实不是厌恶大海，而是大海里有什么禁忌让他们感到害怕。"

提到大海的禁忌，人们会联想到海妖、海怪等。

但此时，他们并不需要确认海里是否真的有海妖、海怪，因为心里早就有了猜测。

人鱼公主不就是生活在海里的"妖"吗？

他们只需要去证明，渔民们是不是因为人鱼而放弃渔业就可以了。

两个人的想法达成一致。林异附耳对秦洲说："学长，我有个办法……"

林异偷偷跑到其中一间小房子门前，他听见房子里有交谈声，说明这间房子里住着人。

林异摘下因为搁置许久而变得枯朽的渔网，裹在自己的下半身，又弯腰整理了一下脚边的渔网，将渔网整理成鱼尾的形状。

秦洲也有样学样，把拿到手的小灯挂在林异的头顶上。

弄完之后，一条美人鱼的影子就出现在地面上了。

秦洲抬高音量，喊道："美人鱼出现了！"

房子里原本和睦的交谈戛然而止，紧接着，是慌张的脚步声。

有人小心地推开房门，从缝隙里看见地面上的"人鱼影子"，那几个渔民被吓得跌坐在地，大声喊："美人鱼！真的是美人鱼啊！"

林异将手按在喉咙上，清了清嗓子，还想说点什么来吓唬渔民，但渔民们已经被吓破了胆，他们在人鱼影子前跪了下来，手里捧着各种金银财宝，道："这是王子赏给我们的，都在这里了，你别杀我们！别杀我们啊！"

林异看了一眼躲在墙边的秦洲。

秦洲冲他轻轻点了点头。

林异便掐着嗓子，说："我不会杀你们，我会去找王子。"

"谢谢美人鱼！"渔民们感恩戴德，丝毫没有察觉到林异的夹子音有什么不对劲。或许他们也从未见过人鱼，这是第一次吧。

林异又开口问道："但你必须告诉我，怎么才能进入城堡。告诉我了，我就放过你们……"

那些渔民此刻只想着要保命，不敢有任何保留，当即就出卖了王子，说："城堡每个整点都会更换守卫，那个时候最为松懈，您……您可以趁着那个时候进入城堡。"

得到了想要的答案后，林异也不再吓唬他们，说："你们立刻回去睡觉，忘了今天见到我的事。"

渔民立马保证道："好的，好的，一定遵命。"

"吱呀"一声，小房子的门被听话的渔民关上了。

林异弯腰解开缠绕在双腿上的渔网，秦洲也走出来帮着弄。

林异小声说："难怪那些守卫看不上我的金片，原来这里的渔民都这么富有。学长，那个守卫家里的马桶可能是镶钻的。"

秦洲被林异的话给逗笑了。

两个人再次朝着城堡的方向走去。这一次，到达城堡边缘时，他们并没有在守卫面前现身，而是躲到暗处，耐心等待。

"小天才，"秦洲问，"还有多长时间？"

林异在心里计算着时间，说："距离下个整点还有七分钟左右。"

秦洲抬眸看他，过了一会儿，掩下眸里的情绪："好。"

每当林异准确地报出时间，都会让秦洲心悸一分。这不是一个正常人对时间该有的敏感。

林异假装没看见秦洲的表情。

七分钟后，城门口值守的守卫整齐划一地进入城门。

两个人没有丝毫犹豫，飞奔至城门，闪身进入。

刚进入城堡，他们就听到远处传来一队守卫靠近的脚步。

两个人立刻躲到一根柱子后面，等这队守卫离开后，才小声交流起来。

林异提议道："学长，咱俩得分开行动。"

进入城堡时，林异就瞄了一眼。这座城堡很大，比在不夜城的窗户里看见的规模可大多了，他们只有十二个小时，还得刨除往返的时间，所剩的时间根本就没办法让他们在一起探索城堡，必须分开行动才能找到更多的线索。

秦洲当然明白，点头道："那你小心点。"

和秦洲分开之后，林异率先朝着高楼跑去。

在童话故事里，王子、公主都是住在城堡顶层的。

但他并没有事先和秦洲商量，如果商量的话，秦洲不一定同意他去顶层，肯定坚持自己去。

城堡的灯光很少，所以大部分建筑主体都笼罩在暗色中。秦洲不像林异那样拥有良好的夜视能力，还是林异去顶层比较安全。

尽管城堡的光线不足，但这并不影响林异能看到散落在城堡四处的金银财宝。

如果不注意，没准就会踹飞一颗夜明珠，或是一颗小钻石。

林异小心地走着，直到抵达顶层最里面的房间，才停下脚步。他试图推了一下门。门竟然没有关，他闪身溜了进去。

房间很大，进门后，林异就被墙壁上挂着的一幅巨大画作吸引了注意。

一艘巨船在波涛汹涌的海浪上行驶，船底把浪花都撞成飞溅的白色。甲板上站着一名身着中世纪礼服的王子，装扮得很是隆重。他的手上举着一把宝剑，周遭是低着头的护卫们。船底并不仅仅是浪花，还有一条与船身差不多大的人鱼。巨大的满是金片的鱼尾被船体重重地压着，让人鱼无法翻身逃脱，只能剧烈地挣扎，在海面掀出更大的波涛。而王子的剑正朝着人鱼刺去……

林异看着那条人鱼的脸，这是整幅画作最奇怪的地方。

人鱼的脸部只有一个轮廓，而没有五官，其他护卫因为低着头也看不到面部。整幅画里，只有王子被清晰地描绘出了五官，清晰到只需要看一眼，便能感觉到王子身上的胜利者姿态。这幅画上写着航海图三个字。他正在端详着画作，忽听门外响起疾速而来的脚步声。

林异一怔，立刻往房间里面跑去，他必须找到一个藏身之处。

好在床就在这幅画的后面，听见踹门声后，林异立刻闪身滑进了床底躲避。

他小心地调整好躲在床底的姿势，又支棱着耳朵注意着房间里的动静。

在他的视野里，出现了两双脚。根据脚的大小和鞋履的样式，进来的人是一男一女。

"为什么！"男人怒吼道，"我对你这么好，你为什么要这么对我！"

女人的声音则是平静中夹杂着不耐烦，道："我什么都没做。"

"你做了！你看了我的士兵整整三秒，却连一个正眼都不舍得给我！"

"殿下——"女人似乎听不下去，强调道，"我什么都没做。"

听到这个称呼，林异确定，进来的男人想必就是城堡的王子。

"是吗？"王子冷笑道，"我把他叫来，你敢不敢当面对质！"

过了一会儿，第三个声音出现在房间里。

士兵跪了下来："殿下。"

"说！"王子指着士兵的脸道，"你是不是觊觎着公主！"

士兵一听，赶紧解释道："殿下，我怎么敢觊觎公主呢？"

王子冷冷一笑："你果然觊觎公主。"他给出了自己的答案，"你没有回答'不是'。"

林异的脑海里浮现出一个大大的问号。他根本没听不明白王子是怎么得出这个答案的，他不禁同情起这个士兵来，欲加之罪何患无辞啊。

唰——

林异听见一个清脆的声音，像是宝剑从剑鞘里被大力地抽出而发出的响声。

继而是公主的尖叫："啊！啊！啊！"

林异的视角无法看到房间里发生了什么，只能看到原本跪在地上的士兵忽然倒了下去。

林异不敢乱动，他屏住呼吸，看着王子一点一点地弯下腰，又突然站了起来。

林异不由得绷紧了身体，心想：坏了，难道是我被发现了？

紧接着，王子冲到门口，踹开房门，冲外面的人喊道："你们在吵什么？"

外边的人回答："殿下，城堡里混进了外人。"

王子明显一愣，不敢置信地问："你说什么？"

外边的人又重复了一遍。这个坏脾气的王子不爽地喊道："我听见了！胆敢来我的城堡闹事，就别想活着离开！你们都跟我来！"说着，王子就冲了出去。

听到王子离开了，林异这才敢喘了口气。但绷起的神经并没有松懈下去。刚刚或许是因为他太过紧张，所以并没有听见房门外的动静，但王子和士兵的对话他听明白了。

城堡里混进的外人，不就是他和秦洲？

现在他在王子房间的床底下躲着，那王子带领士兵要去抓的人就是秦洲！

林异心里开始有些着急。但公主还在房间里，他只能继续在床底等着，等到公主也离开后才能有所行动。心急如焚地等了一会儿，公主似乎没有要离开的架势，反而能听见隐隐传来的啜泣声，继而啜泣声变成痛哭。

公主痛苦地说："为什么？为什么我要嫁给这个只知道杀戮的王子啊！"

林异听到公主说了这么一句之后，就是一声巨大的坠地声。在坠地声后，房间陷入了一片寂静。林异一怔，坠地声音难道是……

他小心翼翼地从床底探出脑袋，果然，房间里没有了公主的身影。

林异有些心塞，他朝着窗户边靠过去，探身往下看。

地上有一簇刺目的红。

很快，那些负责找人的士兵们也发现了公主跳楼的事情，城堡的气氛一下就变得不对劲了。

"公主又跳楼了！"有人喊道。

趁着城堡陷入慌乱之际，林异离开房间，急匆匆地去找秦洲。

不知道是因为城堡来了外人，还是因为公主跳楼，城堡内部巡逻的士兵比之前多了很多。林异躲着从后面而来的一队守卫，又有一队守卫迎面而来。

前后夹击的危急时刻，林异的手臂被猛地拽了一把，他被拽到楼道背面的夹角里，是秦洲。

看到秦洲也没事，林异松了口气。

等这两队守卫交错离开后，秦洲才低声说："我看见王子上去了。"所以，他制造了点动静，吸引王子的注意，让林异趁机脱身。

林异点头表示明白，心想：果然还是学长厉害。

秦洲还想要再说什么，一个气急败坏的声音打断了他。

"抓紧点！"远处，王子正在发脾气，还踢了士兵一脚。

士兵赶紧把金银财宝迅速放进箱子里。

王子转过头又去怒斥清理公主跳楼痕迹的奴仆："你们也手脚麻利点！"

奴仆被吓得浑身发抖。

这些集结在公主坠楼处的士兵用金银财宝装满了十几个箱子。

为首的士兵向王子战战兢兢地汇报道："殿下，已经整理完毕了。"

王子看了一眼箱子，下令："出发！"

士兵回头向更多人传达王子的命令："出发！"

城门大开，王子骑着白马走在最前面，拉着箱子的士兵跟在王子后面，整个队伍的最后是奴仆。

秦洲对林异说："走，咱们跟上他们。"

林异点头，他们的时间快到了，现在得动身往不夜城赶了。

1-3 规则世界只有城堡和不夜城，顶多再算上那座很小的小镇。

公主跳楼，王子收拾了那么多的金银财宝，不可能是拿到镇上给渔民的赏赐，就只有一种可能，是去不夜城的。

想明白这一点，两个人确定，只要跟上这支队伍，就能回到不夜城。

于是，他们快步从夹角里走出来，跟在队伍最后的奴仆后面。

有奴仆发现了秦洲和林异，但并没有作声。在这座城堡里，少说话多做事才能保命。

跟着队伍走了半个多小时，他们终于抵达了不夜城。

即便是王子，门童也会对他进行全身检查，唯一的优待是王子不用排队。

门童检查过王子之后，又检查了跟着王子的士兵们。只要是身体健全的士兵都被放行了，但那些缺胳膊少腿的，都会被拦在外边，不会因为他们是王子的亲信就有所通融。

先通过检查的王子随手找了一把椅子坐在门口，等待士兵和奴仆。他是王子，搬东西的活儿当然不可能自己做了。

门童一路检查之后，终于轮到林异和秦洲了。

林异心里有些紧张，这个门童好像记得他和秦洲，毕竟就在前一天，他们俩还闹着要从这里出去。

然而，门童并没有多说什么，检查过林异和秦洲身体健全之后，就放行了。

两个人本来就排在队伍最后，等他们进入不夜城之后，王子已经带着队伍进入不夜城右转，朝着交易厅走去。

回到不夜城后，就意味着又要担心身上有没有钱了。离开时，林异用性命交易了 200 金，想要赎回性命，需要支付 220 金。

林异摸了摸兜，掏出来几颗夜明珠，狡黠地说："学长，我在城堡里顺了一些。"

秦洲也笑着说："好巧，我也是。"

林异一看，秦洲的口袋里也是鼓鼓囊囊的，想必也顺出来不少的宝贝。

两个人相视一笑。

王子刚进不夜城就去交易厅，大概是因为城堡里的金银财宝不能在不夜城里通用，需要去交易厅进行置换。

秦洲说："走，咱们先去换了，把命赎回来。"

林异点头称"好"。

两个人也跟着王子的队伍去了交易厅。

交易厅都是王子的士兵，林异没敢去插队。他担心会引起王子的注意，毕竟他要交易的物件都是从城堡里顺出来的。

那些士兵看起来带着凶狠和杀气，交易厅里的人都很畏惧，准备等王子他们结束后再去交易。

因此，8 号交易柜排队的人很少，很快就轮到了林异。

伙计瞥了一眼林异，对他总能在当期内赎回东西已经见怪不怪了，直接说："总共 220 金！"

林异把手里的珠宝递过去，说："我先交易这个，再用交易的钱赎回我的命。"他并不担心伙计压价，毕竟伙计说过，不夜城里，命是最不值钱的东西。

伙计接过那些珠宝，也不清点，说："总共算你 220 金，把交易票给我。"

林异打开锦囊，取出交易票，正要递给伙计。

"等等——"一个不合时宜的声音打断了他们。

林异和排在他身后的秦洲循声望去，说话的人是王子。

王子紧紧地盯着林异的手，又看了看伙计手里的珠宝，然后大步朝着林异走来。

林异呼吸一窒，手心里起了一层薄汗。

秦洲拉住林异，把他藏在自己身后。

王子可能发现交易的珠宝有猫腻，林异从秦洲的身后钻出来，说："学长，我来应付。"

秦洲还没有拿出他兜里的珠宝，王子肯定不会针对秦洲。要是秦洲替他出头，两个人都会被王子盯上。王子肯定是 1-3 规则世界中重要的 NPC 之一，他们两个人不能都被王子使用"淘汰条件"。

秦洲也知道这一点，所以没有阻止林异的动作。但眼神死死地盯着林异。

王子指着林异的手臂，怒道："你，去洗干净！"

已经想了无数种对策的林异还以为自己是听错了，问："什么？"

王子又说："叫你洗干净没听见吗？真是晦气！"说完，他还不满地敲了敲 8 号交易柜，对伙计说，"我现在在不夜城里说话都不管用了吗？"

林异看了一眼自己的手臂，之前被 3011 管家划出一道口子，因为躲在床底下紧绷身体时，伤口又裂开了，现在有血渗出来，蹭在袖子上，呈现出一片血污。

8 号交易柜的伙计认真地对林异说："尊客让你去洗，你就去洗吧。"

不是来找他麻烦的就行，林异"哦"了一声，拿过赎回的单据转身离开。

王子满意了，这才回到他的交易柜，继续交易他从城堡带来的珠宝。

秦洲把兜里顺来的珠宝拿去交易了，最后两个人加起来一共有 1000 金。

两个人又去 5005 房间找到 5005 管家续房费。他们需要一个隐蔽的空间交换在城堡里找到的线索，不续费是不行了。

办完这一切之后，他们回到 5005 房间，关好门，林异把他在城堡的见闻告诉给秦洲。

重点是那幅《航海图》，其次是公主。

林异记得有人喊"公主又跳楼了"，这个"又"字很耐人寻味。再加上公主跳楼前说的话，看起来，公主并不乐意嫁给王子。

秦洲在城堡里没有发现什么。

"童话里，公主和王子都是幸福地生活在一起。"林异提出心中的疑惑，"但这里不是。王子受不了公主看士兵一眼，但公主跳楼后他并不伤心，还收集了财宝来不夜城。"

秦洲强调道："他是尊客。"

林异点了点头，刚才他也注意到了。王子在不夜城能混成了尊客的身份，其实有点说不通，因为不夜城里有"人鱼小姐"。

王子的子民这么惧怕美人鱼，王子不怕吗？还是说，真像那幅《海航图》一样，人鱼是王子的手下败将，所以他才敢如此高调地在不夜城现身？

"王子一开始是带领士兵搜捕学长，但公主跳楼后，他就停止了这个行为，反倒是让士兵去收拾珠宝。"林异推断道，"应该是公主的跳楼导致王子来不夜城。"

秦洲突然说："他是尊客，不可能不知道竞拍厅。"

林异瞬间就理解了秦洲的意思，说："学长的意思是，王子来不夜城是为了竞拍？"

"用游戏来麻痹自己和竞拍都有可能。"秦洲道，"咱们得跟着他。"

林异沉默了。

秦洲问："怎么不说话？不同意吗？"

林异偷瞄着观察秦洲的表情，道："咱们确实要跟着王子，但学长你不能去。"

秦洲深吸了一口气，不情愿地说："我考虑一下。"

秦洲当然能明白林异的意思，他们要跟着王子，很可能会到达人鱼厅。现在他们身上的金子足够他们不被抓走，但秦洲到了人鱼厅后还能保持清醒吗？眼下，他们身上的金子仅够保命，想要继续探索不夜城，还需要更多的金子。

秦洲有几次都被人鱼的吟唱声所蛊惑，说实话，他自己心里也没底。如果跟着王子的过程中再次被人鱼的吟唱声所蛊惑，别说顺利跟着王子，恐怕还会制造出大麻烦，拖累林异。

但秦洲也要考虑林异会不会被蛊惑，毕竟他也曾被人鱼的吟唱声限制住思维能力，林异没像他那样被彻底蛊惑，究竟是因为身上没有金子，还是因为他根本就没有金钱欲望，这很难说。

见秦洲皱眉，林异说："被蛊惑的概率，我比学长低。你忘了吗？我很可能和0-1怪物有关，说不定我可以靠这一点躲过被人鱼的吟唱声所蛊惑呢！而且我身体里还有个岑潜，一旦我陷入危险，岑潜就会出来的。"

秦洲眉头皱得更深了，过了很久才问："它真的能保护你吗？"

"应该能。"林异也不敢完全保证，毕竟这里是1-3规则世界，而岑潜是4-4怪物，在校园守则上与1-3怪物差了三页。

眼下也没有其他办法，秦洲只好妥协。他叮嘱林异："小天才，那你小心点。"

林异点了点头，他也不想让秦洲担心自己，便说："学长，你放心，五个小时以内，我一定回来。你就好好地待在房间里等我。"

秦洲叹了口气，说："行，五个小时之后，你要是没回来，我肯定出去找你。"

秦洲告诉他骰宝游戏的规则，又讲了讲自己的制胜法宝。如果王子去了人鱼厅玩游戏，说不定林异能够用上。

林异听一遍就懂了。他揣上大部分金子，而秦洲只留了很少的部分。

秦洲说："记得把5005管家带上。"

林异点头。

王子要么去人鱼厅，要么去竞拍厅，要么两个地方都去。既然有去人鱼厅的概率，就得带上5005管家，在管家服务中，有陪同客人去游戏这个项目，虽然他会怂恿客人投币，但也会保护客人的财产。

林异不一定会被人鱼的吟唱声所蛊惑，但其他人就不好说了，有5005 管家在身边，至少能免于林异被玩家抢劫。

秦洲看着 5005 房间门被林异关上后，他坐在房间的沙发里，焦躁地把双手插入发间。

能陪着林异去人鱼厅，5005 管家显得很兴奋。

林异旁敲侧击地问："尊客去了人鱼厅，入场门槛会提高吗？"

5005 管家说："那当然。"

林异好似闲聊一般，问："为什么？"

5005 管家笑着说："因为他看不上那点金子。"

他们到达人鱼厅时，正好是新一轮的验金环节。排队的人很多，但被筛除的人更多。看起来，本轮的门槛可不低啊。

林异和 5005 管家去排队，到了队伍中，他才知道，本轮的门槛线是 500 金。

这简直是天文数字，要知道，他的命在不夜城里只值 200 金。

不过，这也让林异确定，王子肯定是来了人鱼厅。之前，秦洲连续两轮获胜只攒了 12000 金，按照秦洲的比例计算，下一轮的门槛线也才到 120 金。

而现在，门槛线已经是 500 了金，说明上一轮的那位玩家的游戏资金达到了 50000 金。

50000 金不可能是在人鱼厅里玩游戏赢来的，每一轮的所有玩家的金子加起来，都到不了这个数，只能是那位玩家本身就有 50000 金。

验过金后，林异跟着寥寥十几个玩家走进人鱼厅。

此时，人鱼厅已经清扫干净，随着"丁零零"的声响，本轮游戏开始了。

林异望向珠帘，"人鱼小姐"已经就位，吟唱声在慢慢传开。

他错开视线，想去找王子的身影。

5005 管家眼尖，看出他的意图，问："贵客在找人吗？"

林异说："不是说有尊客吗？赢他的钱感觉会很爽吧。"

5005 管家笑着说："尊客还看不上这点钱，如果贵客能赢到最后，尊客自然会来找您。"

林异"哦"了一声，看来必须玩游戏了，好在秦洲教了他规则。

他随意靠近一张游戏桌。林异最先注意到的是这桌玩家们的状态，此时，他们眼中已经泛着微红，看来已经受到人鱼的吟唱声所影响，只不过还没有完全丧失理智，没有上头到直接把身上的金子都放进投币口。

林异知道，自己的思维肯定会被影响，便反复在心里强调秦洲教给自己的制胜法宝。这样就算脑子转不过来，也能按照本能地去玩游戏。

他看玩家投币后，算了算主持者的收支，然后放了 50 金在"大"上。

游戏宣布结果，他赢了 50 金。

连续几把小赢之后，5005 管家提议道："贵客的运气不错！下一局要不要试着玩大一点？"

林异不为所动，道："再试几局。"

5005 管家并没有主动帮林异保管钱财，主要是因为林异赢的金片不够多。

林异迟钝地想：管家的"淘汰条件"应该是保护客人，当然前提是客人的身上得有钱。你有钱，他就保护你，你没钱，他就冷眼旁观。

在"人鱼小姐"地持续吟唱下，林异的计算速度越来越慢，他的投币动作也越来越慢。好在他玩得小，就算中途输了几局，还能算赢。

5005 管家又在他的耳畔怂恿他加大投币数量："贵客，您这样太浪费时间了，每轮游戏时间只有一个小时，您不是想赢尊客的钱吗？您这样要攒多久才够资格和尊客玩一局呢？"

林异默默地增加了筹码……

不知道过了几局之后，林异看到自己投币的金额后，猛地回过神来。

他竟然投了 1000 金！

放在游戏桌上的金子在灯光下璀璨生辉，落在林异的眼中却无比刺眼。他抬头看了一眼珠帘，不知道什么时候开始，人鱼的吟唱声只剩下尖叫的呐喊了，甚至比他第一回听到的声音还要显得凄厉愤怒。

林异确定声音里是凄厉和愤怒这两种情绪，他盯着珠帘的方向看，人鱼的身影已经不见妙曼，而是疯狂，就像是中了邪、着了魔，正在疯狂地晃动。

在珠帘的不远处，王子不知在什么时候也出现了。他比人鱼厅里的所有玩家都要豪气，随手一局就是上万金。

突然，5005 管家扯了扯林异的衣角，说："贵客，我帮您保管吧？"

这一局，林异赢了。

他回头看向自己所在的游戏桌，他投了 1000 金，其他人比他投得更多，几乎是倾尽所有。这么一对比，他的 1000 金就显得微不足道了。

突然，余光被一个亮晃晃的东西闪了一下，不知道何时，5005 管家已经掏出了匕首，在他脚边已经有了被刺死的尸体。

林异深吸一口气，他这才发现，自己好像中招了。

但脑子仅仅让他得到这个结论，而没办法让他思考更多去自救。

他彷徨又迷茫，自己怎么也中招了呢？

血腥的戏码再次上演，透过铮亮的游戏桌，林异看见自己的双眼。他的眼眸并无异常，不像其他人那样泛着血红之色。

那他到底有没有中招？如果中招了，为什么他的眼睛没有异常，心里也没有一丝对游戏的着迷呢？如果没有，他为什么又投币了，为什么内心像吟唱那样充满了凄然和愤怒呢？

5005 管家对林异说："这一局贵客投币 2000 就可以直接结束了。"

游戏桌上没剩几个人，只要林异投入 2000 金，就能让这几个人直接破产。他们没钱了，这局自然就结束了。

林异有些犹豫，5005 管家又说："您要是赢下这一局，下一局就可以和尊客玩了。"

林异已经想不起来他为什么非要和王子玩一局，只是隐隐记得，这句话最初只是用来套话的，想看看王子是不是真的在人鱼厅中。

但 5005 管家这么说完，像是有种魔力在鼓动着，林异真的投入了 2000 金。

林异心想：糟糕，自己可能真的中招了。

此时，他很想和王子玩上一局，甚至想让王子倾家荡产，光是这么想，他的心里就升出阵阵快意之感。

林异紧盯着游戏桌，心里已经确定自己能赢。只要他赢了，其他玩家全部破产，不然还会有下一局、下下局，他要是主持者，必然会操控让自己赢。

两秒后，主持者宣布结果。

林异赢了。

有的玩家不肯接受这个事实，他看见得到丰厚奖励的林异，冲上来想要抢钱。

5005 管家也不手软，一刀没入对方的腹部……

收拾完这些想要抢钱的人之后，5005 管家对林异说："贵客，尊客邀请您去那边。"说完，替林异指了一下。

林异抬头，顺着方向看过去，王子已经落座游戏桌了。

并且，王子所在的游戏桌只有他一个人，"人鱼小姐"还在疯狂地吟唱，唱得林异内心满是焦躁和怒意。

人鱼厅里早就没人了，只剩下他和王子两个人。

所以，这句游戏是一对一。

不夜城阶级分明，王子是尊客，只有林异去找他。

于是，林异抬脚朝着王子所在的游戏桌走去。

王子坐着，他站着。王子摆了摆手，旁边的人替他在游戏桌上扔出一个锦囊。

王子盯着林异说："我投 10000 金，该你了。"

10000 金当然不是王子的全部资产。林异看到王子身边有好多人替王子暂时保管钱财，他们怀里抱着一堆锦囊，如果每个锦囊里都有 10000 金的话，那王子的资金已经达到了百万级别了。

而他只有 10000 金。

5005 管家问："贵客，您下多少？"

林异张口想说 10000 金，在说出口之前，他及时停住了。

这 10000 金下去，他肯定会输，因为这是他全部资金。在最后的环节，游戏主持者只会考虑怎么让更多的人破产。

想要赢，就不能让游戏主持者成为游戏的掌控者。

林异提议道："尊客，这个玩腻了，玩点别的吗？"

王子突然来了兴趣："说来听听。"

林异说："比手腕。"

王子一脸不可思议地问："你是在跟我开玩笑吗？"

林异竭力压住自己心里的情绪，想让自己保持一丝清醒。他说："我的手臂受伤了，您是看见的。都这样了，您不会害怕赢不了我吧？"

王子一巴掌拍在游戏桌上，道："我会怕你？行，玩就玩。"说着，他撸起袖子，大喝一声，"来！"

林异也撸起袖子，靠近王子身边。

林异把手肘放在游戏桌上，和王子交握住。

王子在人鱼厅里待了不止一轮，如果考虑被蛊惑的影响，王子应当比林异要更严重。

因此，林异还是很有信心能拿下这一局的。

只要这一局他赢了，这一轮的时间就到了，他也就安全了。

王子看了一眼林异手臂上的伤口，说："看在你受伤的分上，由你说开始。"

林异抬头刚要说好，忽然整个人都愣住了。

他蓦然看见王子的双耳中塞了个什么东西。

林异不死心地朝着王子的眼睛看过去，果然，他的眼睛也并无异样。

任凭人鱼的吟唱有多疯狂，王子根本就没被蛊惑！

原来如此，王子敢来人鱼厅是因为他有真正的制胜法宝。

"还不喊开始？"王子有些不耐烦了，"那我喊。开始！"刚喊完，他就开始发力。

林异也赶紧使力。他紧咬着牙，手腕不能倒下去。

倒下去的话，输的不是这 10000 金，而是他的性命。

他不能死，他不能把秦洲独自扔在 1-3 规则世界里。

即便林异不断在心里给自己加油鼓气，他的手腕还是一点点地坍塌，手臂上的伤口也再度撕裂，他清晰地感受到剧痛。

这股剧痛让他的头脑瞬间清醒过来，然而，并没有什么用，他的手腕连同整条手臂都在往失败的方向倒去……

"岑潜！"

"4-4 怪物！"

林异咬着牙，在心里喊着："岑潜，出来！"

林异一遍遍在心里喊着岑潜的名字，手臂伤口再度撕裂所带来的疼痛也让他的脑子变得清明。

他觉得，岑潜应该会出来啊。

在 16-8 规则世界里，他以为自己已触犯了"淘汰条件"，瞬间的着急都能让岑潜出现。

在 2-6 规则世界里，他差点被 2-6 怪物发现，岑潜也出现了。

从编号来看，2-6 规则比 4-4 规则差 2 页，但 2-6 怪物做出一副惧怕 4-4 怪物的架势，这才让林异利用了这一点，成功化解难关。

1-3 怪物确实是强，单从规则世界就让林异感受到它的强大，但林异不觉得这是什么大问题。岑潜曾经告诉过他，"我就是你"，现在林异要凉了，岑潜怎么可能不出现？

救他不就等于救岑潜自己吗？

林异思绪飞转，他从未这么放纵过自己的思绪，只为了让岑潜出现。

然而——

"咚"的一声，他的手腕被王子压在游戏桌上。

林异的思绪一下就停住了。他看着自己被压倒的手腕，开裂的伤口重新溢出鲜血，染红了纱布。

王子很是嫌弃地丢开林异的手。旁边的仆人立刻上前，递给王子一块帕子。王子擦着手指，高傲地看着久久不能回神的林异。

"我赢了。"王子兴奋地说。

对。

王子赢了。

林异盯着自己的手，他竟然输了。

岑潜根本就没有出现，甚至连一点动静都没有，就好像身体里，它根本不存在一样。

林异身上的 10000 金被王子拿走，他破产了。

5005 管家立刻换了一副嘴脸。

王子打了一个呵欠，看样子是玩够了。

林异站在原地，没有做出任何会被误认为抢钱的举动。倒不是考虑自己的安危，他现在大脑一片空白，根本就无法做出反应。他也去过那么多个规则世界了，几番险象环生，虽然凶险，但好歹是保住了性命。

但是现在，他输了，而迎接他的很有可能是死亡。

林异在想，自己死后秦洲怎么办？1-3规则世界这么难，秦洲一个人能行吗？自己都被人鱼的吟唱声蛊惑成这样，秦洲又该怎么办呢？

继而他又想，自己不是和0-1怪物有关系吗？4-4怪物不出现，为什么0-1怪物也不出现呢？他不是0-1怪物制造的身体吗，0-1怪物也不管吗？

那些来抓身无分文的人又出现了，这次没有秦洲再往他手里塞金子了。很快，他就被安保人员抓住，并拖着前往不夜城的七层。

直到此时，林异才发现，七层也不仅有交易厅，还有一个隐蔽的屋子，里面密密麻麻地摆放着无数个囚笼，关着那些身无分文的人。他被塞进一个金色的牢笼里。紧接着，笼子上面的红布被放下来，他的视野里就只剩一片黑暗了。

林异蜷在笼子里，没了人鱼的吟唱，他的头脑无比的清晰，也想了很多。如果陆进说的是真的，成为帮工之后，他在非自然工程大学的身体会出现死亡映射。那么，欧莹、王飞航必然时刻关注着进入1-3规则世界的人，现在应该就收到了他的死亡消息了吧？要是让程阳听到这个消息，估计又得晕过去……

在非自然工程大学里，欧莹已经好几天没休息了，要不是王飞航劝她休息一会儿，欧莹还会继续盯下去，直到林异和秦洲从1-3规则世界出来。

之前，欧莹还经常劝秦洲，不用急于一时，先保证自己身体健康最重要，身体垮了反而得不偿失。

这么想着，欧莹回到办公室，趴在办公桌上休息。不过，她还是不放心，随手定下两个小时的闹钟。

刚闭上眼，手机铃声便急促地响起，欧莹立刻抬起头，抓过手机，那是王飞航打来的。

欧莹隐隐不安，她抓着手机的手都在颤抖："飞航，出什么事了？"她还是想往好处想，"洲哥和林异出来了吗？"

"欧莹姐——"王飞航声音哽住了，"林异……林异……"

欧莹猛地吸了口气，忙问："林异怎么了？"

王飞航抽噎着说："他……出事了。"

眩晕、黑暗……多日的劳累让欧莹连秦洲是什么情况都还没来得及问，便一头栽倒。

在通铺上，林异的身体已经淌出大片血色。

王飞航不死心地再次去试探林异的鼻尖，呼吸已经停止了，他手上一半温热一半冰凉，温热的是林异身体流出的血液，冰凉的是林异的身体。

"叫校医过来看看。"王飞航收回手对负责人说。

负责人抹了一把眼泪，没有动作。

王飞航大喊："哭什么哭？赶紧去叫校医来一趟！"

其他区域的负责人不时朝着王飞航看过来。在众目睽睽之下，王飞航一拳砸在桌子上，他用了很大的力气，桌板都被打裂了，但他还不够，又继续往桌面上砸，以此来宣泄自己的情绪。

其他人见势不对，赶紧上前抱住王飞航，劝道："王队，你别这样！"

王飞航说："我没事，你们放开。"

大家都亲眼看见了王飞航的反应，哪敢撒手啊。

"我让你们撒开！"王飞航突然开始挣扎，"放开我！"

"王飞航！"欧莹追过来，"你在闹什么！"

王飞航看到欧莹，发现对方额头上绯红一片，那是她晕倒时撞到了桌子角。

欧莹走来，看了一眼林异的状态。

其实，她全身都在发抖了，但还是勉强维持着镇定，问 1-3 规则世界的负责人情况："什么时候出现的？"

负责人啜泣道："半个小时前。"

欧莹"嗯"了一声，道："把林异带走吧，再辛苦后勤部的同学来清扫一下。"

王飞航赶紧说："我去叫校医来，我看林异的身体没有外伤，说不定……说不定还没有……"

欧莹看了他一眼。

王飞航立刻说："我这就去叫校医。"说完，便夺门而出。

欧莹则对负责人说："再等等。"说完，她站在原地看着林异身体出现的死亡映射，半个小时就出现了淤血的情况，这么大片的血迹究竟意味着什么，她心里很清楚，但就是不死心。

视野里，林异紧闭着双眼，嘴唇苍白。

过了一会儿，王飞航拉着校医来了："校医，你看看林异同学还……还活着吗？"

欧莹回头看了一眼，往旁边站了站，给校医让出位置。

校医看向林异，又转头看向欧莹和王飞航，叹了口气，上前替林异做检查。

整间阶梯教室静得针落可闻，大家的注意力都放在校医身上。

过了很久，校医抬头看向欧莹，说："你知道该怎么处理。"

欧莹一时没控制住，眼泪"唰"地一下就掉下来了。

"嗯，我知道了。"她回过头对负责人说，"通知后勤部的同学。"

王飞航张了张嘴，想再说点什么，却说不出口。

后勤部的同学带着裹尸袋来了。

躺在通铺上出现死亡映射的学生都由后勤部装进裹尸袋，再放入学校的停尸房，每晚统一时间进行焚烧。

　　欧莹心想：一所学校里竟然建立停尸房和焚烧室，真是可笑，她吩咐后勤部的同学："林异的焚化时间另行安排，先停在停尸房。"

　　后勤部的同学点了点头，问："欧莹姐，要停放多久？"他也不想问，但需要记录在册。

　　"停到……"欧莹说，"秦会长醒来为止。"

Q 第 8 章 典当

林异感觉自己被抬起来了，其他囚笼里发出不明所以的尖叫。林异知道，自己将会被送去哪里，他保持沉默，等待心态慢慢好转起来，虽然游戏输了，但至少他还不算彻底死亡，还是能够留在这里的。

陆进之前说过，只要雇主死了，帮工就能得到自由。大不了他被雇佣后，也学着 5005 管家去怂恿雇主玩游戏，越危险越好……

随后林异又想，应该会有人雇佣他吧？

要是实在没人雇佣，他还有嘴，可以推销自己！林异又想，要不要表演一段才艺，比如被拍卖时唱首歌？他唱歌不算好听，但至少不跑调。除此之外，他还会讲笑话，要不讲个段子吧……不夜城里太压抑了，或许那些尊客就需要这种帮工，还没想好，他感觉自己被放下来了。

随后，就是主持人的声音。林异不知道自己的上场顺序，只好闭目养神，耐心等待自己上场。

终于轮到他了，林异听见了主持人走向自己的脚步声。

在红布被揭开的那瞬间，他清了清嗓子，准备看情况好推销自己。

哗啦——

红布被揭开，主持人宣布："雇佣价 10000 金。"

林异愣住了。

倒不是因为他的雇佣价达到万金级别，而是……

在观众席里，他看见了秦洲。

秦洲没有坐在最后，这次反而是在前排，并且是第一排。林异一抬眸就能看见他。

他突然觉得自己的呼吸被控制住了，手指在秦洲看过来的瞬间也轻颤了一下。

秦洲举手："1 万金。"

立刻就有尊客加价："2 万金！"

林异听得心惊胆战。他一动不动地看着秦洲，不知道秦洲到底交易了什么，一个人全身上下所有的器官加起来能有 5000 金就不错了，但秦洲坐在代表最高阶级的位置上……

还有人在追加："3 万 5 千金。"

秦洲一直看着林异，继续加："5 万金。"

秦洲他到底当了什么！

林异一阵心慌，他忽然觉得自己太轻率了，凭什么认为自己就不会被人鱼的吟唱声所蛊惑，现在要连累秦洲来捞他！

林异忽然不敢看秦洲了，只得匆忙别开眼。

竞拍厅在秦洲喊出 5 万金后安静了片刻，主持人喊："5 万金一次，5 万金两次，5 万金……"

"10 万金。"不知道从哪里冒出了突兀刺耳的声音。

林异没眼再看秦洲，反而去看台下出声的方向，也是在第一排的位置，并且是正中央，喊价的人竟然是王子。

发现林异看过来了，王子露出一副"没想到吧"的欠揍表情。他觉得林异很有趣，他要把林异竞拍下来，每次来不夜城的时候就和他掰手腕。

林异立刻去看秦洲，想要示意对方收手吧。但秦洲眼睛都没眨，喊："20 万。"

这下，林异彻底慌了。

"100 万。"王子懒得再玩这种无聊的竞拍游戏了，直接喊出了底价，随后瞪着秦洲说，"我之前没见过你，刚来的吧？我就是钱多，你争不过我的，有这 40 万，去人鱼厅玩玩就得了！"

秦洲理也不理，再度举手："120 万金。"

王子的脸色沉下来，道："150 万金！"

秦洲："200 万金！"

王子明显一愣，还想再喊价，忽然又想到了什么，最终愤愤收手。他瞪着秦洲，问："200 万金雇佣一个帮工，你疯了吗？"

秦洲也不理他，而是催促主持人："你不敲锤吗？"

主持人当然知道王子的身份，看了一眼王子。

王子怒道："你看我干什么？指望我出 200 万金吗？我又不是冤大头！"

肯定不会有比 200 万金更高的价格了，主持人一锤定音："200 万金，成交！"

红布重新盖住囚笼，林异心烦意乱，也不知道他会被抬去哪里，他只能揪心地等待着秦洲来带走自己。

等了好一会儿，林异听见指节敲着囚笼的声音："林异，还好吗？"

林异鼻子一酸："嗯……"

继而红布被秦洲揭开，他半蹲下来，用钥匙打开锁，想说什么，但最终化成两个字："还好。"

还好赶上了。

林异问出自己最关心的问题："学长，你当了什么？"

其实，他应该回去再问，但林异根本等不及。

秦洲的喉结滚动了一下……

林异离开后，秦洲在房间里来回踱步。他不认为林异能抵挡住人鱼吟唱的蛊惑，也根本不相信林异身体里的4-4怪物能真正保护他。

那毕竟是怪物。

林异说让他等五个小时，秦洲也不能因为担心就随便离开，他要是被人鱼的吟唱声蛊惑了，反而是给林异添麻烦。

就这么坐立不安地等着，直到他听见房门外响起了脚步声。

然而，脚步停在了5005房门口后，就再没动静。

秦洲心里一沉，一把拉开门。

果然，门口只有5005管家一人，发生了什么，已经不言而喻。

秦洲直接问："他还活着吗？"

5005管家说："贵客的朋友被带去了不夜城七层。"

秦洲点了点头，还活着就行，他转身就朝着交易厅跑去，插队到8号交易柜前，秦洲直接说："我身上哪里最值钱就当哪里。"他知道自己身上再值钱的地方也换不来多少金片，但他要去左边竞拍厅，身上至少得有10000金，还得有更多的钱来拍下林异。

那就只能去人鱼厅了，他有钱去人鱼厅，但是不行，他现在对于金子的渴望远超任何时候，肯定会被人鱼的吟唱声蛊惑到没有自我，那时候，他就没办法救林异了。

因此，他得来交易柜作交易，要去买能让"人鱼小姐"闭嘴的药，并且不只五分钟。

8号交易柜的伙计看了一眼秦洲，问："你的朋友没来？"

"别废话，哪儿我都当。"秦洲的语气不善。

伙计也不介意，上下打量一番后，说："最值钱的地方？可以，交易你们的友情呗。"

秦洲怔住，问："什么？"

伙计说："友情。这是你浑身上下最值钱的东西了。我给你300

万金，期限七天，利息每天 3 万金。交易吗？"

秦洲手指颤了一下，他很清楚这是一个怎样的交易。

交易林异对他的友情，如果还不上钱，那林异就不再和他统一战线，他们不再是出生入死的朋友。

可如果有了 300 万金，他不用再争分夺秒地去人鱼厅玩游戏了，能赶上下个小时的竞拍会，并且一定能买下林异。

伙计引诱道："你们每回都在期限内赎回你们的东西，是去人鱼厅赢的吧？运气不错啊，说不定这次也一样呢？"

怎么可能，这是一句很拙劣的谎话。

秦洲参与了两轮游戏，最终赢得 12000 金。现在他交易 300 万金，期限七天，利息也是每天 3 万金。就算他整天泡在人鱼厅里，不夜城一天十二个小时，人鱼厅有十二轮游戏，他全都赢下，一天也只有 72000 金，刨除利息 3 万金，只剩下 42000 金，想要赢回 300 万金的本金，得在人鱼厅待够七十一天。

伙计又说："你要交易这么多钱，是为了去左边竞拍厅雇佣他吧？根据我的经验来看，他的雇佣价是 10000 金。不过，聪明又好看的帮工一向是抢手货，上一个这么好看的帮工最终雇佣价格是 50 万金，你还怕在人鱼厅赚不回来？说真的，你多犹豫一秒，我都要替那漂亮小哥不值了，你不过是失去一个队友，而他失去的……"

秦洲打断他的话，沉声道："交易。"

伙计眉开眼笑，立刻开票："300 万金，期限七天，利息每天 3 万金，七天之内还不上钱，你交易的东西……"停顿一下，伙计高声道，"可不能再赎回喽。"

林异胸膛起伏着，他强压着心里的情绪，跟着秦洲回到 5005 房间。

一进门，他便把门锁上，然后看着秦洲。

秦洲问："饿了吗？我给你叫……"

"学长——"林异与秦洲对视,"200万还能找回来吗？是不是找不回来,我就要去和8号交易柜那个秃头伙计交朋友了？"

"小天才——"秦洲紧紧地盯着林异,保证道,"我一定会找回来的。"

林异低着头,小声问:"学长,你发现了吗？"

秦洲用沙哑嗓音问:"什么？"

林异吸了口气,说:"现在已经不需要人鱼的吟唱吸引你前往人鱼厅了,你已经被蛊惑了。"

秦洲猛地噤声。

1-3规则世界的困难之处,是卷入者会因为各种原因被金钱欲望所侵蚀。

金子在不夜城看起来是万能的,能换到一切,还能把人分出个三六九等,但实际上,是把人推入深渊的罪魁祸首。

期限是七天,那就还有七天的机会。

林异想,反正他这样肯定是出不去1-3规则世界了,那什么都没有帮助秦洲平安离开重要。

林异说:"学长,王子的耳朵里塞了东西,所以他根本就没有被人鱼的吟唱声所影响。"

秦洲看着他干净明亮的眼睛。

林异却低头与秦洲的视线错开,借此来回忆着自己看见的物件,他在人鱼厅排队时,也曾尝试过捂住耳朵,但根本没用。并且人鱼的吟唱声有时候能穿透建筑层,他们在三楼房间里,也能听见人鱼的吟唱。这就证明,堵住耳朵根本无法抵御人鱼的吟唱声。

不夜城里有这么多人,林异不信没有人去竞价过听力。如果失去听力,是不是就听不见人鱼的吟唱了？林异不觉得不夜城会出现这种漏洞。

秦洲看了他一会儿,低声道:"是在竞拍厅换的？"

林异点头。

王子的耳塞肯定很贵，毕竟人鱼的吟唱是不夜城的制胜法宝，不可能用几块金子就能换到。让人鱼闭嘴的价格是1000万金，用耳塞堵住双耳的性质和它一样，目的是让自己不被人鱼的吟唱声所影响。因此，耳塞的价格不可能比让人鱼闭嘴的价格便宜。甚至他们都没必要花费200金服务费去询问耳塞的价格。

"学长——"林异看着秦洲，"我们再出去一次。"

以王子的性格，不可能和他们一样购买具有时效性的耳塞，它一定是永久性的。既然买不起，那就只有去偷。

耳塞对他们很有用，如果能有耳塞，他们至少有一个人不会被人鱼的吟唱蛊惑，能够恢复平时的思考能力，那样看待整个1-3规则世界，说不定会有额外的发现。

现在他们虽然也能思考，但像是有一块巨石堵在思路的尽头，他们没办法抬走这块巨石，也不知道怎么才能绕过这块拦路石。

秦洲还剩下100万金，不能赎回他交易出去的友情，但是购买离开不夜城还是绰绰有余。

打探到王子已经离开不夜城之后，两个人再次离开了不夜城。

这次他们有目的地朝着城堡的方向走去，在之前等着守卫交接班的地方等着下一个整点的到来。

林异在心里算了算时间："还有两分钟。"

秦洲屏息以待："好。"

说完后，两个人就紧盯着城门。上一次在临近交接班时，守卫就会做准备了，但这儿他们还挺直着背脊，像尊雕像一样，一动不动地守卫城堡，并没有要离开城门的意思。

两分钟后，他们还站在这里。

林异抿着唇，他计算的时间从来没有出过错。但现在，林异不敢保证了，他不知道是不是成为帮工后，会不会对自己有什么影响。

秦洲发现他的思绪，说："再等一个小时。"

林异点头说"好"。

又等了一个小时，守卫仍旧驻守在城门口。

林异抬头看向秦洲，秦洲说："走，咱们去海边。"

林异点头，他们上次就是在海边装人鱼得到了守卫整点换班的消息，看看这次能不能也得到什么有用的线索。

到了海边之后，林异准备朝着小房子走去。

突然，秦洲拉住他，说："这次换我来。"

守卫没再换班了，很有可能是因为这里的渔民透露了什么，才导致原本的线索失效。

因此，这一次假扮人鱼是有危险性的。

林异没同意，说："学长，还是我来吧，反正我都已经这样了。"

他也没敢看秦洲的表情，也知道这句话肯定会让秦洲难过。

林异挣开秦洲的手，朝着小房子快速跑去。

其实，沦为帮工也有一个好处，那就是他做事不像之前那般畏手畏脚了。光脚的不怕穿鞋的，反正都已经这样了，再坏还能坏到哪里去呢……

林异摘下被渔民搁置的渔网，和上次一样，把自己的下半身缠住，并整理好脚边的渔网，摆成鱼尾的形状。

整理完之后，林异对秦洲小声说："学长，我好了。"

秦洲把挂在林异头顶上的小灯打开。在灯光的投射下，地面上浮现出人鱼的影子。

在秦洲开口喊人之前，林异双手置在唇边当扩音器，大声喊道："人鱼来了！人鱼又来了！"

一口气喊了三声。

房子内立刻兵荒马乱。

掀开一点点门缝，渔民再度看见骇人的影子，吓得都快晕厥过去。

上次人鱼不是答应不杀他们了吗！怎么又来了！

林异掐着嗓子说："告诉我怎么去城堡……"

渔民们战栗着回答："每个整点守卫都会换班，那时候的管理最松懈，您可以趁着那个空当去城堡里寻找王子。"

林异呵斥道："骗人……鱼！"

渔民"扑通"一声就跪了下来："我哪敢骗您，这是真的，我发誓我没有……"求饶的话突然顿住，渔民想起来了，"对了，王子和公主即将大婚，所以城门严防死守，您要不等到王子与公主大婚当天进入城堡？那个时候您肯定能进去。"

林异看了一眼秦洲，随后问道："什么时候大婚？"

渔民立即说道："明天，就明天！"

林异算了一下，按照不夜城的时间来算，等于还剩下将近八个小时。

在林异计算时间时，秦洲突然把他打横抱了起来。林异吃了一惊，怕自己摔下去，下意识抱住了秦洲的后颈。

门"吱呀"一声被推开了。原来是渔民见人鱼有一小会儿没再说话，便鼓起勇气推门，想看看人鱼有没有离开。

秦洲拉着林异贴在渔民视线死角的墙壁背后。渔民转了一圈，确定人鱼离开之后，长长呼出一口气，带着股劫后余生的欣喜。

村民走后，两个人找到一处还算干净的海滩。林异正在解缠在下半身的渔网。

秦洲问："需不需要帮忙？"

"不用了，我自己可以。"林异飞快地替自己解开渔网，余光却瞥见秦洲的表情，带着很多负面的情绪。

林异不善于安慰别人，他每次开口安慰别人，自己反而会先觉得很尴尬。

然而，这次倒没有，林异说："学长，没关系，就算 1-3 规则世界否决了咱们的友情，但您在我心目中的形象永远不会坍塌。"

时间差不多了，两个人便向镇上走去。

今天确实是王子和公主大婚的日子，镇上张灯结彩，镇上的百姓都好奇地跑出来看。

有一队兵马正顺着镇上的竖向道路朝着城堡的方向走去，通过这队兵马的着装来看，并不是王子的士兵。

看热闹的人群里有人发出感叹："他们好威武啊！"

林异看了一看这队兵马，确实和王子的士兵相比，这队兵马气质卓越，光从气势上，就把王子的士兵压得死死的，更别说他们身上的盔甲和武器，都不是一个等级的。

林异问人群里的一位老大爷："老爷爷，这队兵马是什么来历啊？"

老大爷"嚯"了一声，道："这你都不知道吗？今天是咱们王子和公主大婚的日子，这队兵马当然是公主所属的国家派来镇场子的啊！"

林异心想：士兵是一个国家的武力象征，单从这一点来看，王子高攀公主了。并且从财富上来看，公主所属的国家也不像缺钱的样子，士兵的刀鞘上都镶嵌着宝石，纵然在黑夜之中也闪烁着光芒。

因为在人鱼厅出了意外，林异没能跟着王子走到最后，不知道王子有没有去不夜城七层的右边交易厅，如果去了又交换了什么？

不过现在，林异心中隐隐有了猜想。

秦洲小声说："先进去看看。"

林异点头。

这队兵马是朝着城堡的方向去的，城门必然已经为他们打开了。

两个人赶在这队兵马前到了城门，确定不是上次搭过话的守卫之后，林异便和秦洲走到城门的守卫面前。

林异停下来装模作样问守卫："公主可在城堡？我是奉了国王的命令专程给公主捎话的！祝她新婚快乐！"

守卫你看看我，我看看你，林异不再磨叽，直接和秦洲走了进去。

看着林异和秦洲大摇大摆的模样，守卫也不敢拦。

混进城堡居然这么容易，但想在偌大的城堡找耳塞才是接下来最困难的事，两人只能分头行动。这一次，林异依旧负责城堡的高楼层。毕竟不是第一次来城堡了，林异对高楼层要更熟悉些。

秦洲没有意见，两个人分开行动。

林异直奔上次到过的房间，那个房间的墙壁上挂着一幅《航海图》，画作里的王子洋洋得意。按照王子的性格，这样的画肯定会挂在自己房间里，用来时时刻刻瞻仰英姿。但他也没敢直接冲进房间，先是在外面踌躇了一会儿，探听房间有没有动静。

房间静悄悄的，应该是没有人。

林异小心翼翼地推开房门，探身进去。

映入眼帘的又是那张巨大的《航海图》。林异心想：王子是什么渣男啊，结婚当天，自己的房间里居然连张结婚照都没。还有，他不知道王子在右边交易厅做了什么交易，到底是让公主复活，还是新求了一位公主呢？

但这并不重要，林异的目的不是这个。

他绕过这幅《航海图》，准备去房间深处寻找耳塞。人特别喜欢把宝贝藏在自己身边，比如枕头、床头柜。

刚走进去，林异就顿住了脚步。

因为梳妆镜前，坐着一位盛装的公主。

此时，公主背对着他。

林异本是想赶紧退出去的，但见公主没有其他动作之后，他就不着急逃跑了。

他起初认为房间里没有人，并未刻意压低自己的脚步声，公主肯定听见了。但奇怪的是，公主始终背对着他，没有任何反应。

林异想了想，喊道："公主殿下，王子让我来问您收拾好了吗？"

还是没反应。

林异思考了一下，随后防备着上前："公主殿下？"直到他走近公主，这位公主都没有做出过任何动作。

林异走到公主正面，看了一眼公主之后，他知道王子在右边交易厅做了什么交易了。

王子并没有复活公主，也没有寻找新的公主，而是选择重塑公主的尸体。

眼前的公主还是上次在城堡看见的那位，但此刻，她的身体有明显的重塑痕迹，脖子上还有好几处血迹没有擦拭干净。

林异盯着公主看了几眼，随后伸手帮公主覆上死不瞑目的双眼。

林异又回到了那幅《航海图》面前，沉静地盯着它看。

王子确实是因为公主跳楼才去了不夜城，在和秦洲加价拍卖他的时候收手，是因为还顾忌着自己来不夜城的目的——重塑公主。

原来，从一开始，王子就没打算复活公主，那名仆人喊的"公主又跳楼了"的那个"又"字就可以表明，公主并不是第一次跳楼了。

之前王子还会复活公主，但这一次他没有，因为王子很清楚公主不爱他，情愿多看一眼士兵，也不愿意给王子一个眼神，那王子还有什么必要复活一个不爱自己的公主。对于王子来说，他只要得到公主所属国家的支持就好。毕竟公主是邻国国王最宠爱的女儿，娶了她，就等于娶了公主背景的势力。

公主不愿意嫁给王子，她又是最受宠的女儿，国王为什么会把她嫁给一个只知道杀戮的王子呢？

两个国度并不存在联姻的必要。从士兵的盔甲和武器来看，王子的国度就是被碾压的哪个。

只有一个可能，王子得到公主也是从不夜城七层的右边交易厅换来的。

为什么王子不直接交换权势呢？

林异想到了竞拍时的王子，200万金他都会考虑。其他拍品的定价全靠不夜城老板的一张嘴，滔天权势的定价肯定不便宜。

所以王子权衡再三，发现娶公主是最划算的。

林异又想到了程阳，程阳家里是真的有钱，所以程阳花钱连眼皮都不会眨一下，同样的东西只会买最贵的，消费观是"贵有贵的道理"。但程阳的爸爸不会这样，程阳说过，他爸爸以前过过苦日子，赚了钱之后确实有暴富心理，胡乱消费过一阵子。过了一段时间就不会这样了，毕竟一想到以前的苦日子，还是会想着节约。

那王子的行为呢？

是一种典型的暴富心理，所以渔民们得到了大量的赏赐，连守门的士兵家里的马桶都镶着钻。但真正用钱的时候，他还是会下意识地去权衡钱花得值不值，自己会不会是冤大头。

林异的目光放在《航海图》中的人鱼鱼尾上，金光闪闪的。

但人鱼厅里的"人鱼小姐"没有鱼尾，薄毯下面也是双腿的轮廓，那她的鱼尾呢？

童话里，美人鱼用嗓音置换了双腿，人鱼厅里的"人鱼小姐"也用鱼尾置换了双腿，为什么呢？

难道是因为感情？毕竟童话也是这样的设定。

在不夜城里，人命最多值1000金，感情却值300万金。

在这幅《航海图》上，美人鱼锋利的鱼尾是卷出滔天海浪的武器，王子那把宝剑怎么可能伤得了美人鱼呢？

这只是一幅臆想出来的画作，真实的情况只能是美人鱼自己心甘情愿地交易了她的鱼尾，不然没有人能逼迫她。

交易来的钱或许就是让王子暴富的第一桶金。

　　这些钱就此撕开了王子的贪欲，像是《航海图》里所展现的内容，王子的剑对准了她的鱼尾，事实上，是王子的恶念对准了人鱼。

　　失去鱼尾之后，人鱼就失去了自保武器，王子不再惧怕她，拿她做了交易，换取了金钱，又用金钱在竞拍厅换取了代表权势的联姻。

　　人鱼恨着所有觊觎钱财的恶徒，她用嗓音蛊惑玩家，让他们和自己一样坠入万丈深渊，永生无法翻身。

　　林异伸手抚摸画里的人鱼，他总觉得鱼尾上层层叠叠的鱼鳞像极了不夜城人人追逐的金片。

　　不知道是拨动了哪片鱼鳞，"轰隆"一声，《航海图》竟向两面分开，露出隐藏在画作后的机关。

　　一个暗格，里面放着一个盒子。林异伸手取出盒子，揭开盖子，里面躺着一对鱼骨制作的耳塞，他没有片刻的犹豫，取出鱼骨耳塞，将盒子放回原处。找到要找的东西之后，林异匆匆离开这里。

　　城堡有了喧嚣声，王子正在接待远道而来的军队。

　　林异刚跑下城堡，就撞见正要上楼来找他的秦洲。

　　秦洲说："婚礼要开始了。王子派了奴仆去请公主。"

　　林异点头，说："学长，我找到了。"

　　秦洲很是高兴，说："先离开这里。"

　　林异点头道："好。"

　　今天王子和公主大婚，王子开恩，特赦平民可以站在城堡下观看他的婚礼。

　　城门大开，守卫也不再限制平民的出入。

　　来看王子婚礼的人很多，两个人逆流而行。

　　林异把自己在房间的发现告诉秦洲，最后总结道："学长，1-3 规则世界的主角是人鱼。"

　　依据是像极了金片的鱼鳞，林异把从画作上的鱼尾处摘下的鱼鳞拿给秦洲看，那确实是不夜城的金片。

林异说："7-7 规则世界主角是花瓶姑娘，2-6 规则世界主角是红衣女人，16-8 规则世界是朱院长，4-4 规则世界主角是岑潜，8-4 规则世界主角是小猫，17-1 规则世界主角是唐斐……基本上，他们都有名有姓，是现实世界真实存在过的人和动物。"

秦洲点头表示认同："我去过的规则世界也是这样。"

这就是 1-3 规则世界最矛盾的一点，规则世界的主角是在讲述自己生前的故事，但是 1-3 规则世界和其他规则世界趋于现实的主线不同，1-3 规则世界的主线太童话化了，现实世界里根本就没有美人鱼，也没有什么都可以做交易的不夜城。

1-3 规则世界就像是有人在刻意扭曲童话一样。

秦洲忽然停下，说："小天才——"

林异也跟着停了下来，不解地看向秦洲。

秦洲偏头看向对方，问："你觉不觉得不夜城老板的权力过于大了？"

林异点头。

当然，权力已经大到让他们曾怀疑老板才是 1-3 规则世界的主角。

"你告诉过我，岑潜想要将袁……你母亲留在 4-4 规则世界，被 0-1 怪物阻止了。"秦洲说。

林异猛地噤声了，他知道秦洲要说什么了。

如果林圳真的是靠交易离开不夜城的话，岑潜想在规则世界里留下一个人都做不到，凭什么不夜城老板的权力大到可以做任何交易，包括送卷入者离开呢？

0-1 怪物不惩罚 1-3 怪物吗？

除非……

林异开口："不夜城老板就是 0-1 怪物。"

"这里是……0-1 规则世界。"

因此，即便林异遇到危险，岑潜也不敢从他的身体里现身，这里是 0-1 怪物的地盘，他可不敢造次。

林异低头看着手中的鱼鳞。手中的鱼鳞提醒着他，这里的主角是"人鱼小姐"，他找到的主线除了不现实之外，并没有错。

而他刚刚有过想法，1-3 规则世界就像是有人在刻意扭曲童话一样，是 0-1 怪物在扭曲这里吗？然后根据它的扭曲、黑化缔造了一个黑童话主题的规则世界。

所以他找到的主线并不现实，"人鱼小姐"也并不存在于现实之中。

整个 1-3 规则世界只是 0-1 怪物单纯的想象和凭空的捏造。

在 0-1 怪物的臆想中，"人鱼小姐"就是主角，只不过和其他规则世界的主角不同，她是虚构出来的。

林异心里有些慌乱，他不安地看着秦洲。他之前觉得"人鱼小姐"很熟悉并不是幻觉，这意味着什么？意味着他真的认识 0-1 怪物吗？

秦洲把林异往街边拉了一把，免得人流冲散他们。

"我交易……"秦洲吸了口气说："交易了 300 万金，感情可以交易也有极高的价值，说明不夜城老板一方面不屑于感情，一方面又珍视感情，这个规则世界确实充斥着不夜城老板浓烈的个人感情。"

秦洲并不知道林异是因为觉得"人鱼小姐"熟悉而感到心慌，还以为林异是听见 0-1 编号而不适。他安慰道："但不夜城老板的存在感很低，主线也跟他没关系。主线的童话黑化可以看作是 0-1 怪物把故事暗黑化，毕竟人鱼小姐在现实并不存在。1-3 规则世界是由 0-1 怪物创造出的想象世界，这里并不是真的 0-1 规则世界，还是 1-3 规则世界。"

只不过，1-3 规则世界有 0-1 怪物的存在而已。

林异听着。是的，只有这样才能解释目前为止他们所面临的所有矛盾点。秦洲的想法和他一样。

林异开口说："学长，之前我没当回事，所以才没有跟你说，我觉得'人鱼小姐'很眼熟。"他着急解释着，"不仅是眼熟，好像在哪里见过她似的。学长，'人鱼小姐'是 0-1 怪物虚构出来的主角，我却觉得这个虚构角色很眼熟、很熟悉，我……"

秦洲打断他，道："现在所有的想法都只是推测，觉得眼熟说明不了任何问题。小天才，别乱想。"他向林异保证，"别慌，我陪你找答案。"

林异忽然就镇定下来。

既然耳塞已经找到了，两个人就快步赶回不夜城，如果被王子发现耳塞不见了，他们会有麻烦。

在返回不夜城的路上，林异还是忍不住说："学长，我待会儿想去见见不夜城老板，我想确定他是不是 0-1 怪物。"

秦洲说："好。"

通过门童的检查，两个人回到不夜城。两个人直奔不夜城七层。

林异去排队时，把手中的鱼骨耳塞交给秦洲，并确定秦洲戴好了。

他现在只想确定不夜城老板到底是不是 0-1 怪物，不会被人鱼的吟唱声所蛊惑，但秦洲就不一定了。林异知道他肯定想要金子赎回友情，不仅如此，秦洲还要更多的钱帮他摆脱帮工的身份。

排了一会儿队，林异交了 200 金的服务费后进了这间像办公室的竞拍厅。

他看见不夜城老板，不夜城老板正站在窗边，背对着他："客人第一回见啊，要交易什么？"

林异说："我要离开这里。"然后又补上一句，"离开 1-3 规则世界。"

不夜城老板并没有回头："1 亿 1 千金，给钱就送你离开。"

林异紧紧地盯着不夜城老板的背影，说："离开是指回到非自然工程大学，还是回到现实世界？"

不夜城老板笑了一下，说："客人是有别的问题想问我吧，旁敲侧击对我来说没用。不过，我也不是不能回答，只不过我答题可是很贵的。"

林异深吸了一口气，问："什么价格？"

"一般能回答是或者不是的问题，收你每个问题 20 万金，不能回答是或者不是的问题，简单回答每个问题收费 50 万金，详细回答每个问题 100 万金。"

林异说："我出去和人商量一下。"

不夜城老板止了笑，半晌才冷冷地"哦"了一声。

林异转身要走，不夜城老板的声音在他背后响起："不过我要提醒你，再进来又要交 200 金。"

林异继续往外走。等他离开后，不夜城老板转过身，一脸不爽地看着林异的背影，随后一脚踢翻一个花瓶。

林异跑到外面找秦洲，和他说："学长，我能花钱问不夜城老板问题吗？"

秦洲指了指耳中的鱼骨耳塞。

林异感激地说："谢谢学长！"

他明白秦洲的意思，秦洲让他随便问，现在有鱼骨耳塞，金子不够的话，他能去人鱼厅给林异赢。

林异再排一次队，再交一次钱。

不夜城老板坐在老板椅上，和上回林异进来一样，仍旧是背对着他。"客人，要和我做哪笔交易？"

林异问："林圳是从你这里离开 1-3 规则世界吗？"

不夜城老板笑起来："竟然是问这个问题啊，是啊。"

林异道："我不要你回答是或者不是，我要简单回答。"

"行啊。"不夜城老板道："林圳，我记得他，第一个找我出价离开这里回到现实世界的人。这笔钱他攒了十多年，他来找我时，我也是惊讶了很久。不过，他的身体都被烧了，我看在他辛辛苦苦攒了这么多年钱的份上，就帮了他一把，我算是好人，对吗？"

林异吃惊地问："你是说你帮他塑造了一个身体，重新打造了一个家？"

不夜城老板说："抱歉，这属于详细回答的范畴，要想知道也可以，得加钱。"

林异没有回答。

过了片刻，不夜城老板问："不加钱了？好吧，期待客人下次光临。"

林异往外走，走到门口时，他突然回头。

不夜城老板还是背对着他，但察觉了林异的动作，说："想看我的脸也可以，得花钱。"

林异道："我已经知道了。"说完，便转身往外走。

老板的助手准备叫下一个客人进来，不夜城老板不悦地说："没看见我现在很不高兴吗？还让我接客？不夜城就缺那么一点钱？"

助手浑身一抖，一句求饶的话都还来不及说就被化成了黑色的齑粉。

不夜城老板转过老板椅，摘下礼帽，面无表情地看着林异离开的方向。

林异快步地朝着秦洲跑去："学长！"

秦洲说："回房间再说。"

林异点头。

两个人回到 5005 房间后，林异迫不及待地对秦洲说："学长，我确定了，不夜城老板就是 0-1 怪物。"他去右边竟拍厅主要目的就是这个，但还多得了一个问题的答案，只要不夜城老板的回答和他心里的猜测对上，就足够证明，不夜城老板就是 0-1 怪物。

林异把从 0-1 怪物那里得到的答案告诉秦洲，并说："时间线可以对得上，1-3 规则世界的时间流速应该和现实世界所差无几，当林圳在 1-3 规则世界攒够钱，非自然工程大学也过了十余年。林圳的尸体已经不存在了，也没办法死而复生。所以，0-1 怪物按照交易内容给林圳打造了一个身份。于是，他成为我的父亲，那个时间点差不多也是岑潜想留下袁媛的时间节点，0-1 怪物顺带给岑潜一个惩罚，把袁媛也从 4-4 规则世界送了出来，成为我的母亲，而我……"

说到自己，林异停顿了几秒，正要往下说，秦洲拦住了他，道："陆前辈研究 0-1 假说多年，不可能没有发现不夜城老板的真实身份。就在林圳攒钱的过程中，陆前辈与林圳相识。那个时候，陆前辈还没有迷失自我，在陆前辈知道林圳将要离开 1-3 规则世界的消息后，他或许请求过林圳将不夜城老板就是 0-1 怪物的消息带出去。"

而林圳答应了。

但非自然工程大学的人必然不会记得非自然工程大学相关，所以他给多出来的儿子取名林异，谐音 01，是完成陆进所托，把 0-1 消息带出。

林异看着秦洲："我和学长的想法一样，但是……"

但是这都只是想法，想要求证还是要找到陆进。

虽然他们身上还剩下将近 50 万金，但需要用钱的地方实在太多了。

而且林异知道，秦洲始终惦记着为他赎身，金子这么花下去只会让秦洲感觉到希望越来越遥远渺茫。

林异主动说："学长，陆前辈之前说过他在楼道的三四层歇脚，我们先去找找，实在不行，再花钱让 5005 管家去找陆前辈。"

秦洲看着他，林异拉着秦洲往外走，他们去了楼道，楼道的人很多，想要找一个人并不是那么容易的。

陆进没找到，林异反而被一个熟悉的声音吸引了注意。

"这你的地盘啊？你凭什么不准老子睡！老子就要睡，来啊，打一架！反正老子现在已经无所谓了。"

林异愣了一下，和秦洲对视一眼后，赶紧朝着声音的方向跑去。

随后，他就看见了程阳。

程阳挥着拳头，任黎正沉着脸拦着他，低声威胁程阳："不能攻击 NPC。"

程阳怒道："我才不管什么 N……"

林异立刻喊道："程阳兄！"

程阳拳头在空中定住，循着声音朝林异看去。他看了看林异，又去看站在林异旁边的秦洲，随后偏过头问任黎："任黎，我是不是眼花了，我怎么看见林异和秦会长了。"

任黎道："没有眼花。是林异和秦会长。"

程阳的胸膛起伏了几下，猛地就朝着林异冲过去，一把抱住林异："林异兄，你还活着吗？我……他们都说你……唔唔唔……"

跟过来的任黎连忙捂住程阳的嘴。

秦洲说："赶紧跟我来。"

任黎点头说"好"。

程阳和任黎的出现暂停了林异和秦洲找陆进，回到 5005 房间，秦洲支付 200 金让 5005 管家去找陆进。

随后，他转身过来看着程阳和任黎。

任黎主动说："林异的身体出现了死亡映射……"

林异心跳停了一拍。虽然他已经猜到了，但任黎把事实说出来还是让他难以接受。

他偷觑了秦洲一眼，这是他见过的，秦洲表情最难看的一次。

任黎言简意赅："程阳接受不了这个消息，欧莹姐拜托我照顾他。我们在寝室里突然闻到了一股咸涩的味道，然后就到了这里。"

任黎和程阳通过门童的检查后，就知道了交易厅的存在。像秦洲、林异刚进来时一样，任黎不敢保证有钱是"淘汰条件"，还是没钱是"淘汰条件"，他交易了一只眼睛。

一只眼睛才 50 金，任黎根据电梯小姐的提示找到了楼道，准备和程阳在楼道里先应付一晚，等明天天亮再看情况。

秦洲解释道："这里没有白天。"

林异拿出一些金片让程阳揣在身上。幸亏他和秦洲去了楼道，否则程阳肯定会被那些人抓走，成为帮工。

任黎看着林异的动作，问："会长，这是怎么回事？"

林异把所有的情况告诉了任黎和程阳，除了不夜城的情况之外，还有他自己。

说完，程阳和任黎双双沉默了。

过了好半晌，程阳才找回自己的声音，说："你的身世这么酷？不愧是我的兄弟！"

林异小心地问："程阳兄，你真这么想？"

"那当然！"程阳说。

就在此时，房门被敲响，应该是5005管家找到陆进了。

秦洲去开门，房外只有5005管家一人，他抱歉地对秦洲道："抱歉，您要找的人已经死亡。"

秦洲顿了一下："知道了。"

关上门后，屋里三个人看着秦洲，程阳问："陆前辈不在了，那我们现在该怎么办？"

陆进在这个时候死亡，让除了程阳之外的其余三人都明白了一点。

0-1怪物送出林圳的原因绝不是林圳攒够了钱，就算林圳的尸体早就不存在了，0-1怪物也没必要给林圳重新打造一副身体，更没必要再给林圳组建一个幸福美满的三口之家，这都是交易外的服务了。0-1怪物要真这么好心，何必增加时效性，让林圳在现实世界里生活了十余年后逐步怪物化呢？

任黎说："会长，我认为这个原因暂时可以先放一边。现在最重要的是帮林异赎身，还有将您交易的友情拿回来。"

程阳点头："对，右边交易厅什么都可以交易，我们可以去人鱼厅赢钱，让那个0-1怪物把林异兄还回来。"

听到任黎和程阳的话，林异心里猛地跳了一下，他一直很担心任黎和程阳提到这件事，赶紧否决："主线已经找到了，现在最重要的是找到1-3怪物。"

不夜城存在太多"淘汰条件"，现在秦洲、程阳、任黎都在这里，对林异来说，花时间去攒根本不可能在七天内攒够的300万金，还是让他在乎的人都安全离开 1-3 规则世界更重要。

"找 1-3 怪物复盘后，你能跟我们一起出去吗？"程阳问。

林异一下噤声了。

"所以林异兄，你在说什么胡话啊。"程阳道，"找 1-3 怪物哪有任黎说的这两件事重要？"

看林异不说话，程阳问秦洲："秦会长，你给林异说说是不是这个道理，现在咱们四个人，四个人还攒不够钱吗？"

秦洲看着林异。

程阳着急地说："任黎，你给林异说说这个道理。"说完又看向林异："我们走了，你一个人怎么办啊？在这里待上十几年？"程阳不断重复着，"你孤苦伶仃地待在这里，要怎么办啊？"

任黎总结道："找 1-3 怪物不重要，这两件事才重要。"

林异一下子急了，他上次用蛊惑劝住秦洲，让秦洲不要再想 300 万金。他担心程阳和任黎会放大秦洲心里的希望，那其实都不能算是希望，因为短时间内想完成这两件事根本毫无可能。他强调道："找 1-3 怪物比这两件事更重要！"

他的身体已经出现了死亡映射，他可以像林圳那样，花十多年来攒，总有一天能攒够钱，离开这里。

秦洲终于开口："这里是 0-1 怪物幻想的规则世界，不一定有 1-3 怪物。虽然确定不夜城老板就是 0-1 怪物，但我不认为离开的办法是在 1-3 规则世界里找 0-1 怪物复盘。线索太少，可以先去攒钱再……"

"学长你很清楚的。"林异没去看任何人的表情，"这里还算是 1-3 规则世界，按照以往的规则，卷入者只要找到怪物复盘就可以离开。其他怪物遵守这个规则必然是因为这个规则是 0-1 怪物制定的，它们不敢违背，才心有不甘地把已经卷入自己世界的猎物放出去。0-1 怪物自己制定的规则，自己大概率也不会打破，它自己要是不遵守，不起到表率作用，怎么让校园守则里上百个怪物听话呢？既然它能制造出 1-3 规则世界，必然也能制造出一个 1-3 怪物，我们只要找到 1-3 怪物，复盘后就能离开了。"

林异吸了一口气，又说，"1-3 怪物肯定是在 1-3 规则世界开启时选择卷入者附身，所以它肯定藏在第一批进入 1-3 规则世界的卷入者之中。虽然 1-3 规则世界是开启后就从未停止，但时间最多不超过五十年，这是非自然工程大学存在的时间。第一批卷入者应该在当时都是大一新生，年龄是十八九岁，就算至今已经过了五十年，最多七十岁。按照现在人类的寿命，被 1-3 怪物选中的卷入者一定还活着。所以 1-3 怪物没必要选择下一个人附身，这是多此一举且毫无意义的事。"

任黎看了一眼秦洲，想看看秦会长是什么反应。

而在林异说话的过程中，秦洲一直看着林异。良久之后，秦洲才开口道："不夜城里六七十岁的人并不少。"

林异直视着秦洲，说："学长，我知道。我们可以去右边竞拍厅出价要第一批卷入者的名单，然后花钱让管家去找名单上的人。名单上还活着的人大概率就是 1-3 怪物。就算这笔交易再贵，我们现在有了鱼骨耳塞，可以去人鱼厅赢。完成一笔交易的成功率比赎回感情和在现实世界里还魂要容易得多。"看见秦洲、程阳和任黎都沉默下来，林异有些着急了，"我难道说错了吗？现在情况已经是这样了，我知道大家都为我难过，但别在我身上浪费时间，我现在只希望你们都能平安地离开这里。拜托你们，答应我，好不好！"说着，他看向秦洲，"学长……"

秦洲喉结滚了滚。

林异知道秦洲的软肋，他利用了这一点，强调道："学长，全校的同学都在等着你呢。"

秦洲闭上眼，艰难地开口道："好。"

程阳第一个跳出来反对："好什么好，我不管你们怎么想，反正我不同意。"

任黎拉了一下程阳，说："林异说的对。"

程阳转头怒道："任黎，我警告你，你别……"

林异赶紧说："任黎哥，拜托你给程阳兄做一下工作。"房间里的气氛不对，林异也不想再待在这里，说，"我再去一趟七层。"

说着，他自顾自地就拉开房门离开。

程阳想要去追，被任黎给拉了回来。

程阳说："要打架吗？"

任黎也生气了，骂道："程阳，你动脑子想一想？会长怎么可能不管林异！"

程阳这才反应过来，看着秦洲问："秦会长，你怎……怎么说？"

秦洲白了他一眼，说："攒。但得瞒着他。"

就算得到第一批卷入者名单，找到1-3怪物也不是一时半会儿就能解决的事，他们四个不可能一起行动，在分开行动时，有人负责去人鱼厅玩游戏赢取奖励。

"呵。"秦洲嘲弄地笑了一声，没错，他肩膀上是扛着责任，也正是这份责任永远都不可能让秦洲放弃林异，把他一个人丢在1-3规则世界里不管不顾。

程阳陪着任黎去交易柜赎回他的眼睛。

见程阳几番欲言又止，任黎开口问："你想说什么？"

程阳说："林异兄这么聪明，会不会发现我们瞒着他啊？"

任黎无语道："你不出问题，他就不会。"

程阳"哦"了一声。

回5005房间的途中，程阳忽然反应过来，大骂："你刚才是什么意思？说我蠢吗？"

任黎反问："你不蠢吗？"

"我蠢？我……"程阳确实找不到什么话来反驳，只好盯着任黎看，然后冷哼一声，"我懒得跟你们说。"

任黎看他一眼，没吭声。

回到 5005 房间，发现林异还没回来。

程阳有些担心地问秦洲："秦会长，我们都回来了，林异兄怎么还没回来？他不会是去找 0-1 怪物那里交易别的什么吧？"

毕竟林异身上揣着大部分钱。

任黎却替秦洲回答道："不会。"

程阳问："你怎么知道不会？"

任黎深吸了一口气，为程阳的脑子担忧，回答道："会长还在啊。"

秦洲还在 5005 房间，如果林异久久没有回来，秦洲必然是坐不住的，所以林异肯定是回来过一次，这么简单的答案程阳想不到吗？

任黎问秦洲："会长，名单多少金？"

秦洲说："15 万金。"

任黎点头："知道了。"

程阳茫然极了，问："你们怎么知道第一批卷入者的名单是 15 万金？林异兄回来过吗？"

任黎已经不想再搭理程阳了，问秦洲："会长同意了吗？"

秦洲道："林异是对的，1-3 怪物大概率就在第一批卷入者当中，名单对我们有用。"

程阳努力地想要加入讨论，问："林异兄已经买了名单了？名单在哪里？林异兄又去哪了？"

秦洲看了一眼完全没跟上节奏的程阳，没有回答。

任黎转头对程阳解释道："林异去七层就是为了交易名单。会长还在房间，证明林异回来过。现在林异不在，证明名单的价格昂贵到他不敢一人做主，所以回来与会长商量，并且会长同意林异花 15 万金购入名单。所以，林异又回到不夜城七层去交易名单，明白了吗!"

程阳露出一副恍然大悟的样子："哦，原来如此啊。"然后他又着急地问，"那现在呢? 我们该做什么? "

秦洲问任黎："你有没有觉得哪里奇怪? "

任黎思考了一会儿，摇了摇头。

秦洲提示道："价格。"

让人鱼闭嘴 2000 金论分钟卖，离开不夜城其实也并不贵，还有林异从 0-1 那里买来的答案，50 万金，现在名单 15 万金……

程阳茫然："价格哪里不对? "

任黎略一思索，说："会长是指 0-1 怪物的定价全在都我们的购买能力范围内。"看到很想加入讨论但偏偏因为智商不够而游离在外的程阳，他直接点出来，"就像是故意卖给我们。"

程阳这才反应过来："那要怎么办? 要不要让林异兄买啊? "

名单还是得要，虽然他们不急于离开 1-3 规则世界，但尽早找到 1-3 怪物绝非一件坏事。

秦洲把鱼骨耳塞交给任黎，说："林异快回来了，看他怎么计划，你们找机会去人鱼厅。"说着，又给任黎拿了 1000 金，并教给他骰宝的规则和诀窍。

看任黎听得一愣一愣的，程阳自告奋勇，说："玩游戏我会啊，作为一个富二代，吃喝玩乐我都会，而且不是我吹啊，我的运气一向很好……"

程阳还想继续说，被秦洲凌厉地扫他一眼，任黎赶紧捂住程阳的嘴。

外边响起了脚步声，是林异回来了。

林异匆匆敲门，秦洲打开门后，林异走了进来。

他的手里捏着从 0-1 怪物那里交易得来的名单，说："学长，任黎哥，第一批被卷入 1-3 规则世界的卷入者共有七十九人……"

这份名单很珍贵，林异拿过房间里的便笺，重新抄录了四份。

从 0-1 怪物那里得到名单，回来的路上林异就做好了计划，"时间不多，我们分开行动。"说完抬头看他们，"学长，任黎哥可以吗？"

没被点到名的程阳说："林异兄，你漏了我。"

"哦，对。"林异说，"学长，任黎哥，程阳兄，可以吗？"

"我觉得可……"程阳嘴巴里冒出几个字，忽然想到任黎对他说过的"你不出问题就不会"，他咳了一下，"我……秦会长，任黎哥，你们俩觉得可以吗？林异兄问你们话呢。"

"小天才，"秦洲道，"先说说你的想法。"

林异道："先去打听。"

毕竟是第一批进入 1-3 规则世界的卷入者，应该会有人认识他们，看能不能从他们口中探听到第一批卷入者的生死。

"探听不到的人，再花钱让管家找。"林异还是想替他们省些钱。

秦洲"嗯"了一声。

任黎也说："好。"

程阳赶紧跟上："好。"

见他们三人同意，林异松了口气。他怎么会不知道他们的心情，但当下也只能这样做了，天知道他有多想和他们一起离开。

敛下这些情绪，林异便给秦洲任黎和程阳三人分配探听任务。

一共七十九个人，他负责三十个人，秦洲负责三十个人，任黎负责十八个人，程阳负责……一个人。

程阳立刻提出异议："这是按能力分配的吗？"他盯着手里的名单，"也不至于吧……我才负责一个吧。"

林异也觉得有些不好意思，又给程阳划了三人，任黎负责十五个人，程阳负责四个人。

"程阳兄，别误会啊，我不是这个意思。"他其实是故意给秦洲和任黎多分些人，程阳虽然不肯答应放弃他，但他是最好糊弄过去的人。

相比于程阳，秦洲和任黎虽然答应了他，但林异心里很清楚，他们是缓兵之计。

秦洲和任黎多分配了任务，就没有时间想他的事了。

秦洲道："按第一版，任黎十八个人，程阳负责一个人。"

任黎赞同道："我看行，我也不放心程阳。"

程阳也只好说："行吧！"

林异巴不得这样，划分人数后，他捏着手里的名单问："那……开始吗？"

秦洲问任黎和程阳："你俩有问题吗？"

任黎摇头："我可以。"

程阳嘟囔道："我就负责一个人，能有什么问题，那就开始呗。"

林异把不夜城的注意事项给他们说了，不夜城里不存在法律，会有人偷钱或者抢钱，他们在探听过程中必须得保证自己身上有钱。遇见尊客要绕道，不夜城有阶级制度，他们不能和尊客发生摩擦。

这些注意事项主要是说给程阳听的，程阳点头："放心吧，我不会给大家找麻烦的。"

秦洲站起身："走吧。"

林异点头："好。"

他们两个人先离开了 5005 房间。

任黎看着程阳，恨铁不成钢地骂道："你是真蠢。"

这话已经很重了，程阳虽然脑子不够用，还真没有被谁这么骂过，脸色瞬间变得很难看。

"我说错了吗？"任黎看着不服气的程阳，继续说，"非要在这个时候唱反调，你有调查四个人是生是死的能力吗？别人说一句'死了'，你就能确定名单上的人是真死了吗？"

程阳一下噤声了，低下了头。

任黎冷声道："少说话多做事。"

程阳站在原地，看着准备出门的任黎，突然鼻头一酸："我就是想帮林异兄做点事啊。"

任黎停住脚。

"他只给我分配了一个人，只有一个人。"程阳吸着鼻子，带着哭腔，"我知道自己蠢、没脑子，如果没有林异兄，我早死了千百回了，所以我特别想帮林异兄做点事，但我的能力只能负责一个人……"心有余而力不足的滋味让程阳很难受。

任黎回头看他，提醒道："你负责一个人，不就有机会去人鱼厅吗？"

程阳一愣。

"以你的能力，十天半个月都打探不出一个人的生死情况不是很正常吗？林异会怀疑你其实是去了人鱼厅吗？"任黎问他。

程阳道："不……不会。"

任黎又说："鱼骨耳塞在桌子上，希望你说的运气好是真的。"

说完，他没再管程阳，也离开了 5005 房间。

程阳看着桌上的鱼骨耳塞，鱼骨耳塞旁是装着 1000 金的锦囊。不知道任黎是什么时候放在这里的。他抓起鱼骨耳塞，抹了把眼泪："话不会好好说啊，情商怎么这么低呢……"说完，他把鱼骨耳塞放进耳中，把名单叠了叠放进兜里后往人鱼厅去。

见识到了林异讲述中的验金后，程阳随着玩家们涌入了人鱼厅。

一想到林异说每一轮游戏都是一场屠杀，程阳还是很害怕。他没带 5005 管家，是故意的，主要是担心 5005 管家说漏嘴。

走到一张人比较多的游戏桌，程阳掏出 500 金，想了想，他又放回去 300 金。还是先试试水，万一他的好运在这里不管用呢！

而且林异和秦洲都提到过，这里的游戏主持者是会暗箱操作的。

还是稳一点好。

凭着感觉，程阳投币 200 金。

一局开了，他赢。

程阳又紧接着再下 200 金，又赢。

他这才松了口气，还好还好，他"欧皇"的好运似乎并没受到影响，不然怎么能投胎到首富家呢！

他是睁着眼投胎的！

没了压力之后，程阳投入的金额渐渐大了，他根本不会计算每一局游戏主持者的输赢，全凭自己的感觉。

投币值后，他还能分神去看珠帘后的"人鱼小姐"。

"人鱼小姐"已经在吟唱了，他能听见，但戴上鱼骨耳塞后根本不受影响。

不过很快地，程阳就不敢再看"人鱼小姐"了。在她的吟唱下，那些玩家好像疯了似的，程阳得藏好他的资产，不能被抢走。

大智慧没有，小聪明还是有一些的。

他每局就注意哪些人赢，谁赢了他就往谁身边靠一靠，想让别的赢家带的管家保护自己。

人越来越少，程阳不敢再玩了，他听林异说过，这里有休息区。

趁乱跑去休息区藏好，打算等下一轮游戏再出来。

关紧休息区的门，程阳还把沙发拖来堵住门口，免得那些已经上了头的玩家追到他这里来抢他的钱。

也不知道多久结束，程阳把房间的窗帘上，他缩在角落里，清点他赢到的钱。

"1000、2000……"他在心里暗骂一句，烦躁地抓了抓头发。

他突然就明白了，为什么林异不让他们替自己赎身了。

太难了，那些玩家浑身家当加起来才几个钱，除非遇上尊客。

但尊客既然能在不夜城混到那么高的级别，怎么可能不知道人鱼厅的规矩，必然是很熟悉游戏的套路，怎么可能随便被别人下套呢。

"也不知道林异他爸是怎么攒够那么多钱的，最重要的是他还没有鱼骨耳塞。"程阳小声嘟囔着。

说完，程阳顿住，这里有人鱼吟唱，林圳这么想攒钱离开1-3规则世界，必然是对金钱有欲望的，他没有鱼骨耳塞，到底是怎么保持理智攒够钱的？

林圳难道就没有一次被人鱼的吟唱声蛊惑到丧失理智？

程阳不信，他摸了摸耳朵里的鱼骨耳塞，听林异说这副鱼骨耳塞是从王子那里偷来的，所以鱼骨耳塞多少钱也不知道。

程阳想了想，跑了出去。他没再参与下一轮游戏，而是去了不夜城七层右边竞拍厅，见识到了终极大BOSS，传闻中的0-1怪物。

交了200金，程阳强忍着心里的恐惧，说："我要买鱼骨耳塞。"

0-1怪物仰躺在老板椅上，礼帽盖在脸上，懒洋洋的声音从礼帽透出来："2000万金。"

程阳："打扰了。"

0-1怪物挥挥手，示意程阳可以滚蛋了。

程阳从竞拍厅出来，心想：鱼骨耳塞果然很贵！

那林圳就更不可能有鱼骨耳塞了，在没有鱼骨耳塞的帮助下，别说攒到2000万金先买下鱼骨耳塞，再攒到1亿1千万金交易离开……

难道说，林圳是通过交易得到的2000万金？

程阳又往交易厅去了一趟，问交易柜的伙计："随便交易什么，我要2000万金。"

伙计说："下一位。你要做梦去别处，别耽误别人。"

程阳默默地走开了。

虽然被伙计损了一顿，但程阳很开心。这下，他无比确定林圳不可能有鱼骨耳塞了，因为根本不可能靠交易换取2000万金，就连林异和秦洲的友情在这里也只价值300万金。

那林圳到底是怎么做到的呢？

这远远超出程阳思考的能力范畴，他决定去找任黎。

在不夜城晃了一圈，程阳终于找到了任黎。

任黎看到程阳，本来就没有表情的脸就更没表情了。

程阳知道任黎想说什么，无非是觉得他办事不靠谱，拿着鱼骨耳塞却不做正事。

任黎不理他，程阳却不放弃："任黎，我有一个发现……你别不理我，是真的有发现，很重要的！"。

任黎被他弄烦了，停下来问："是什么发现？"

程阳说："林圳在这十几年中攒够那么多钱根本就不现实。而且我确定了，他没有鱼骨耳塞，那他的钱是从哪里来的？"

林异向他们讲述的时候，并没有提到林圳有没有鱼骨耳塞，任黎以为林异告诉他们的时候，是验证过的，所以也没多想。

程阳又开始嘟囔道："林异兄不是说人鱼 K 歌的时候会影响自己的智力吗？估计是没想到这一点，我现在是戴了鱼骨耳塞，所以不受影响。你要相信我，我的大脑从没这么清醒过。"

任黎看向程阳，等着他说完。

程阳把任黎拖到一个角落，小声说："林异兄说的主线里，人鱼因为爱，用自己的鱼尾为王子置换了财富，那人鱼也很有可能因为爱用某种东西为林圳置换了大量的金钱，只不过，人鱼的身体已经残缺了，所以这个置换过程持续了十几年。"

被程阳这么一说，任黎也开始跟着他的思维开始思考。

看任黎不作答，程阳着急地说："你是不是觉得我的分析很荒谬？但你有没有听过'治愈'这个词？你看，林异兄这种温和的性格从哪里来的？肯定是因为遗传。就算林异兄和林圳没有血缘关系，那就更说明林圳是个温柔的人了，林异兄是通过后天影响才养成了他现在这种温和性格，后天影响林异兄的人是谁？不就是林圳！这样一个对周边人都好的人，应该很容易就打动受过伤的人鱼。"

程阳论证举例，"林异兄给人鱼喝了一杯果汁，人鱼一点防备都没有，就让林异兄这么轻而易举地得逞了？我看，肯定是林圳也给过她一杯果汁，有了前人示范，人鱼才会没有警惕地喝下添了药的果汁，没想到果汁里竟然被下药，所以人鱼才愤怒到去攻击林异兄。"

程阳说了一大堆，任黎也在努力听，试图跟上他的节奏。

他盯着任黎，说："你怎么不说话啊？给我点意见啊，你要急死我啊。"

任黎说："我在想，要怎么验证你的推测。"

程阳愣了一下，不敢置信地说："你觉得我是对的？"

任黎点了头："嗯，有点。"说完，便转身要走。

程阳跟上任黎，问："去哪？"

任黎说："得去跟会长说。"

任黎刚和秦洲碰过面，两个人找到秦洲时，秦洲刚确认名单上某个人的死亡消息，看见他们匆匆而来，停止了继续探听。

任黎说："会长，程阳有话对你说。"

三个人又找了一个角落，程阳把自己的猜测说给秦洲听……

"你们在商量什么？"林异不安地捏着手里的名单，不安道，"不会……还在纠结攒钱的事吧？"

三人一顿，秦洲不动声色地推了一把程阳。

临危受命的程阳"呃"了一声，心想：怎么又要重复一遍啊。

5005房间内，程阳的嘴皮子都说干了。他转头对任黎说："任黎，麻烦帮我开瓶水，谢谢。"

任黎也觉得程阳这么一遍遍地重复，真是可怜，便递过去一瓶。

喝了水，润了喉，程阳深吸一口气，问："林异兄，你觉得我说得有没有道理？你们思维受限，要不你戴着鱼骨耳塞再把我的推测想一遍？"

林异道："不用了。"

程阳有些急："你别着急否决啊，你戴鱼骨耳塞再试一试，肯定有一点点道理的……"

"我觉得有道理。"林异说。

程阳终于松了口气，秦洲和任黎也跟着松了口气。

林异赶紧拿起笔，在便笺纸上速写了一张肖像。

三个人看着便笺纸，程阳问："这是谁？"

林异说："林圳。"

秦洲皱着眉，任黎也紧紧地看向林异。

唯独程阳不知道林异要做什么。

林异解释道："我得去试试看，看'人鱼小姐'到底认不认识林圳。"

程阳与秦洲任黎一样，心脏因为林异的这句话被吊了起来。

"就这么去问吗？"任黎开口询问。

林异点头："只有这个办法可以验证程阳兄的推测，除此之外，就只能花钱去 0-1 怪物那里获取答案了。"

秦洲问："谁去？"他们只有一副鱼骨耳塞，只能一人去人鱼厅。

林异说："我去。"

秦洲看了任黎一眼，任黎接收到了讯号，阻拦道："林异，你上次骗了人鱼，这次你去不一定能得到答案，让程阳去吧。"看林异脸上露出犹豫的神色，任黎继续说，"你不是想尽快找到 1-3 怪物吗？确定人鱼小姐是否认识你父亲……"

林异担心程阳："可程阳兄……"

程阳也主动举手："我去！"

程阳再次去了人鱼厅，看着玩家们要打起来时，又去休息区躲避。但这次，他直接到了"人鱼小姐"休息的房间，等她中场休息。

等了一会儿，程阳就听见了缓步而来的脚步声。

"人鱼小姐"进来房间后，走到窗边，继续眺望着窗外的城堡和做梦都想回去的大海。可惜啊，她回不去了……她被困在这里已经五十年了，只遇到过一个愿意帮助她回到大海的人。

喉咙如火炙，双脚如刀割。

她很想念那个人，也很想念他每天都会送来的甘水。

忽然听见动静，"人鱼小姐"转身，看见了躲在门后的人。

"那个……hello！"程阳把一幅图横在她的面前，"你认识他吗？他叫林圳。"

怎么会不认识呢？

这就是她想念的人啊！

"人鱼小姐"捏着这幅画，眼泪从她的眼眶流出。

程阳露出一副不可思议的表情。原来，人鱼的眼泪真的会变成珍珠！他从来没有这么激动过，现在他知道了，知道林圳究竟是怎么攒够离开的钱了！

程阳把地上的珍珠全部拾起，然后喜不自禁地跑了出去。

过了一会儿，程阳又跑了回来。拿人手短，他在休息区买了一瓶矿泉水，帮"人鱼小姐"拧开盖子，放在一边："你别哭了，都哭一个小时了，嗓子应该都干了吧，喝……喝点水，水里没毒，我发誓。"

"人鱼小姐"看着程阳，依旧是毫无防备地接过了他递来的水。

小口啜着，甘甜的水滋润了她如烈火灼烧般的喉咙。

她想说"谢谢"，但送她水的好心人已经不在了。

程阳快速跑向交易厅，把珍珠拍在交易柜上，说："我当这个。"

伙计瞧了一眼，道："人鱼眼泪，每颗算你 10000 金。"

程阳文化低，只能大喊"妈呀"！

有救了！

林异兄有救了！

他一股脑儿地把珍珠都放到交易柜上："我这里还有一、二、三……一共十六颗。"

伙计说："16 万金。"

程阳疯狂点头："好！16 万金，交易！"

林异很快便打探完了他分配给自己的三十个人，他担心程阳，就没在不夜城多徘徊，回到了 5005 房间。

任黎已经回来了，林异推门进来时，任黎朝着他看过去。

林异问："程阳兄还没回来？"

任黎摇了摇头，说："还没有。"

林异有些担心，说："我去找他。"

任黎站起身，阻拦道："你没有鱼骨耳塞。"

没有鱼骨耳塞去人鱼厅，就相当于不戴防护面具进入含着毒性的瘴气之中。

任黎又说："他应该没问题。"也不知道是在安慰林异，还是安慰他自己。

过了会儿，任黎问："你那边的情况怎么样？"

两个人坐在房间的圆几旁，林异用笔在自己的名单上勾画了几下，道："这七个人可以证实死亡，这五个人的情况还存在疑点，有人说死了，有人说还活着，剩下的十八人没人认识。"

其实，没人认识的情况才是最正常的，第一批卷入者到底至今已有五十年，五十年前就死亡的人，现在当然没人认识了。

反而名单上现在有人认识的姓名才可疑。

任黎也说出他探听的情况："两个人前段时间死亡了，十二个人没人认识，剩下四个人存疑。"

林异也在任黎的名单上把存疑的四人姓名勾画出来。

刚勾画完，秦洲回来了。

"学长——"林异回头看秦洲。

秦洲推着餐车，他晚回来是去交易了餐食。1-3 规则世界时间流速并不快，他们因为各种原因总是饥一顿饱一顿。

看着房间里的人，秦洲问："程阳还没回来？"

按照任务的简易程度来说，程阳应该是最早回来房间的。人鱼厅确实危险，但是程阳有鱼骨耳塞啊。

林异也有些着急："嗯。"

秦洲看着林异的表情，安慰道："再等一会儿，程阳再不回，咱们一起去找他。"

任黎问："会长是什么情况？"

秦洲放开餐车，走过来："确认死了三个，二十五个没消息，剩下两个情况不明。你们呢？"

林异和任黎又说明了一遍探听情况，秦洲看着林异和任黎的两份名单，道："现在就是找存疑的这十一个人。"

林异点头。

秦洲从便笺上撕下一张纸，把存疑名单写在纸上，随后找来 5005 管家，让他去找这十一人，每个人 100 金，秦洲支付给 5005 管家 1200 金，还有 100 金当作小费。

5005 管家开心去办了。

他们也交换了探听情况，剩下的就是等 5005 管家的消息和程阳回来。

过了一会儿，外边终于响起了欢快又疾速的奔跑声。

林异看向房间门："是不是程阳兄回来了？"

他正要去给程阳开门，任黎道："我去。"

林异没和任黎抢。任黎打开门，程阳人还未至，他的声音先一步传进房间。

任黎站在门口处，看着从远处跑来的程阳。

"任黎你别在门口杵着，我有好消息给大家说！"程阳飞快地冲进房间，随后扯开衣服，把藏在怀里的锦囊往床上一撒。

金子发出"哗啦啦"的碰撞声音。

任黎赶紧关上房门惊讶地看着程阳。林异和秦洲也是如此。

从程阳怀里漏出来的锦囊足足百个，根据锦囊鼓起的程度来看，每个锦囊里都有 1 万金。除了锦囊，程阳又从兜里掏出一些零碎的金片，这是他在人鱼厅里赢来的奖励。

程阳眉飞色舞地说，"咱们有钱了！我找到赚钱的门路了！！"

"程阳！"任黎拉了把程阳，焦急地问，"你交易了什么？"

林异也很着急："你当了什么！"

程阳"啊"了一声，说："什么啊，你们别用这种眼神看我，我好好的，我没交易我的身体，我交易的是人鱼的眼泪！"看着房间的三个人，程阳解释道，"'人鱼小姐'真的认识林圳！我把画像一给她看，她就开始哭，她的眼泪就是珍珠！我拿去交易柜一问价，简直不敢相信，每颗 1 万金！"

三个人听得目瞪口呆。

程阳激动地说："于是，我就又跑回了人鱼厅，我给她讲了有关于林圳的故事，'人鱼小姐'听完又哗啦啦地掉眼泪……喏，就这些。其实还可以更多，我怕再给哭瞎了，还是可持续使用比较好，就让她别哭了。"程阳向他们三个招招手，"快来点一点啊！"

三个人都没动，林异挠了挠头，问："你给'人鱼小姐'讲了什么？"

"《白蛇传》。"程阳喜滋滋地说。

林异没懂："什么？"

程阳解释道："我把白娘子换成了她，把许仙换成了你爸。我说你爸在雷峰塔外枯坐，日夜思念着她。她一听啊，那眼泪就止不住。你们没看见那场面，她哭，我就拿双手接着，手里的珍珠都差点捧不下。"

屋内三人对视一眼，一时不知道该露出怎样的表情。

任黎评价道："傻人有傻福。"

程阳不满："任黎，我劝你好好说话，我现在是大功臣。我和'人鱼小姐'还约好了,明天还去找她。"

任黎问:"你又要给她讲什么?"

"还没想好。"程阳煞有其事地说,"讲《梁祝》吧。"

林异很无语,在心里为"人鱼小姐"感到悲哀。

"诶,你们买了饭?"程阳摸了摸肚子,他在人鱼厅和交易厅来回跑,还真饿了。看到餐车到了,便跑过去说,"吃饭,吃饭!"

既然程阳完好无损地回来,还带了百万金,其他三个人也坐下吃饭。

林异捧着饭碗,他一直没敢想的希望被程阳点燃。

按照这个速度,他可以拿回和秦洲的友谊,似乎还能和他们一起离开了。

秦洲给林异碗里夹了一个鸡腿,余光瞥见床上堆积的锦囊,心里却有些隐隐不安。

就像他认为0-1怪物交易的定价总在他们的消费能力内一样,他有种此时他们的一举一动都像是被0-1怪物牵着鼻子走的感觉。

自始至终,不夜城就没有隐瞒林圳离开1-3规则世界的交易价格是一亿一千万金,甚至可以算得上被反复强调。

看了一眼林异,秦洲能发现林异眉眼的喜悦。

他心底的不安自然就散了,管他前路有没有陷阱,一直走下去就是了。

5005管家的动作很快,他们还没吃完饭,就回来了。

他把名单还给秦洲:"贵客,您要找到人都已经死了。"

三个人一顿,只有程阳不明所以地继续啃鸡腿。

那些可疑的人都死了?

任黎问:"程阳不也负责一个人吗?"随后对程阳道,"名单给我。"

程阳"哦"了一声,把他的名单拿出来。

从探听的结果来看,他们三人的名单都能确定死亡了,就只剩下程阳负责的这个人了。

秦洲再支付给 5005 管家 100 金，让他再去找人。

因为只有一个人，5005 管家这回的速度更快。他敲响了门："贵客，您要找的人已经死了。"

三个人顿时面色一凝，程阳也发现他们表情不对了，问："怎……怎么了？"

秦洲道："小天才，把剩下的名单都给他。"

林异点头，他快速将还没被 5005 管家查找过的姓名抄录在便笺上交给 5005 管家。

5005 管家便又去找人了。

这回查找相当于覆盖了整个第一批卷入者。

不管是他们通过探听可以确定死亡的，还是没有人认识的，这一次都让 5005 管家去找了。

应该是会有答案的。

1-3 怪物必然在第一批卷入者当中，那么第一批卷入者名单里必然是会有人活着的。

差不多半个小时后，5005 管家回来了，他说："贵客，您要找的人都已经死了。"

这个结果意味着，第一批 1-3 规则世界卷入者全部死亡。

林异脸色变得难看起来，因为可以离开 1-3 规则世界的喜悦荡然无存。

林异不安地看着秦洲："学长……"

第一批卷入者全部死亡，就说明，1-3 怪物不在第一批卷入者之中，那么复盘的难度骤然拔高。不夜城已经存在五十年了，进来多少批卷入者，1-3 怪物会附身在谁的身上要怎么去检查呢？

甚至还有个更坏的结论，1-3 怪物可以来回横跳，今天他是被 1-3

怪物选中的卷入者，明天可能换成另一个人被1-3怪物选中。

这要怎么找1-3怪物呢？

秦洲安慰道："别怕。"

见秦洲这么说，林异问："学长有什么办法吗？"

秦洲说："1-3怪物到底存不存在，是不是在第一批卷入者之中都只是我们推测……"

从真假不定的推测中得出的结果并不能说明什么问题，用结果推算结果，是数学问题中是大忌。

是林异太着急了。其实，比起确认第一批卷入者谁还活着，更重要的是验证他推测1-3怪物存在于第一批卷入者的正确性。

当下有且只有一个办法能验证。

林异看向床上的金子——去0-1怪物那里买答案。

知道林异急于找到1-3怪物，好在现在对于他们来说，获得金子算是容易的事情，况且现在距离交易感情的当期截止还有几天，秦洲主动说："这次我去。"

林异没跟他争。

他、任黎和程阳守在右边竞拍厅外，看着秦洲进入竞拍厅。

交了200金服务费后，秦洲盯着背对着自己给盆栽浇水的0-1怪物，0-1怪物问："客人想要什么？"

秦洲道："我问你答。"

"行啊。"0-1怪物揪了片枯黄的叶子下来，"一般能回答是或者不是的问题，每个问题20万金，不能回答是或者不是的问题，简单回答每个问题收费50万金，详细回答每个问题100万金。"

秦洲问："1-3怪物是不是在第一批卷入者之间？"

0-1怪物道："是。"

秦洲皱着眉，又问："1-3怪物是不是不在1-3规则世界里。"

其实，第一批卷入者全部死亡，不仅仅可以用 1-3 怪物会在众多卷入者身上来回横跳来解释，还有一个可能。像 4-4 怪物那样，1-3 怪物也不存在 1-3 规则世界之中。1-3 怪物都不在 1-3 规则世界里，第一批卷入者当然就全部死亡了。

0-1 怪物道："不是。"

秦洲猛然一震。

1-3 怪物在第一批卷入者当中、第一批卷入者已经全死了、1-3 怪物还在 1-3 规则世界。

这三个结论让秦洲瞬间想到了什么，沉声问："1-3 怪物是不是在我、林异、程阳、仁黎之间？"

依旧可以用 4-4 怪物举例，岑潜离开了 4-4 规则世界藏在了林异的身体里，林异没有来非自然工程大学时，4-4 规则世界里就没有 4-4 怪物，当林异进入了 4-4 规则世界，才让 4-4 规则世界重新有了 4-4 怪物。

0-1 怪物被秦洲这种迂回的问题方式逗笑了，答道："是。"

秦洲握紧了拳，喉结一滚，他其实已经猜到了，但必须确认之后才肯死心："1-3 怪物是不是林异。"

0-1 怪物终于转身回来，它抬起头，露出和"人鱼小姐"一样的脸："你这是两个问题。"

秦洲并不感到意外，紧紧地盯着 0-1 怪物。

像是终于看清楚了前路的陷阱。

所有定价都在他们消费能力内，0-1 怪物就是在一步一步地铺好路，等着他来问这个问题。

1-3 怪物是不是林异这个问题有两层含义。

其一：林异是否被 1-3 怪物附身。

其二：林异是否就是 1-3 怪物。

秦洲问："1-3 怪物是不是附身林异。"

0-1 怪物摇了摇头："不是。"

秦洲猛地噤声了。

"还要接着问吗？你身上有 100 万金，现在问了四个问题，收你 80 万金，还剩 20 万金。"0-1 怪物扬起笑看着秦洲，"不跟我确定林异是不是 1-3 怪物吗？"

过了良久，秦洲终于开口，问道："他是吗？"

"是的。"0-1 怪物看着秦洲，"你买了这么多问题，当作赠送吧，我给你讲一个故事。"

"我实在是太无聊了，手边正好有本童话故事，我就创造出了第一个陪伴我的怪物。它没经历过什么，总是不明白弱势群体之所以是弱势群体，是因为他们缺少恶，我帮它创造了这里，让它看看人性。可它到底没经历过不公，还是无法理解。"0-1 怪物用遗憾的语气说，"于是，我们打了赌，我赌遭受不公的人只有摒除善良才能站起来拥有话语权，我给它找来了父母，又让它见证到了父母的奇怪……哦，对了，它交朋友我也没制止。现在它的朋友都要死了，它遭遇了不公，只有恢复本来面貌才能站起来救下它在乎的人，可恢复了就意味着它摒除了善良，它就再也不是人了。"停顿一下，0-1 怪物突然笑了起来，问，"选择恢复吗？我的 1-3 怪物。"

秦洲猛然转身。

林异不知道什么时候出现在了门口："我……"

他看着 0-1 怪物，又看着秦洲。

脑海里蜂拥闪入记忆。

林异看着秦洲，手指蜷了蜷。

他想起来了。

全部。

怪不得他觉得"人鱼小姐"熟悉，因为那才是他原本的面貌啊。

为什么"人鱼小姐"吟唱时,他会感同身受地悲愤、难过,因为"人鱼小姐"就是他的原型。

他是 1-3 怪物,由 0-1 怪物创造出来的,怪物中的另类。

他确实和其他怪物不一样,除了他是虚构的之外,三观也和其他怪物不一样。

他诞生以来就一直陪着 0-1 怪物,但他和 0-1 怪物没办法聊到一块,毕竟他是 0-1 怪物根据童话故事创造出来的怪物,童话故事里多是爱与美满。

0-1 怪物又帮他创造了 1-3 规则世界,初衷很简单,让他可以和 0-1 怪物聊些 0-1 怪物喜欢的话题。

说实话,他不喜欢那里,按照 0-1 怪物定下的规则,他附身在第一批卷入者身体。不过他没有引诱卷入者去触犯"淘汰条件",反而还给提示,让他们尽量避免。

激怒了 0-1 怪物,他被踢出了 1-3 规则世界。

0-1 怪物容易生气也容易消气,这和它生平遭遇有关。

被踢出 1-3 规则世界后,0-1 怪物还会让他帮自己做些事。

0-1 怪物喜欢把外边的怪物圈禁起来,它喜欢看其他怪物对它表现出来的恐惧,它给那些怪物定下数条规则,没有什么原因,主要是为了好玩。

0-1 怪物太无聊了,不然也不会创造他。

他记起来了,2-6 怪物被 0-1 圈禁起来时非常不配合,0-1 怪物打算解决掉 2-6 怪物,毕竟 0-1 怪物没有那么多耐心去驯服一个不听话的怪物。

他主动请缨去了,他告诉 2-6 怪物,只要 2-6 怪物听话,它就不会被 0-1 怪物杀死,当然他也不会对 2-6 怪物动手。

他还想到了 8-4 怪物,那是一只猫,被他捡到的。

他做过很多让 0-1 不高兴的事,此类行径数不胜数。

其中，最让 0-1 怪物生气的事是他创造了校园守则，给人类留下了前半部分提示，希望被 0-1 怪物丢来喂其他怪物的人类能够通过这些提示逃出生天。

后来，校园守则的端倪被 0-1 怪物发现了，0-1 怪物也被他彻底激怒了。

"我不想和你打架。" 0-1 怪物说，"我们玩个游戏吧。"

"玩什么？" 他问。

"赌。" 0-1 怪物道，"赌你亲身遭遇了不公平后会不会还像现在这样无知。"

"玩啊。" 他回答，"输赢的奖励惩罚都说来听听。"

0-1 怪物想了想，说："你输了，就不能像现在这样了，我很讨厌你现在的做法。如果你不是我的 1-3 怪物，早就被我撕碎了。"

"哼，你要不是创造我的 0-1 怪物，我也早就和你打起来了。" 他非要和 0-1 怪物对着干，之后又问，"那我赢了呢？"

0-1 怪物似乎很有信心："你不会赢的。"

"如果我赢了，我爱做什么就做什么，你不能生气，就算再生气，你也不能当着我的面生气，我哄你已经哄累了。" 他不客气地说。

0-1 怪物听了他的话，光圈一般的眼眨了眨，像是有些受伤，不过它还是答应了："好，如果你赢了，你爱做什么做什么。"

他说："好。"

0-1 怪物给他找了一双父母。父母是 0-1 怪物亲自挑选的，0-1 怪物说："他们会对你很好。"

"对我很好？" 他问，"那我要遭遇的不公平是什么？"

0-1 怪物说："到时候你就知道了，不过你的能力和记忆我要暂时收回，等赌局结束的那天，我再还给你。"

他觉得无所谓。

"哦，还有你的脸。" 0-1 怪物说，"你不能用你现在这张脸。"

他说："随便。"

其实现在回想起来，大抵是因为林圳很熟悉他的脸。

"那我用谁的脸？"他问 0-1 怪物，"你每次都用我的脸，这次我用用你的？"

0-1 怪物说："不给。"然后说，"用 4-4 怪物的。"

他顶着岑潜的脸生活在人类的世界里，岑潜被 0-1 怪物封在他的身体里，以此来惩罚岑潜不听话，就让岑潜眼睁睁地看着他和袁媛生活在一起，看着袁媛对他好。

岑潜只能看着，它什么都做不了，可怜极了。

所以，他和 0-1 怪物聊不到一处去，他无法苟同 0-1 怪物的行为。

有时候他会问镜子里的人"你是谁"。

其实，真正的岑潜哪敢回答他的问题，代为回答的是 0-1 怪物。

0-1 怪物想他了，就会出现，回答林异说："我就是你。"

他本就是 0-1 怪物用想象衍生出来的怪物，在 0-1 怪物看来，它们就是一体的，可惜他们的思想不同。

不过，不知道是不是因为能力和记忆被 0-1 怪物暂时收走了，但当他思维活络运转到某种程度的速度时，他会想起来，那其实不是岑潜出现了，那是他自己。

2-6 怪物哪是怕他身体里的岑潜啊，是 2-6 怪物认出了他，怕的也是他这个 1-3 怪物，但到头来，他杀死了 2-6 怪物。所以，2-6 怪物在死前愤恨地指责，他违背了约定。

他还想起来，在 16-8 那只新生怪物的世界里时，他被秦洲压在身下。

他当时在想，毕竟他是怪物，总有事情败露的那一天，今天凶一下，让秦洲提前感受一下他的凶狠。

后来，在 4-4 规则世界，岑潜回到了自己的地盘，他溜出来了。

那张摔落在地的书也是岑潜仓皇逃跑撞倒的，他还劝岑潜回来，免得 0-1 怪物因为岑潜的逃狱而再度责罚它，毕竟岑潜已经坐牢很久了，马上刑满释放不就功亏一篑了。

现在回来 1-3 规则世界，他也觉得自己是有些搞笑天赋在身上的，他在自己的地盘，喊岑潜帮他。

林异其实在偶尔的清醒里早早地想好了这一天来临时该怎么办，但现在真的来临了，他不知道该如何面对。

林异看着秦洲，他想到自己对秦洲的许诺。

如果找到的答案不尽如人意，他一定不会让秦洲难办的。

"学长——"林异问秦洲，"复盘吗？"

秦洲沉默地看着他。

林异也能感觉到背后的来自任黎和程阳的视线，他们俩的视线和秦洲的目光同样灼热，烧得他的后背仿佛要出现两个洞。不知道是不是做人类做得久了，林异此时很能够体会秦洲心里的感受，也知道秦洲的弱点。

他引诱道："复盘吗？这样学长就有机会看到真的我了。学长，你不想看看我的本来面目吗？"

这个时候，林异满心考虑的是让秦洲离开，如果他能再冷静下来一点，就那么一点点，他会轻易地发现隐藏在秘密之下的秘密。

"欧莹姐，欧莹姐！"1-3 区域的负责人直接冲到了学生会办公室，连门都没敲，直接撞开，"洲哥，洲哥他……"

欧莹立刻站起身，手里的笔都掉到地上。

负责人激动道："洲哥醒来了！这批卷入者都醒了过来！"

仅一瞬间，欧莹能明显感到一直堵在自己胸口的郁结气散开了，她丢下手里工作，和负责人往阶梯教室去。

"通知王飞航了吗？"欧莹问。

"哦对！"负责人不好意思地说，"抱歉，我忘记了。"

　　欧莹说："没关系，现在通知吧。"

　　负责人太激动了，欧莹并没有要责怪他的意思，因为她自己也激动到大脑一片空白。

　　到了阶梯教室，欧莹并没有看见秦洲。

　　秦洲躺着的位置空空如也，只剩下其他因劫后余生而惊喜的卷入者。

　　负责人奇怪地说："刚刚洲哥还在啊……我去问问他们有没有见到洲哥去哪儿了。"

　　阶梯教室还有别的区域负责人，他不在阶梯教室，所以不知道秦洲去了哪里，但其他负责人应该知道。

　　"不用了，我知道他在哪里。"欧莹转身要离开这里，"后续工作就交给你了，辛苦。"

　　负责人挺直腰背，郑重道："欧莹姐客气了，这是我应该做的。"

　　欧莹往着停尸房走去，在停尸房执勤的学生会同学看见欧莹来了，立刻起身："欧莹姐，洲……"

　　欧莹比了一个噤声的手势，往深处某个房间看过去，问："洲哥什么时间来的？"

　　同学看了眼时间，道："大概五分钟前。"随后，他看着在停尸房外台阶坐下来的欧莹，疑惑地问，"欧莹姐不进去吗？"

　　欧莹说："洲哥现在需要一个人待着，我就不进去了，你们也别去打扰他。"

　　同学点头："好的。"

　　过了一会儿，王飞航也飞奔而来，看见坐在台阶上的欧莹，他停下来，脑袋往停尸房方向一偏，示意自己的疑惑。

　　欧莹了然地"嗯"了一声，说："在里面呢。"

　　秦洲静盯着林异。

林异很安稳地闭着眼，如果忽略他毫无血色的唇，就像是睡着一样。

秦洲慢慢皱起眉，脑海中浮现起最后的片段，他看见了林异的真实面貌……

"学长。"林异问他，"复盘吗？"

"复盘吗？这样有机会看到真的我。"

"学长不想看看我的本来面目吗？好歹朋友一场。"

秦洲第一次发现林异原来这么可恶，恨得他牙痒痒。

但他没有显露出任何情绪，冷冷地开口："不想。"

林异愣住。

在林异怔愣的瞬间，秦洲与他擦肩而过。

他是专门去撞了下林异的肩膀，以此来感受林异的真实存在。

他感受到了，也更加清楚地认识到他现在没有在做梦，也不是产生了什么幻觉。

他离开右边竞拍厅都没有回头，只是停下了脚步对任黎和程阳说："走。"

程阳人已经被这个消息给吓傻了，还是任黎拉着他走的。

再之后，秦洲没有再回头看林异一眼，只有程阳回了几次头。

秦洲只简单地应了一下，然后花了金子，乘坐电梯回到 5005 房间。

三个人进来后，秦洲对 5005 管家道："不许任何人进来。"

这是 5005 管家的职责，但秦洲还是给了他 100 金。5005 管家收下金子，朝着三人看了看："那位贵客……"

秦洲不耐烦地打断道："也不许他靠近。"

5005 管家微怔，虽然不知道房间里的客人发生了什么，但秦洲是支付房费的人，所以 5005 管家必须听秦洲的："好的，我保证不会有任何人打扰您。"

再之后，秦洲反锁住门。

程阳和任黎盯着他，任黎问：“会长有接下来的打算吗？”

1-3 怪物以意料不到的方式找到，并且 1-3 规则世界的主线是 1-3 怪物亲自找到并且亲口阐述，所以 1-3 规则世界的主线不会有问题。

本来，任黎、程阳和林异是在右边竞拍厅外等着秦洲验证 1-3 怪物是否存在第一批卷入者当中的，中途，林异突然往右边竞拍厅跑去，满脸的慌张。

程阳跟在林异屁股后面问他要去哪，发生了什么。林异都没回答。

任黎和程阳就只能跟着林异推开那些排队的人，再之后，就听见了让人难以预料的消息。

当时，任黎还提高了警惕，怀疑 0-1 怪物在骗他们，瓦解他们之间的信任，让他们四人自相残杀。

但林异没否认，紧接着，他就承认了。

事情的变化和发展都太快了，任黎都难以反应过来，在怔愣中，他只抓到了一个信息点。林异是 1-3 怪物，1-3 怪物提出复盘，是看在他们的交情上愿意放过他们吧。

纵然他对怪物恨之入骨，但任黎脑海中蹦出来的第一个想法就是这个。他私心认为，1-3 怪物不会对他们赶尽杀绝，毕竟它是林异啊。

因此，在 1-3 怪物已经找到，并且已经有了主线的情况下，其实最理智、最正确的做法就是复盘，但秦洲没有。

任黎以为秦洲还有什么其他的想法。比如，用这里的“淘汰条件”去杀死怪物。

秦洲勒令管家不要放林异进来，管家的“淘汰条件”就出现了：一切损害客人的人都会被管家杀死，就像管家会在人鱼厅为了保护自己的客人而去杀死那些试图抢劫的玩家一样。

一旦林异靠近 5005 房间，管家就会杀死制造出他们的 1-3 怪物。

NPC 只是怪物设定好的一把刀。

见秦洲不出声，任黎忙问：“会长要解决 1-3 规则吗？”

秦洲猛地抬起头，其实，此时此刻的他大脑是一片混乱，任黎这句话提醒了他。

他忙跑去拉开房门，对 5005 管家说："算了，如果他靠近放他……"

这句话戛然而止，因为秦洲在远处看见了林异。

林异当然清楚不夜城的"淘汰条件"，他站在远处，并没有靠近5005 号房间，只是跟了上来，眼巴巴地瞅着房门。再看秦洲打开门的时候，他的眼睛还亮了一下。

但是，林异的身后还跟着 0-1 怪物。

见状，秦洲愤怒地把房间门"啪"的一声，关上了。

他撑着房门，吐出一口恶气。

程阳听见任黎的话，也连忙说："秦会长，你别杀林异兄啊！林异兄是好的！"他说着自己的想法，"你们不是说人鱼没有'淘汰条件'吗？既然人鱼就是 1-3 怪物的原型，这不正是说明林异兄是好人啊！"

站在一旁看着的任黎上前拉开程阳，说："会长没有要杀林异，是我理解错了。你别跟着添乱。"

确实如此，秦洲只是不想再听到林异说出那些让他复盘的话，他太清楚怎么能引导自己了。

秦洲并不清楚林异为什么要绕如此大的圈子出现在非自然工程大学，最后又在这里被揭穿身份。但丰富的经验和长期建立的警觉性让秦洲肯定，"复盘"没有这么简单。

他甚至认为，0-1 怪物的话不是在危言耸听，当他提出复盘那一刻，林异才会真正地成为 1-3 怪物。

不用程阳特意提醒，秦洲也知道林异的立场。

林异致力于让他复盘，目的就是想救他们。但救了他们之后，林异就不是林异了……

秦洲想改变这一点，任黎看出来了，问："会长要怎么做？"

秦洲看着任黎和程阳："我会跟他好好聊聊，你们帮我做件事。"

程阳和任黎答应下来："好。"

秦洲道："谢谢。"

秦洲再次打开门，他一边朝着守在门外的林异走去，一边暗自调整自己的心情。

林异也直直地看着他。

"林异——"秦洲走近后说，"聊聊？"看林异面露犹豫，秦洲态度坚决，"不聊，复盘就免谈。"

比起拿捏别人软肋这件事，还是作为人类的秦洲更得心应手。

林异只能答应。

秦洲又加了一个条件："只有我们俩。"

0-1 怪物嗤笑一声，毫不掩饰地嘲笑人类的不自量力。

林异转头看它。

0-1 怪物收起笑，一句话也没说，转身走了。

聊聊的地点选在 5005 隔壁的房间。

秦洲关上门后，转身看着有些不安的林异，做了好几次深呼吸之后，才勉强开口问："怎么回事？"

林异低头："就是你们看见的这样。"

说完，房间就沉默下来，沉默得令人心慌。

过了良久，秦洲又问："没别的了吗？"

林异"嗯"了一声。

"林异——"秦洲走近林异，提醒道，"你承诺过不骗我的。"

这句话让林异几乎抬不起头，他压根不敢面对秦洲，却又不得不面对。

林异很了解 0-1 怪物，0-1 怪物一向认真对待每一场游戏，现在他和 0-1 的赌局即将结局，0-1 怪物不会放弃可以赢的机会。

这其实也算是一件好事，因为 0-1 怪物输不起，他和它打赌其实就没想过赢，只是……

如果 0-1 怪物要是输了……

算了，林异不想去想后果。

林异："学长，我就是怪物，我的出现只是一场无聊的赌约。"

简单地把赌约向秦洲复述后，林异说："然后我输了。"

秦洲不死心追问："输了会怎么样？"

林异说："大概……会变得和其他怪物一样吧。"他避开秦洲灼热的视线，偏过头说，"学长别想着用'淘汰条件'杀死我了，我是死不了的。比起那些被圈养的怪物，我可是强得多。你还记得 2-6 怪物吗？我比它强了不止一点。所以，想要离开我的规则世界，你只能向我复盘，拖延没用，也没有其他办法，你只能这样。"

"学长，你不可能留在这里陪我的，你还有责任，还有很多人需要你。你们不是想离开非自然工程大学吗？总能找到成功离开的办法，人类不是有一句话'功夫不负有心人'吗？"

"人类？"秦洲抓住林异话里的字眼，说，"你现在已经这么称呼我们了？"

林异急了："学长，你怎么还不明白啊，我……"

叩叩叩——

有人敲门。

林异却像是惊弓之鸟，根本就看不出他才是 1-3 规则世界里最大的 BOSS。

秦洲去开门，喘着气的程阳把撤销交易的单据塞进秦洲手里，说："会长，赎……拿回来了……"

林异抬头看向他们。

秦洲走过来，把交易单塞进他的手中。

"你不用去和 8 号交易柜的秃头当朋友了。"秦洲说，"我们的友情继续。"

不等林异愕然反应过来。

"林异——"秦洲说，"我要复盘。"

滴滴滴——

实验室内不少全息舱发出任务结束的提示音，很多人都醒了过来。他们不约而同地看向最中央的全息舱。

林异还静静地躺在其中。

和林异聊聊不只是聊聊，还是在给程阳争取时间，让程阳去"人鱼小姐"那里讲悲怆的故事，白蛇传也好，梁祝也罢，只要能拿回他当时交易出去的友谊。

友谊拿回来了，撤销交易的单据交给了林异。他们出生入死过，秦洲奢望林异能记住这份情谊，同时，他托大地希望林异看在这份价值 300 万金的情谊份上，别变成那些怪物。

林异抓紧手中的单据，声音都有些哆嗦，道："好。"

按照规则，当人类提出复盘后，怪物可以恢复原本面貌。林异不再维持作为人类的面貌，它也挺想让秦洲看看自己到底是一副什么模样，这才是真正的它。

秦洲、任黎、程阳三个人类的瞳孔中逐渐倒映出 1-3 怪物的真实面貌。它身上的雾气层层叠叠翻滚，但并不是纯粹的黑色，雾气里有好些熠熠生辉的星星点点，像是繁星点缀的星空。

秦洲从停尸房里走了出来，欧莹和王飞航赶紧迎了上去。

王飞航担忧地看着他："洲哥……"

秦洲却恢复如常，开口说："去核实这次进入 1-3 规则世界的所有名单，核对完毕后交给我。"

欧莹点头说"好"，她看着秦洲的表情，劝慰道："洲哥，你先去休息一会儿，1-3 规则世界复盘会议往后放几天再说吧。"

"我本来也没打算开。"秦洲最后是这么说的。

这一觉，秦洲睡了很久，醒来时，恰逢一个黄昏后。他看着昏黄的日晖，一直看到太阳落山才起身去洗漱。

随后，他离开寝室，朝着学生会办公室走去。

办公室依然闹闹哄哄的，人很多，吵得秦洲脑仁子隐隐作痛。

不过，这也正常，还有太多亟待解决的事情。

秦洲一眼看见人声鼎沸中的欧莹，便走过去。

看到他来了，人群一下噤声了。

秦洲拉开自己座位的椅子坐下，顺手拿过桌上因为太多还来不及整理的待处理事项，低头看起来。

其他人看了看秦洲，又看着欧莹。

欧莹给众人眨眼睛，示意他们先离开。

众人听话地离开了，最后一个离开的人还贴心地带上办公室的门。

欧莹看向秦洲，情绪有些复杂："洲哥——"

"嗯？"秦洲应了一声，一目十行地看手里的文件，"你放心吧，我会接回一部分工作。你把着急处理的事情整理一下交接给我。"

欧莹问："不再多休息几天吗？"

秦洲没有回答，反问道："我休息了几天？"

欧莹老实地说："三天。"

秦洲淡淡一笑："都休息三天了，还不够吗？"

学生会主席撂挑子在寝室睡了三天，其实已经很任性了。历届学生会主席谁敢这么做？

然而，他回到学生会工作的时间太奇怪了，现在已经到了晚上，谁会挑夜晚的时间来交接工作呢？一切的一切都说明秦洲的状态不对劲。

虽然欧莹无法做到完全感同身受，但也明白秦洲此时的心理状态。

这是一件很痛苦的事情，在罗亦死亡时，欧莹也经历过。

当时，她整个人的状态都很不好，但没有办法，她不能像其他同学那样，依靠请假来调节心情。他们的身份和责任，就注定他们必须压制住个人情感，一直朝着不见尽头的路向前走……

欧莹低下头，缓了差不多十几秒后，开始整理工作。很快，又将整理出来的部分工作放在秦洲的桌面上。

"其实，最近也不算很忙，主要是一些 0-1 端倪的报告，以及 1-3 规则的……"秦洲的手指一僵，欧莹的声音也小了一些，"应对措施。"

秦洲不开 1-3 规则的复盘会议，就算他们知道巡逻队中还有任黎，也不敢绕过秦洲的意见而擅自开会。然而，1-3 规则世界一直是校园守则里最大的威胁，秦洲能够从 1-3 规则世界平安归来，举校欢庆。如果迟迟不公布他的应对措施，恐怕同学们现在欢庆时有多高兴，将来发现时就会有多失望。

学生会其他核心成员不敢去找秦洲，只能来找欧莹，想让欧莹去劝劝秦洲，他们理解秦洲的辛苦，但无法理解秦洲因为不敢面对 1-3 规则世界而对 1-3 规则闭口不提的做法。在他们心中，秦会长不该是这样的。

秦洲将双手插进发间，额头抵住掌心，显出无力的疲惫。

林异是对的，他确实没办法留在 1-3 规则世界，甚至根本不敢拿全校学生的命去赌，林异不会变得和那些吃人的怪物们一样，而不在校园守则中写下 1-3 规则的应对措施。

他必须得写，会议也必须得开，这是备受瞩目的 1-3 规则，他不可能不负责地独自消化。

秦洲强压着心里翻江倒海的情绪，最终开口说："通知他们，复盘会议定在明早 9 点。"

说完，他低下头继续看手边待处理的文件。现在这份是欧莹整理出来的这段时间的疑点，比如，人工湖无风而起波澜，大一宿舍莫名出现了找不到源头的奇怪味道……这些端倪附上了学生会的调查结果——目前找不到原因。

看秦洲埋头工作，欧莹也坐回自己的位置。

她刚坐下，就听见秦洲说："不早了。"

是让欧莹回去休息的意思，欧莹想了想，说："好。"

知道秦洲心情，但也知道秦洲不是一个需要别人安慰的人，欧莹没有特意留下来加班。她把空间留给秦洲，让秦洲单独静静。

秦洲用笔在文件上圈重点，过了一会，他丢开笔，将身体重心放在椅背上，他的脑子里万千的思绪起伏着。

林异说，他比 2-6 怪物强大太多，1-3 规则世界里的"淘汰条件"无法杀死他。

那么，0-1 怪物必然也是如此，这样的结果让学生会的努力显得像是一场笑话。非自然工程大学永远存在，他们这些被随机选中的食物永远被困在这里，供怪物挑选品尝……

林异的身份也有了最坏的结果……秦洲现在找 0-1 怪物的意义是什么？从 1-3 规则世界出来后，再去 0-1 规则世界送死吗？

秦洲深吸了一口气，他察觉到自己的不对劲，他现在的状况根本不适合再处理工作。

"哗啦"一声，他走到窗边，推开窗户吹风。

已经很晚了，非自然工程大学里除了人类，就不再有其他生物。夏天时，茂密的草丛里不会出现蛇，哪怕是食堂堆放垃圾的地方，也不会出现偷吃的老鼠、蟑螂。

这些令普通人头疼的"害虫"在这里消失，却并不让人感觉良好。因为伴随着的是，他们在夏天听不见知了蝉鸣，在天空中看不见鸟类飞过，在池边看不见蜻蜓和蝴蝶追逐嬉戏……

外边静得给人一种毛骨悚然之感。

秦洲往窗外眺望。

他的背后文件被一阵从窗外拂进来的风掀开了几页。

被风吹一会儿，头脑就冷静了不少，秦洲坐回椅子上，深吸一口气后，重新拿起笔，在纸上写下"不夜城"的重点。

一边写，一边思考着怎么把林异摘出去。

复盘会议要开，但他徇私枉法，不打算公布 1-3 怪物是谁的谜底。

林异一直是一位人缘很好的巡逻队成员，大家都喜欢他、尊重他。

秦洲要维持现状，他不想听见任何一句关于林异的负面言论。

写着写着，笔尖顿住。

"你们不是想离开非自然工程大学吗？总能找到成功离开的办法，人类不是有一句话'功夫不负有心人'吗？"

秦洲想起林异对自己说过的话，当时，他被"人类"这个词所刺痛，现在才回想起这这句话的真正含义。林异好像是在安慰他这个人类，又好像是在暗示他这个人类。

办公室的灯很亮，他伏案继续处理工作。

一直到灯光的亮度被朝阳削弱，最终和日光融为一体，预示着非自然工程大学的某个毫不平凡的夜晚就这么过去了。

🔍 第 10 章 复盘

早上 8 点，距离开会还有一个小时。

这是一个工作日，窗户外有了些响动，学生朝着教学楼而来，开启了新的一天。

秦洲放下一夜的工作成果，去洗了一把冷水脸，好让自己从疲惫里清醒过来。

刺骨的凉水让他清醒不少，等他回到办公室，欧莹已经来了。

欧莹手里拿着早饭，问秦洲："又是一夜没合眼？算了，吃了早饭先去休息吧。"

秦洲皱了下眉，疑惑地看向她。

欧莹说："我知道你要说什么，我没忘复盘会议，但 1-3 规则的复盘会议不用开了。"

秦洲呼吸急促起来，问："什么意思？"

欧莹打开校园守则，摊到秦洲的眼前："刚刚王飞航打电话给我说了，你还是自己看吧。"

秦洲低头一看。

1-3 规则：无（1-3 怪物留）

　　1-3 规则的消失让非自然工程大学的学生们都松了一口大气，秦洲从 1-3 规则世界成功地离开，也让很多悲观的学生看见了希望，他们或许真的能平安无事地待到毕业，说不定都用不着毕业，他们的学生会主席就能带领他们离开这所吃人不吐骨头的校园。

　　新学期能有这样的开端，让终日压在所有学生心头的阴霾散去不少。

　　大家更努力地学习，学生会也努力地去找校园内有可能是 0-1 怪物存在的痕迹。

　　每天都有上千份"0-1 怪物痕迹"报告提交到学生会，学生会的办公室几乎要被这些报告所淹没。

　　然而，收效甚微，或者说，是根本没有收获。

　　努力却没有收获的情况足足持续了一个月后，秦洲直接丢开手里的报告，站起身倚在窗边，许久都没有出声。

　　虽然秦洲已经习惯了喜怒不形于色，但这个结果实在是让人心情低落。

　　欧莹也停下手里工作，抬头看向他，也说不出什么安慰的话。

　　别着急，别难过，慢慢来，一定会有结果的？

　　如果一定有结果，非自然工程大学怎么会存在五十年之久？

　　欧莹低头继续处理工作，她一向擅长鼓励身边的人，但这个时候她也什么话都说不出来。

　　正当她暗自叹息一声时，听见秦洲开口："陆前辈第一次提出 0-1 假说是什么时候……"

　　欧莹重新抬头，发现秦洲并不是在问她，而是在喃喃自语。

　　再看秦洲桌子上，秦洲早就没看那些交上来的报告了。不知道从什么时候开始，他又拿起了当时查 0-1 假说的资料。

　　因为 0-1 假说从提出到现在，都没有实质证据来让 0-1 假说站得住脚，所以学生会所保存的资料并不多。

唯一实际性的能证明陆进在找 0-1 假说的资料就是袁媛的档案。

但如果陆进在此之前没有关于 0-1 假说的思考和质疑，绝不可能因为袁媛的消息就联想到 0-1。

这就说明，在袁媛进入 4-4 规则世界之前的更早时间，不管 0-1 假说有没有被陆进发布出来，但 0-1 假说必然已经存在了。

当时，袁媛是副主席，是陆进的左膀右臂，就像现在的欧莹。

比起秦洲和巡逻队中的任何一位成员，欧莹进入规则世界的次数很少，秦洲也不太同意欧莹进入规则世界，因为欧莹的工作中心不是去探索规则世界。

通过学生会一些留存的文件显示，袁媛经手的工作和欧莹现在的工作性质基本吻合。

既然如此，袁媛为什么要进 4-4 规则世界？

袁媛知道 0-1 假说吗？她是相信 0-1 假说的党派吗？

秦洲回忆着他和陆进在 1-3 规则世界里的对话，他问过陆进是怎么发现 0-1 假说的，陆进没有回答，而是把话题岔过去了。

如果要完全骗取他的信任，陆进完全可以把发现 0-1 假说的过程陈述一遍，但陆进没有。

秦洲只能用"陆进不记得了"来解释。

实际上，陆进的状态并不算特别差，差的体现只是陆进的身体状态，但思维还算清晰。陆进精准地拿捏了后辈出于对自己的尊重，拿捏了秦洲的唇亡齿寒之感，所以才能骗到他们手里的金片。

既然如此，陆进为什么会不记得发现 0-1 假说的原因和过程呢？

这个问题，秦洲也能给出解释。陆进能记得自己进入 1-3 规则世界前和张引远闹了矛盾，能记得很多人的姓名，却诡异地不记得他一直着重调查的事——0-1 怪物动了手脚。

毕竟，0-1 怪物是切实存在于 1-3 规则世界之中的，这么强大的怪物在人类记忆里动点手脚并不是难事。

"把 4-4 规则世界的复盘会议给我。"秦洲突然开口。

欧莹回道:"好。"

两分钟后,有人送来了 4-4 规则世界的复盘会议。

秦洲紧紧地盯着会议记录。

4-4 规则世界,林异并没有参加,他当时也因为林异"副人格"的事,模糊了后续的一部分内容。现在再看会议记录,处处都显示出漏洞。

4-4 怪物岑潜为什么要让他主动复盘,岑潜到底在隐瞒什么?袁媛为什么会进入 4-4 规则世界?为什么要和岑潜商量留在 4-4 规则世界?甚至为什么她又出现在 4-4 规则世界?为什么又要引导卷入者触发"淘汰条件"?

秦洲对欧莹说:"去把王飞航和任黎叫来开会。"

欧莹点头。

会议室里,秦洲把刚刚理出的问题誊抄在纸上:"我提问,你们给我答案,答案不需要依据,想到什么就说什么。"

欧莹、王飞航和任黎点头说"是"。

秦洲用笔点着第一个问题:"袁媛为什么进入 4-4 规则世界?注意袁媛的工作方向。"

在秦洲查 0-1 假说时,欧莹就把袁媛的资料都整理出来了,她发给王飞航和任黎。

王飞航和任黎低头去看手边的资料。资料显示,在陆进担任学生会主席时期,袁媛担任副主席。

王飞航看着资料,说:"4-4 规则世界不像 1-3 规则世界那样随机,袁媛能进入,必然是安排好的,单从职能来看,她确实不应该进入 4-4 规则世界,交给巡逻队去处理会更好一些。"

欧莹想到了什么,翻着资料。

资料里写得很清楚,当时,张引远大一,刚进学生会,负责一些杂事。袁媛消失后，因为补缺副主席的位置，人员变动后，他才因工作能力出众担任后勤部部长。之后的半年内，又被陆进提拔为副主席。没过多久，陆进进入 1-3 规则世界，因陆进力荐，张引远成为新任学生会主席。那一年，张引远才大一，即将升入大二。

而因为张引远升迁太快，还让当时学生会的很多成员不服，就怕张引远是"关系户"，全校学生的性命难以保障。

欧莹开口说："有闲话说张会长之所以能得陆前辈的青睐，升迁速度这么快，是因为张会长完全相信陆前辈的 0-1 假说。"

秦洲也了解过这一点，他的职务就是从张引远那里接过来的。他说："张会长确实相信 0-1 假说。"

随着秦洲提出的问题，答案在这几句讨论中逐渐浮出水面。

袁媛是专门去 4-4 规则世界的，很可能是帮陆进找 0-1 假说的证据，因为袁媛是陆进的副手，恐怕在当时的学生会高层里，只有她相信陆进的 0-1 假说，所以她得亲自去。

虽然工作方向不一样，但她和陆进比起来，她进入 4-4 规则世界更合适，陆进身处要职，不能因为一个虚无缥缈的假说就抛下工作不管。

有了这个答案，更多的问题就能迎刃而解了。

袁媛为什么会进入 4-4 规则世界？找 0-1 怪物。

为什么要和岑潜商量留在 4-4 规则世界？找 0-1 怪物。

甚至为什么她又出现在了 4-4 规则世界？找 0-1 怪物。

秦洲继续提问："袁媛为什么要引导卷入者去触发'淘汰条件'？"

王飞航有些不解："引导触发者触发"淘汰条件"和找 0-1 怪物似乎没有逻辑关系，洲哥，你确定袁媛是在引导卷入者触发'淘汰条件'吗？"

任黎解释道："4-4 规则世界有个触发时间回溯的机制，找到物件就可以触发某段时间回溯，袁媛其实不是在引导卷入者触发"淘汰条件"，会不会是她在找这样的一个物件，触发与 0-1 怪物有关的时间回溯。"

秦洲看着 4-4 规则世界的复盘会议记录，说："会的。每个怪物，至少每个高级怪物都有一个能力。"

在 4-4 规则世界一开始，人工湖面就出现了"林异"的脸，他和任黎其实有怀疑过林异是被 4-4 怪物选中，或者是 4-4 怪物在挑拨离间，后来林异解释说，出现自己的脸是因为他的"副人格"被选中了。

秦洲信了，但现在看来，就算林异后来没有告诉他的事情，这个理由都显得拙劣，可他信了。

这并不排除林异是 1-3 怪物的原因，1-3 怪物的原型"人鱼小姐"可以蛊惑人心，1-3 怪物应该具备蛊惑能力，让本就想相信林异的秦洲没有任何怀疑，就相信了林异当时的说辞，甚至忽略了 4-4 规则世界还有这么多遗漏之处。

恐怕林异当时没想到秦洲能够相信自己。

"1-3 怪物的能力是蛊惑，2-6 怪物的能力是召唤死人，17-1 怪物的能力是循环，而 4-4 怪物的能力是时间回溯。"秦洲说，"如果袁媛进入 4-4 规则世界是想去找 0-1 怪物，且确定 4-4 规则里有 0-1 怪物身影的话，0-1 怪物和 4-4 怪物之间的联系就是，0-1 怪物利用了 4-4 怪物的能力，藏起了它的规则世界。"

因此，岑潜急于让秦洲离开。一旦秦洲找到 0-1 规则世界，岑潜会被 0-1 怪物撕的粉碎，它连看袁媛对林异好的机会都没有了。

秦洲问："把'整所非自然工程大学看作 0-1 规则世界'这句话和'时间回溯'联系在一起，你们能想到什么？"

王飞航暗自骂了一声，道："非自然工程大学确实是 0-1 规则世界，但是非自然工程大学的前身是五十年前的非自然工程大学。"

欧莹看向秦洲，说："洲哥的意思是，0-1 规则世界是五十年前的非自然工程大学，被 0-1 怪物利用 4-4 怪物的能力藏在 4-4 规则世界的时间回溯里，只要我们能找到触发物件，就能回到五十年前的非自然工程大学，而五十年前的非自然工程大学就是真正的 0-1 规则世界。"

秦洲的手指在会议桌上无意地敲着："是。"

王飞航急急道："所以要想找到 0-1 规则世界，就要先进入 4-4 规则世界？"

"那倒不用。"秦洲说，"人工湖最近不是无风起浪吗？找到能触发时间回溯的物件就行。"

欧莹问："那洲哥找到了？"

任黎说："在 4-4 规则世界里，触发时间回溯的物件可以是卷入者身上的某样东西，换句话说，我们可以自己找物件，只要能让 0-1 怪物内心起波澜，就能开启时间回溯。我想，这个物件要和非自然工程大学有关，比如照片，非自然工程大学的历史资料，等等。"

秦洲看了一眼任黎，点点头说道："是。"

王飞航犹豫着问："可……洲哥，找到 0-1 规则世界真的就能离开吗？"

想想也知道 0-1 规则世界的难度，巡逻队所有成员进入恐怕都不一定能破解主线活着出来。如果真的可以离开，学生会倾尽所有也值得，但如果结果不尽如人意，学生会也会因为此事而瞬间倾覆瓦解，没了学生会，整所校园的秩序也会坍塌。

秦洲停下敲桌子的动作，顿了很久后才开口道："他说过能。"

王飞航问："他？谁啊？"

秦洲和任黎都沉默了。

还能是谁啊？

1-3 怪物呗！它说："人类不是有一句话叫'功夫不负有心人'吗？"

它都这么说了，暗示得如此明显了。

因此，一定能离开。

秦洲拿过手边的咖啡，喝了一口，满嘴的苦涩，但苦涩之后，很快变成回甜。功夫不负有心人，0-1 规则世界终于找到了。

🔍 第11章 迷雾

就像学生会，甚至是学校管理层，对非自然工程的前身了解都是一片空白一样，0-1规则世界一次卷入有多少人、具体情况是怎样的，没有什么资料可供参考。

0-1规则世界对于学生会来说，是模糊不清的。如果可以通过0-1规则世界离开非自然大学，是进入规则世界并成功活下的那批人可以离开，还是所有学生都可以离开？如果是前者，离开的那批人是直接送出校园，还是回到校园后再通过自己的双脚走出学校？这些问题，学生会都无法做出预测。

学生会唯一可以确定的是，0-1规则世界不会主动卷入学生，否则0-1怪物不会将自己藏在时间回溯之中。一但有机会离开，学生会还是面向全校公布了0-1规则世界的存在，并且开放了0-1规则世界的报名通道。

这次0-1规则世界不按照惯例采取投放方式，无论是否巡逻队、学生会，还是其他人都有七天的时间考虑要不要报名。

一时间，论坛的帖子和校园各个角落的讨论不绝于耳。

0-1规则世界报名须知：

本次 0-1 规则世界将由学生会主席秦洲、巡逻队队长王飞航亲自带队，赢了，就是永久性地摆脱这里，回到梦寐以求的平凡生活之中，但同样的，学生会说得很清楚，就算有秦洲和王飞航带队，本次 0-1 规则世界探索的成功率非常低。

进入 0-1 规则世界后，学生会的主要任务是探索 0-1 规则世界，保护学生方面，学生会心有余而力不足。

——非自然工程大学学生会

论坛中有人发了帖子，分析了利弊。

【关于去不去 0-1 规则世界的利弊分析】

我们能通过 0-1 规则世界离开，但怎么离开，学生会并没有公布，我猜测学生会应该也拿不准。

在 0-1 规则世界存活到最后的人肯定是可以离开的，但怎么离开，我猜测的离开方式如下：

①就像通全关一样，直接被送出非自然工程大学。

②从 0-1 规则世界出来，回到非自然工程大学，但非自然工程大学对于最终幸存者解除禁锢，可以回到正常的世界里。

③全员离开。

前两种离开方式对非自然工程大学接下来的影响大不相同，如果离开方式是①，那么剩下的、没有参与这次规则世界的人对 0-1 规则世界的认知仍然很模糊，想要离开还是得进入 0-1 规则世界，在 0-1 规则世界九死一生后，得到离开喜讯。

但这个成功率有多少呢？本次进入 0-1 规则世界的探索工作由秦会长和王队长带队，有他俩在，注意，特别是有成功从 1-3 规则世界出来的秦会长在，学生会给出的成功率是 2%。那么下一次进入 0-1 规则世界，没有秦会长和王队长，成功率又是多少呢？

尽量别奢望离开的同学能专程回到非自然工程大学带来有关 0-1 规则世界的线索，他们离开后，大概率也会像亲朋好友忘记我们一样，忘记这里。综上所述，想要搏一搏的同学，本次是最有可能离开非自然工程大学的机会。

再说离开的方式如果是②，这个结果比①好很多。

就像校园守则里的其他规则一样，巡逻队在规则世界一番险象选生后获得情报，再由学生会整理分析，得出应对措施，减少你我再被拉入规则世界的可能。

就像学生会整理应对措施一样，如果0-1规则世界的最终幸存者是先回到非自然工程大学，咱们就有了无比珍贵的情报，我想学生会能分析出应对措施，必然也能根据带来的情报分析出0-1规则世界的情况，这样就显著提高了下一次离开非自然工程大学的成功率，并且伤亡率肯定也能降下来。

最后说方式③，全员离开皆大欢喜。

不要怪我泼冷水，个人观点这个可能性不高。从0-1假说来看，我们被选中来非自然工程大学都是0-1怪物的行为，很简单的道理，它不可能会有这么好心。

除非0-1怪物像2-6怪物、7-7怪物、8-4怪物那样被杀死，它死了，我们自然而然就能离开了，非自然工程大学也将不复存在。

但杀死0-1怪物的难度从离开0-1规则世界的2%成功率就可以看出来，学生会也明确表示过了，进入规则世界后，学生会的主要任务是想办法离开，所以杀死0-1怪物的可能性不高。

最后，我想说敢不敢拿命赌一次自由还是看各位同学的考虑，说到底，这次进入0-1规则世界其实是一场探路，就像开辟海航路线时会先派出探路船舶，哪处有暗礁、哪处有漩涡都是说不准的。

我恳请各位同学一定根据自身能力为首要考虑条件，0-1规则世界必然危机重重，如果个人无法保证自己会不会给学生会带来麻烦，请不要头脑一热就去报名。

1L：辛苦楼主，通篇看下来，分析得很在理了。我认同楼主的观点，自己没有能力就别因为那一丝可以离开的机会而去报名，生命宝贵，苟活也是活。

说句心酸的，这些年在非自然工程大学学习，我竟然也习惯了。出去后，说不定反而不习惯，被亲朋好友当成陌生人的滋味并不好受……

回到正题，也别觉得自己痛失了机会，假如秦会长和王队长能顺利离开非自然工程大学，我是开心的，感恩秦会长的付出，感恩巡逻队成员的牺牲。

你们都是英雄！

静待佳音！

2L：我不报名，但是我想问问学生会成员什么时间进入0-1规则世界？

我想去送送他们。

……

帖子被顶得很高，虽然学生想要送行的呼声很高，但进入0-1规则世界的时间还是选在一个普通的夜晚。

领头者是秦洲、王飞航。

还有若干巡逻队成员，如任黎等人。

学生中也有报名的，程阳也在其中。

共计一百六十七人。

欧莹留了下来，她不是不想去0-1规则世界，更不是不敢。但作为秦洲的接班人，她得继续留在非自然工程大学，不管秦洲等人进入0-1规则世界是什么情况，她都要维持校园的秩序，让学生会继续运转。

一百六十七个人在人工湖集合完毕，欧莹在远处看着，她不能靠近，免得因为距离近而被卷入0-1规则世界。她看见秦洲将非自然工程大学每个角落的照片放入人工湖中。

众人屏息等待，注意着湖面的变化。

随着一张张照片的沉底，湖面的波澜越来越大，接着犹如海啸一般，卷起的湖水猛地将距离湖边最近的秦洲拉入其中。

王飞航骂了一声，也跳了进去。

众人一愣，随即纷纷跳入湖水之中。

任黎拉过程阳，也一并跃入湖底。

奇怪的是，众人落水时却听不到落水声。

欧莹心里揪了一把，想要上前，跨出两步后又停了下来，只能担心地看着人工湖方向。

也不知道是不是她专注于人工湖的情况，直到背后有阵风穿过她直直往着人工湖而去时，她才发现有一道像星空的黑影朝着湖底一跃而进，但海啸在阻止它的跃入，两股力量在博弈。

天色沉重，人工湖周边的树干因两股力量的博弈而被拦腰截断。

博弈了好一会儿，海啸的势力渐渐放弱，黑影覆盖于湖面，终于成功地溺进去……

这里像是被隔离出来的异空间，又像是仙侠世界里的某种结界。

通过非自然工程大学人工湖进入的卷入者们踩在虚空之上，目光有极点，空间却一望无垠。但半空之中有很多漂浮的星点，指节大小，闪烁着颜色各异的流光，只需要一个轻微的抬手动作就能触碰到。

有人不小心碰到，还来不及尖叫，整个人就消失了。

王飞航立即提醒道："别碰这些东西！"

众人不敢再碰，从好奇变成了唯恐避之不及。

王飞航看见任黎，问："洲哥呢？你看见洲哥没？"

空间宽阔，人数众多，现在这种情况在他们的意料之外，这里怎么看，也不像是0-1规则世界啊。

任黎也在找秦洲，闻言摇了摇头。

倒是被任黎拽着的程阳突然高喊一声："在那边！秦会长在那边！"

顺着程阳所指的方向看过去，看见秦洲后，他们朝着秦洲而去。

"洲哥。"

"秦会长。"

王飞航问秦洲："洲哥，现在怎么说？"

秦洲也没回头看他们，而是抬了抬下巴，示意他们朝前方看。

秦洲所指的方向，有一个大概十五岁的少年正面无表情地看着这些来人。明明人很多，他却给人一种游离在外的寂寥感。

很明显，少年并不属于卷入者之列。

少年的面孔是陌生的、阴郁的。

他发现自己被这些人注意到之后，抬起了头，朝着他们看过来。

这个瞬间，所有人都停止了动作，连眨眼都被按下了暂停，只有意识还在艰难地运转。

少年抿了抿唇，随后开口，语气没有一丝波澜，道："我时常不知道哪些是真，哪些是假，既然你们找到了这里，那就替我做点事吧。我给你们三天时间，帮我分辨真假。"他伸手抓住一簇流光，被他握在手里的流光暂失光芒，而他也随着流光消失在了众人眼前。

有少年在时，空间还有光亮，他消失后，整个空间就沉寂下来，变成沉重得透不过气的黑色，只剩那些缀在半空中的流光。

众人这才重新掌握身体的主动权，空间里一下哗然起来。

王飞航感慨道："这还真是 0-1 规则世界啊……"

他们这拨人有四个人，分别是秦洲、王飞航、任黎和程阳。

王飞航说："是我太久没进规则世界了吗？我还是第一次遇到布置任务的……"

虽然少年没有明说，但大家都心照不宣，三天时间意味着什么，他们都明白。

程阳说："意思是说，我们要帮他分辨真假？分辨什么真假？他话也没说清楚啊……"

　　然后，大家把目光投向秦洲，已经有很多人朝着秦洲看过来了。虽然学生会一开始就说过，无暇顾及每个人的生命安全，但这并不影响秦洲主心骨的地位。

　　秦洲把这里每个人都看过了，尤其是对少年看得最认真、最仔细的。但这些都不是他想找的那个人，他掩下眸里的失望，顿了两秒后说："0-1怪物的能力是具象化。"

　　之前，他们开会寻找0-1规则世界时有说过这个问题，每个高级怪物都有一种特殊的能力。1-3怪物能蛊惑别人，2-6怪物能召唤鬼魂，4-4怪物能令时间回溯，17-1怪物能重启循环……而0-1怪物的能力则是具象化。

　　这一点，通过它按照自己的想象捏造出1-3怪物就可以看出。

　　秦洲抬头看着这些飘浮在半空的流光，喃喃道："它分不清的是它想象出来的东西和真实存在的区别。"就像幻想症病患，脑海里会产生很多想法，也会听到很多幻听，看见很多幻觉，病人没办法分清哪些是由他幻想出来的，而哪些又是真实存在的。

　　虽然不知道秦洲是如何得知0-1怪物的能力，王飞航并没有质疑。他点了点头，也看向这些光芒，接口道："所以，我们要区别的真假就藏在这里。"

　　程阳抬手要去碰流光，任黎打了下他的手，提醒道："别乱碰。"

　　程阳摸着被打得绯红的手背，"哦"了一声。

　　等程阳收回手，任黎也看着这些流光，道："这些流光应该是0-1怪物的记忆。"

　　他猜测有刚才触碰到光芒的人消失，应该是进入"记忆"中了。

　　王飞航问："洲哥，怎么说？"

　　秦洲道："去看看。"

　　他们只有三天的时间，而这里的流光仿佛数不清的星星，他们浪费的每一秒都是他们自己的生命，具体情况还是要进去看看才能掌握。

四个人彼此默契地都没有提自证的事，因为 0-1 怪物的强大让自证显得没有意义，他们不知道 0-1 怪物会不会藏在卷入者之中，也必然不可能因为一个自证就分辨出藏在他们之中的 0-1 怪物。

而且他们只有三天时间，半空中的星子无数，在强烈的对比之下，似乎不用 0-1 怪物引导些什么，他们就会因完不成任务而全盘覆灭。

任黎问："会长，一起吗？"

秦洲点头："嗯。"

星子是否代表 0-1 怪物的生平记忆还只是猜测，"记忆"里还藏着什么危险，他们也无从得知，所以，第一次进入"记忆"，最好是多人一起，这样能稍微安全一些。

任黎便伸手碰了一个距离他们比较近的星子，碰到的瞬间，他整个人就消失在其他人眼前。

"任黎……"程阳的心头一紧，"说碰就碰，还说我呢，你倒是提前跟我们说一声啊！"

说完，程阳也碰了任黎触碰过的星子。

任黎、程阳进入之后，王飞航开口对其他人说了他们暂时分析出的情况，也让其他人最好三三两两地抱团进入同一枚星子。

交代之后，王飞航也去了这枚星子。

秦洲朝着这枚星子走去，伸手去碰之前，他又回头看了看自己所处的空间。

其他卷入者看见他们都进入星子之后，也都商量着组团进入。

他竭力按下自己的情绪。秦洲明白，这里是 0-1 规则世界，1-3 怪物出现在这里的概率不大。但就像 1-3 规则世界出现 0-1 怪物一样，他还是期望能在 0-1 规则世界看见那个叫作"林异"的 1-3 怪物。他也很清楚，就算 1-3 怪物出现在这里，也不可能是以他熟悉的林异的面貌出现，但他就是抱了一分期待，总是感觉林异就在身边。压下情绪，秦洲碰了这枚星子。

场景转换得很快，下一秒，他就身处在一个大院之中。大院的门口向里有一条笔直的石铺甬道，甬道的尽头有一块浮于半空的，像水波纹一样的东西，这条甬道将大院内的小院南北分开，这些小院又各有院门。

先他进入的三个人也在。

看到秦洲进来后，任黎就向他汇报情况："会长，我们没办法触摸。"

像观影一样，星子里藏着的记忆展示在他们的面前，但观众无法影响剧情，也没办法碰到影片中的人和物。

这一点在秦洲的意料之中，在 4-4 规则世界最后，他和林异找到真正的岑潜的记忆，情况和现在差不多。

程阳正在尝试去碰大院门前站着的小男孩。小男孩看不见他，而程阳就像魂魄一样，他的身体能穿过这个男孩。吓得程阳大叫一声："妈呀！"

任黎头疼地看着程阳。

王飞航也很头疼，问："这要怎么辨别真假啊？"

秦洲看向目前出现的唯一人物，说："先看看。"

任黎开口："程阳，回来！"

程阳应了一声，又不死心地用手碰了碰小男孩的身体，结果还是那样，直接穿过了小男孩的身体。他跑回到三人面前，说："这个小男孩是刚刚看见的那个少年。"他近距离看过小男孩的模样，发现眉眼都和刚刚布置任务的少年长得很像。

秦洲想了想，说："留个人在这里盯着他。"

这个任务当然就落到程阳的身上。

程阳点头："好的。"

虽然他们是观影者，但他们的行动并没有受到限制，他们可以任意穿梭在影片之中。四个人盯着小男孩的一举一动太浪费人力了，程阳一个人负责就行。

进了星子之后，他们就可以分头行动了，看看能否找到一些有用的线索。

分头行动前，王飞航叮嘱道："别离太远，有什么情况就喊人。"

任黎点头表示明白。

王飞航又对程阳大喊道："程阳，有什么事就喊我们。"

反正他们的交流，影片里面的人是听不见的，遇见危险高声呼救是最简单粗暴且有效的办法。

程阳回道："好，我知道了。"

三人准备去别的地方看看，刚走开几步，背后忽然传来"哎呦"一声。

众人回头，此时他们中间又多出了一个人的身影。

这个人掉在地上，应该是摔倒了哪里，半天都没能爬起来。

程阳被这位兄弟的落地方式惊了一下，出于本能地去扶他。

"谢谢，谢谢。"摔了个屁股墩的人站起，发现秦洲、王飞航和任黎都在看自己，他赶紧站好解释说，"我刚刚碰了一颗星星，然后就出现在这里了。"

秦洲盯着他看了一会儿，问："名字。"

"会长，我叫张唯。"他说，"我是后勤部的。"

秦洲还要说什么，大院外边却传来了阵阵吆喝声："豆花，豆花！好吃不贵的豆花嘞！"

众人循声而望，挑着担子的小贩出现在大院门口。

小贩看见站在大院门前的小男孩，小男孩往旁边让了让，给小贩腾出一个可以进来的空间。

小贩说："谢谢。"

小男孩回："不客气。"

小贩挑着担子继续走在甬道上，边走边吆喝："豆花，豆花！好吃不贵的豆花嘞！"

叫卖声很快地吸引了小院里的孩子们。

"叔叔，我要一碗。"

"叔叔，我也要。"

孩子们手里拿着两分钱，着急地把钱塞进小贩的手里，生怕自己塞晚了，就吃不到好吃的豆花了。

生活在大院里的孩子物质条件都不差，有孩子还说："叔叔，我给你一毛钱，你先给我一碗豆花！"

小贩收一份钱，舀一碗豆花。

小男孩看着甬道上的闹腾，摸了摸自己的衣兜。可惜啊，他没有可以买下一碗豆花的两分钱。

进来这枚星子的几个人都注意到了小男孩眼神里闪过的一丝晦暗。

不只是近距离观察小男孩的程阳，其他人也发现了，这个守在大院门口的小男孩眉眼和在异空间给他们布置任务的少年如出一辙。

从目前来看，他们的任务是分辨真假，而真假大概率是和0-1怪物的情绪有关。就像幻想症患者，在情绪受到波动时会发作一样。小男孩还太小，还不会完美地隐藏自己的心情，他现在表现出来的落寞就是他心底情绪的映射。

这个时候，就很可能有"幻想"的情况出现。

于是，秦洲王飞航和任黎不约而同地暂时停止了分头行动，纷纷注意着小男孩。

后来进入这枚星子的张唯发现众人的目光，也顺着主流，朝着小男孩看去。

在众人的视野中，小男孩摸了摸自己的裤兜，但并没有摸出钱币来。他脸上的失落并没有因为手中空空而加剧，就好像已经习惯了，自己身上有没有钱，自己是最清楚的。

卖豆花那边热火朝天，其他小孩子们得到了豆花，脸上洋溢着喜悦的满足。人群之后，小男孩看着其他小孩买到了豆花，看着他们欢天喜地地回家，也看见了由大人领着来买豆花的小孩子。

小男孩忽然注意到了一个人，眼睛一眨不眨地盯着她。

小男孩的变化很快就被秦洲等人发现。秦洲顺着小男孩的目光，发现一位出现在豆花摊贩面前的女人身上。

那个女人三十来岁的样子，微胖，她给了小贩两分钱，要了碗不辣的豆花。

"这是小男孩的妈妈吗？"程阳问。这么问是因为他发现小男孩眼里升起的一丝期冀。在场的大人不少，但小男孩独独看着这个女人，应该是"认识"的关系。

但任黎摇了摇头，说："不太像。"

王飞航同意这个说法："我瞧着也不像。"

小男孩看着的女人和小男孩的脸对照在一起，五官上没有一丝一毫的相似之处。而且小男孩就站在大院门口的台阶上，是一个很显眼的位置。但女人出现后，并没有招手让小男孩过去。

"因为自己没有零花钱买豆花，所以幻想出一个能给他买豆花的人？"程阳也看清女人眉眼，觉得不像，便改变了猜测方向。

他这句话就没有被其他人迅速推翻，真假到底是什么意思，在场的人都无从得知，所以程阳的这句话是很有可能的，也确实是众人都能联想到的点。

张唯不是很懂，他很有眼色地保持沉默，这不是他一个后勤部同学可以随意发言的地方。

过了一会儿，在女人拿到豆花之后，秦洲推翻程阳的猜测："不是。"

女人并不是男孩幻想出来的人物，因为女人和小摊贩有交流，也跟其他孩子家长说说笑笑，这些交流中还透露出女人的身份，别人称呼她为"垣垣妈"，小孩子则叫她"宋姨"。

如果这个女人是小男孩的幻想，这些细枝末节的交流就显得没有必要。

垣垣妈招呼完了其他家长，小贩刚好给她舀好豆花。她说了几句客套话，就端着豆花进入北边的一个院子里。

小男孩的视线也随着垣垣妈的身影一直向北走，直到她的身影消失。

这下就更确定了，这个女人并不是小男孩的幻想，因为她并没有把豆花交给小男孩。

小男孩收回了视线，继续看着甬道上的热闹，一直看到小贩卖完了豆花离开了。

他没在大院门口继续待着，也朝着北面的一个小院走去，走进的小院就是垣垣妈进入的那一间。

秦洲说："走，跟上去。"

其他人没有异议，就算秦洲不说，他们也会跟上去的。一来是小男孩有了动作，二来就是小男孩的目光表明他认识垣垣妈。他们需要跟上去了解情况。

众人跟上已经迈开步子的秦洲。

秦洲走在前面，走了几步之后，突然回头看了一眼。

后勤部的张唯也跟着他们，只不过走在队伍的最后面。

发现秦洲看向自己时，张唯有些手足无措，这是很多学生会成员被秦洲直视时的正常反应。

王飞航也顺着秦洲的视线回头看了一眼，问："洲哥在看那小子？"

秦洲"嗯"了一声。

王飞航压低声音问："他有问题？"

不怪王飞航会这么问，刚刚秦洲看张唯的目光有些严肃、复杂，可他并没有看出问题，只能主动询问秦洲，看看到底是什么情况。

"目前没看出来。"秦洲收回视线，淡淡地说。

"那你这么看人家？"王飞航说。

秦洲说："随便看看。"

王飞航还想再说什么，秦洲突然停了下来。见状，王飞航也跟着停下来，跟在后面的程阳、任黎和张唯也都停了下来。

他们已经跟着小男孩进入北边小院子，这个院子叫作"北苑"。

小院子其实也不算小，里面还有很多户人家。

从面积来看，众人跟着小男孩到的这户人家在北苑里条件不算特别好，也不算差，对比现实世界，算是个小康家庭。

共有六间房组成，格局像是四合院。

小男孩进了家门后，在庭院做针线的外婆叫住他，说："囿儿，去洗手，准备吃饭了。"

"嗯。"小男孩走到建在庭院的洗手台边，用木瓢在水缸里舀了一瓢水，拿过旁边的皂角搓了搓，搓了泡后，用瓢里的水冲洗手上的沫，洗完后又把木瓢柄弄干净。

做好这些后，小男孩看向外婆："外婆不吃吗？"

外婆推了推架在鼻梁上的老花镜，说："我把中午剩的菜给吃了，你别管我，你快去吃吧，你舅舅今天回来，你舅妈今晚弄得很丰盛。"

小男孩看了看外婆："嗯。"

然后，他走进正对家门口的房间，众人赶紧跟了上去。

房间里有女人的声音传来。

垣垣妈看了一眼小男孩，问："囿儿看见垣垣了吗？"

小男孩看了眼桌上的饭菜，今天舅舅回来，舅妈特意在外面买了卤菜，还烧了鸡、蒸了鱼，除此之外，桌上还有碗她刚买回来的豆花。

很明显，这碗豆花不是给他的。

垣垣妈皱着眉说："这孩子不知道跑到哪里起疯了，一点都不懂事，快吃饭了也不晓得回来。囿儿，你帮舅妈去找找表弟。"

小男孩乖巧地点头："嗯。"说完，他转身离开，离开前又看了一眼桌上的豆花。

一直往家门外面走，外婆见了问道："囿儿！快吃饭了你要去哪里？"

小男孩说："我找垣垣。"

外婆："哦，去吧，别出大院。"

小男孩应了一声，继续往外走了。

程阳本来是要跟着小男孩的，看秦洲他们没有动作，又停下来，问："我们不跟上去吗？"

程阳觉得小男孩就是在大院里找人，目的明确，倒是这里，有一些关于小男孩的家庭问题并不明朗，跟上去搞清楚事情发展，那么分辨真与假也算有个方向，不然连 0-1 怪物自己都分不清的真假，他们又怎么去分辨。

王飞航对任黎说："你们俩跟去看看，我在这边找找其它的线索。"

程阳催促着任黎："任黎，快，再晚点就跟丢了。"

王飞航又对张唯说："你也跟着去吧。"

张唯点了点头。

等这三个人都走了，王飞航不死心地问秦洲："洲哥，张唯到底有没有问题啊？"

秦洲没有回答，反问道："你觉得呢？"

王飞航道："有一点。"

毕竟他们是最先进入星子的，其他卷入者都是看到他们进入才进入其他星子，而张唯却选择了他们选过的这颗星子。

不过张唯的这个行为也说得通，他们这行人中有个秦洲，还有他也在，跟上他们，就大大增加了存活率。

秦洲道："先观察着。"

王飞航表示同意。

　　两个人在这户人家里转了转，六间屋子，一共四间卧室，通过卧室的陈设来看，一间是男孩外婆住，一间是舅舅舅妈住，一间是男孩和表弟住，还有一间没有铺床。剩下的一间是客厅连饭厅和厨房，另一间是厕所。

　　他们俩转完也没有发现什么有用的东西，王飞航正要说那三个怎么还没回来，在饭厅里的女人走出来，冲着庭院的老人喊："妈，垣垣还没回来？"

　　老人说："囿儿不是出去给你找去了吗？"

　　垣垣妈生气地说："三天前就闹着要吃豆花了，掐着时间给他买回来了，人不知道跑去哪里，再晚点，豆花都成水了！"

　　老人问："一份豆花多少钱？"

　　垣垣妈："两分！"

　　老人有些嫌弃，道："四分钱买两碗水。"

　　垣垣妈没接老人这句话。

　　老人做针线的动作一顿，反应过来，抬头看着垣垣妈问："你没给囿儿买？"

　　垣垣妈微窘，解释道："囿儿没说要吃。"

　　老人沉默了几秒，然后继续做针线，嘟囔着："你什么时候见到囿儿开口找你要东西？"

　　垣垣妈面露尴尬："我没想起来。"

　　老人继续嘟囔："舅妈舅妈，称呼里就算带半个'妈'字，但到底不是妈。囿儿可怜，有妈生没妈疼！"

　　垣垣妈说："我去看看锅里。"

　　老人与儿媳妇的交谈随着儿媳妇的开溜而结束，其他再多的线索就没有了。

　　王飞航说："他们确实离开挺长时间了，洲哥，咱们去看看什么情况？"

秦洲："嗯。"

他们俩离开这里去找任黎、程阳和张唯，想看看他们是不是遇到了什么情况。

比起小男孩找人，他们找人要方便很多，因为他们接触不了这里的人和物，就像魂魄状态，可以穿墙而过。

没一会儿，就找到了任黎和程阳。他们俩正在横穿南北的甬道，而张唯则不知所踪。

王飞航走过去，左右张望，问："张唯人呢？"

程阳正着急呢，看见秦洲和王飞航忙说："秦会长，我们正要找你们！"

对于张唯的失踪，秦洲皱了下眉。

任黎道："他进这里了。"

王飞航："哪里？"

任黎和程阳同时指向甬道上漂浮于半空的水波纹。

秦洲和王飞航抬头去看，他们刚到这里时就发现了水波纹。不过，水波纹并不是他们的"出生点"。再加上一开始就被小男孩吸引了视线，水波纹看上去和判断真假无关，就暂时搁置了。

程阳复述情况："我们本来跟着那个男孩，来到这里时，张唯突然跟跄了一下，他迎面摔下去的位置就是这里，就像道门似的，他整个人就栽进去了。"

因为张唯摔倒了，程阳和任黎就没有再继续跟着小男孩，现在是什么情况，他们也不清楚，也不敢贸然穿过这片竖立在半空的水波纹。

秦洲和王飞航走近，看着浮于半空的水波纹。

秦洲开口问："他摔进去了？"

程阳："对！"

秦洲："怎么摔的？"

程阳说："就好像被什么绊住脚一样。"说着，程阳在地上找了找，应该是年限久了，甬道地面上有个凸起的砖块，程阳指了一下，"应该是被这个绊倒了。"

任黎十分同情程阳的智商，说："会长的意思是，我们没法触碰这里的人和物，张唯又怎么会被绊倒？"

程阳这才反应过来："是哦……"

王飞航看着秦洲，甩去一个"他好像真有问题"的目光："像是故意引导，是0-1怪物？"

"太明显了。"秦洲说着，便用脚去碰了碰凸起的砖块，碰完之后说，"你们试试。"

离得最近的程阳伸脚去碰，他愣了一下："能碰？"

任黎和王飞航见状也赶紧去碰了一下，发现他们真的能碰得到地面的砖块。

在任黎和王飞航试探时候，秦洲去碰了碰甬道一侧的墙壁，他重新看向水波纹，问："他掉进去多久了？"

任黎道："有一会儿了。"

任黎的这个回答让秦洲不太习惯，以往他问时间，林异总会给他一个准确的答案。

王飞航看着露出思考表情的秦洲，问："洲哥，怎么说？进还是不进？"

他们在这里已经耽误很久了，天色也从黄昏将至黑夜。按照黑夜会有"淘汰条件"上场的规则，一无所获的他们已经半截身子踏入危险之中。真假没有头绪，可以暂时作罢，但他们得找"淘汰条件"的相关线索了。

这里也找得差不多了，除了一无所获就是一无所获，剩下的就只有这个水波纹了。

但发现水波纹端倪的是张唯，张唯本身就被秦洲和王飞航怀疑着，他这个动作确实很像是在引导他们。

水波纹里面有什么，他们同样无从得知。而且，水波纹的波动给人一种危险的感觉。

秦洲道："我去看看。"

王飞航忙说："洲哥，我跟你一起。"

秦洲："不用。"说完，他朝着水波纹伸出手，其他三人瞧着他碰到水波纹，然后胳膊穿过水波纹。秦洲没感觉到身体哪里的异样，随后他再往水波纹内里深入，继而整个人都穿过了水波纹。

横在他面前的，还是这条甬道，包括他刚刚试探的地砖都是翘起来的。如果不是甬道上没有程阳、任黎和王飞航，秦洲几乎以为自己还在原来位置，他又回头看了眼水波纹，再次穿入，他又回到了众人眼前。

程阳："这就出来了？好快！"

程阳好奇地问："秦会长，里面是什么？"

任黎和王飞航也盯着他。

秦洲不确定地说："另一个……"他一时间不知道怎么形容，只能类比，"像平行世界。"

王飞航感觉很莫名："记忆里有个平行世界？"

光是听起来，都觉得很违和。

虽然只有很短的时间，但秦洲也算进入了水波纹，没有发现什么危险后，现在王飞航去伸手碰水波纹，他就没有制止。

等王飞航进入水波纹后，程阳也好奇地走进去，看见程阳进去，任黎也进去。

秦洲最后一个进入。

刚进去，就听见程阳迷惘的声音："我们真的……进来了吗？"

横亘在他们眼前的和水波纹外面的景象无异，前方是大院大门，中间一条甬道贯穿把南与北的方向分了出来。

就连水波纹外的天色都一样，天色在慢慢地往黯淡的方向沉淀。

王飞航看向秦洲："洲哥，去他家里看看。"

秦洲也是这么想的。

于是，众人往着小男孩家里方向去，他们这一次走就没那么方便了，横在他们眼前挡路的墙壁，并不是每一面都能够穿透过去。好像他们开始逐渐在拥有实体，踩在地上的脚步都有种一步一脚印的踏实感。

到了小男孩家里，众人竟然看到了张唯。

张唯见到了他们表现得很激动，赶紧跑到众人面前："会长，你们去哪了？"

从张唯表情来看，他并没有发现自己是穿过了水波纹到达了另一个空间，他误以为自己是和其他人走散，一个人正害怕着。

因此，进入了水波纹这么久，张唯却始终没有出来。

他的这个表现太正常了，毕竟砖块是真的凸起，没注意的话确实会被绊倒。

秦洲心里有种说不出的失望，他强压下这种情绪。

好在眼前有能转移他注意的东西，视野之中，小男孩正在清扫庭院落叶，外婆推了推老花镜，看见这一幕后，小男孩去开了盏灯。

外婆说："把电灯关了吧，费电。"

小男孩犹豫着，有些不愿意。

外婆放下手里针线，说："你去看了一眼，你舅妈带着垣垣在大院外头等你舅舅回来，都去了这么久，怎么还没回来？"

小男孩应下，把扫帚放到原位，出门准备去找人。

刚走到门口，就听到外边传进来的声音。他停下来，转头对外婆说："回来了。"

话音刚落，舅舅舅妈还有垣垣就出现在了门口，他们一家三口说说笑笑，垣垣手里还有一份刚买的豆花，吃了有一半。

水波纹里的剧情明显和水波纹外的剧情不一样，水波纹外也是舅舅回来的日子，舅妈在家准备了饭菜，知道今天卖豆花的会来，专门放下手上的事给自己儿子买了一碗，而这里是不知道跑到哪里去玩的垣垣已经吃上了。

唯一相同的是，不论是水波纹外，还是水波纹内，小男孩都没有吃到豆花。

"囿儿，"舅妈招呼一声，"带着垣垣洗手吃饭，咱们今天吃好吃的。"

小男孩看了眼垣垣手里的豆花，垣垣还在吃着，哪有空去洗手？

舅舅冲小男孩说："囿儿，饿了吧，赶紧洗手吃饭。"

小男孩走向洗手台，他舀一瓢水洗手。

舅舅舅妈和垣垣往着厨房那间房走去，舅妈拿出干净帕子给垣垣擦嘴："又没人和你抢，你慢点吃，吃得衣领到处都是。"又说，"让哥哥帮你洗手，洗了手啃鸡腿吃。"

舅舅对外婆喊道："妈，我有事跟你说。"

于是，外婆也走进了这间房，只剩下小男孩孤零零一个人搓着手上泡沫，他一直搓着手，搓到手都红了。

程阳看着，突然说："怎么感觉这么可怜呢。"

张唯奇怪道地问："男孩不是在找弟弟吗，怎么又跟着大人出现了？"

秦洲、王飞航和任黎着看着眼前一幕。

过了一会儿，外婆从房间里走出来，发现小男孩还在洗手。

她走到小男孩跟前，拿出一只鸡腿："把泡泡冲了，吃鸡腿了。"

小男孩点头："嗯。"

发现小男孩的情绪不高，外婆轻声问："囿儿也想吃豆花？"

小男孩顿了一下："没有。"

外婆想了想，转头朝屋子里高声道："豆花在哪里买？"

舅妈的声音传出来："大院外头，刚好碰上了。"

外婆牵起小男孩的手，说："走，外婆带你去买。"

小男孩挣扎了一下："外婆，我不吃。"

外婆却死死箍住男孩手腕："外婆有钱。"

听了这句话，小男孩就乖乖地由外婆牵着。

看着小男孩和外婆走出门外，程阳转头看秦洲和王飞航："要追去……"

话没说完，秦洲已经跟了上去，有秦洲带头，众人便也都跟上。

但是外婆牵着小男孩往大院外走，而秦洲是往水波纹处走。

程阳纳闷着，张唯更是不知道发生什么，秦洲最先在水波纹处停下，任黎和王飞航紧随其后，他们三个看着眼前的水波纹。

水波纹的痕迹越来越淡了，似乎在逐渐消失，而他们踏在地面的踏实感也越来越沉重。

甬道两侧挂着的电灯都能将他们的部分影子拉扯于地面。

王飞航道："不会是我想的那样吧？"

任黎听王飞航这么说，看向秦洲："会长，我也是这个想法。"

程阳："什么？什么啊？"

任黎道："水波纹连接的不是两个平行世界，而是两份记忆，一个真实存在的，另一个是幻想，要辨别的真假就是指这个，我们现在必须赶在水波纹消失前辨认出来真假。"

张唯单方面认识巡逻队的任黎，他努力消化任黎说的话："任黎同学，你的意思是我们通过这个水波纹，从一份记忆到了另一份记忆，怪不得我去小男孩家里找你们时，明明在找人的小男孩开始扫地了，但后面半句我不太明白。"

一直未作声的秦洲忽然问："哪里不懂？"

张唯没想到秦洲会问自己，受宠若惊的同时又有点被吓到，说："就……就是不太明白为什么要在天黑前辨别，而且怎么辨别，向谁辨别……抱歉会长，我问的问题太多了。"

秦洲道："天快黑了，看见没？"

张唯抬头看了一眼："嗯。"

秦洲道："随着天黑，我们在逐渐拥有实体，并且水波纹消失，这意味着什么，你知道吗？"

张唯还未回答，程阳忽然灵光一闪，开口要答。

任黎在他耳畔道："会长没问你。"

张唯摇了摇头，窘迫道："抱歉，我不太明白。"

"水波纹消失，就无法再穿过它到达另一份记忆，代表必须选择一份记忆过夜。"秦洲看向张唯，"而逐渐实体化，代表我们将会被发现和看见，如果我们选择的是一份幻想记忆，说明我们辨认错误，触犯了'淘汰条件'，就会被幻想中的 NPC 杀死。"

张唯终于懂了，但现在他情愿自己不懂，无知者无畏，知道多了，害怕的东西也就多了，他问："那……那会长，咱们现在在真实记忆里，还是幻想记忆里？"

对于张唯的提问，秦洲反问他："你怎么看？"

张唯愣了一下，秦洲朝他看来的目光有些深意，语气也有些严肃。

程阳这下也察觉到了气氛的不对，旁边的任黎说了句"终于"。

程阳憋屈又有点不服气，任黎看他一眼，把程阳给看服气了，他反应确实慢，之前一直没觉得张唯有问题，秦洲这么一问，他才反应过来。

后他们一步出现在这枚星子里，又是第一个发现水波纹可以穿越的人，很难不去怀疑张唯是在引导他们什么。

毕竟他们这行人有秦洲，在 1-3 规则世界里时，可以看得出来 0-1 怪物并不喜欢秦洲，当然也不喜欢他们。

所以 0-1 怪物是有可能附身卷入者跟着他们伺机淘汰他们的。

他们四个人看着张唯，等待着张唯的答案。

张唯紧张感一下拉满了，但不是那种被发现狐狸尾巴的紧张，更趋于老师点名学生回答问题的紧张。

他不敢乱说话，诚实道："会长，我不知道……"

几乎没有问答的空隙，就好像已经知道张唯这个回答了，秦洲开口道："随便说说。"

张唯想了想，道："我觉得刚进来那个地方是真的，这里是假的。"

王飞航问："为什么？"

张唯唯唯诺诺地说："王队长，我就随便说说。"

王飞航说："随便也总有一个让你这样选择的原因吧，是什么原因，随便说说。"

张唯看了眼王飞航又看了眼秦洲，道："会长，王队长，那我就说一下我的想法。刚才任黎同学提到'真实记忆'和'幻想记忆'，这个'幻想'其实是一种自我安慰，两段记忆里，前一段记忆那个男孩没有吃到豆花，在这里得到了，所以我才认为这里是假的。"

程阳觉得张唯说得没毛病，但看其他智商比他高的三人都沉默着，程阳也不敢说话。

自己说完后，引起了一片沉默，张唯心里打着鼓，赶紧找补道："我真就随便说说……"

秦洲"嗯"了一声，说："我和你想法一样。"说完，又转头问其他人，"你们怎么看？"

现在他们必须做选择。

二选一，一半概率生还一半概率死亡，其实在线索面前，秦洲几乎不会问其他卷入者意见，王飞航知道秦洲这么问的含义，他也跟着说："差不多！我也这么想的。"

任黎点头。

张唯松了口气，随后小心地问："会长，那我们现在……是过去吗？"

他们眼前的水波纹越来越虚化，瞧着下一秒就会彻底消失似的。

秦洲正要说话，远处沉重的脚步声传来。

众人一看，外婆领着小男孩正往着他们方向而来，秦洲厉声："快走！"

他拉过张唯，把张唯往水波纹一推，任黎也拉了把程阳，程阳只进了半个身子，回头一看。随着外婆离他们越来越近，她整个人犹如狼人在月圆之日变身一样，身体逐步膨胀，衣服被崩开碎裂。

而由外婆牵的男孩抬头看向他们，原本面无表情的脸上出现一个诡异的笑容。

程阳被吓了一跳，他赶紧往水波纹里去，还扯了一把没来得及脱手的任黎，把任黎拽入水波纹。

只剩下王飞航和秦洲在水波纹外，朝着他们而来的脚步声越快越快，这个时候根本没有谦让的时间，秦洲示意王飞航赶紧，王飞航灵敏地闪入，秦洲也紧接着穿过水波纹。

随着他们而来的有一只粗壮的犹如野兽般的手，也穿透水波纹。想也知道，要不是他们躲得快，就会被这只手抓住，然后从真实记忆被拖拽进入幻想记忆里撕碎，好在他们是在最后关头进入水波纹，那只大手也只是凭空一抓，抓了空后就收了回去，继而水波纹彻底消失了。

成功地回到真实记忆，众人在原地喘息稍作休息。

秦洲看了眼张唯，张唯脸色有些难看，像是被那只大手吓到，他问："第一次进规则世界？"

张唯苍白着脸点了点头。

纵然知道非自然工程大学的不寻常，也知道非自然工程大学的学生朝不保夕，更知道规则世界里有规则怪物，但第一次这么直观看见怪物，张唯还是被吓住了。

秦洲也没安慰他，只问："胆子这么小为什么还要来？"

张唯害怕地吞咽一下："我……我不想错过这次离开的机会。"

秦洲不置可否，又说："我记得一百六十七个人之中，后勤部不止你一个人。"

张唯没听出秦洲的言外之意，点头道："是的。"

秦洲没再说什么了，他抬头看了眼天色。

天色已经完全黯淡下来，夜幕之中挂着一弯月亮，偶有薄雾一样的云烟从月亮面前无声飘过。

王飞航道："洲哥，还去不去北苑？"

任黎和程阳也看向秦洲，等待着秦洲的答案。

虽然他们回到了真实记忆，但他们现在已经不像白天时的灵魂状态了，已经拥有了实体，这意味着他们可能会被记忆里的人发现，被发现后的后果很可能会引发一系列蝴蝶效应，实体化后的他们已然成为篡改真实记忆的存在，那样真实记忆指不定也会因为剧情被篡改而成为虚假记忆，但异空间代表记忆的星子无数，必然还有更多的真与假需要他们去分辨。他们现在已经在真实记忆之中，多了解一些男孩，对于接下来的记忆分辨会有很大的帮助。

秦洲道："去看看。"

五十年前的夜生活不比现在，他们现在站立的这条甬道上就没了人，而且大多电灯也已经熄灭了，路面只剩下淡淡月光。

夜深人静，他们只要小心一点，就可以避免被发现的危险。

众人没有异议，往北苑去，到了北苑时，秦洲指了一个隐蔽的角落，他不要张唯跟着，又得让人看着张唯，便让任黎、程阳和张唯待在这里。

随后，秦洲和王飞航翻进男孩家里。

男孩家里也寂静一片，看样子都已经入睡。

他们不可能再潜入房间去看，那样太过冒险，于是又翻出来。

　　不过并没有去到任黎他们待的地方，而是到了另一个相对隐蔽无人的地方等着天亮或者其他情况出现。

　　王飞航小声问："洲哥，你说张唯到底是不是不小心摔进水波纹里的？"

　　秦洲道："他表现出来的是这样。"

　　是张唯发现了水波纹的别有洞天，看起来是在引导他们从真实记忆到幻想记忆，所以秦洲问了张唯的想法，不过张唯的回答倒是没问题。

　　王飞航从秦洲这句话悟出，秦洲还是怀疑张唯，疑惑秦洲怀疑张唯的原因："因为他表现得都很正常，所以才不正常？"

　　"那倒不是。"秦洲说，"他始终解释不了后一步进来这里。"

　　王飞航想了想："也是，这一次来的后勤部也不止他一个人。正常来说，他应该和熟悉的人组队才是，但0-1怪物会这么容易就被我们抓住把柄吗？"

　　秦洲："我没说他就是0-1怪物。"

　　王飞航有点莫名："不是0-1怪物？那是什么？"他想到了校园守则上某个挑衅的怪物，"总不可能是1-3怪物吧？"

　　秦洲皱了下眉，下意识为林异说话："1-3就1-3，别加'怪物'两个字。"

　　夜晚的流速很快，很快地月落日升，当朝暾出现他们所有人的视线一白，随后回到了起初的异空间。

　　异空间中，有规则世界经验的大部分人都没表现出惊讶，当他们成功分辨出真假记忆，那么就只用等待自身脱离记忆世界即可。

　　有人镇定自若也有人一脸惊骇恐惧，他们发现，有很多人并没有回来。

　　秦洲目光在异空间扫了一圈，皱眉。

有的星子呈现暗色，失去了溢彩的流光，也有的星子呈现出红色，像是浸了血。

并且人数肉眼可见地减少了。

王飞航对秦洲说："洲哥，我点人数。"

秦洲："嗯。"

因为在秦洲等人进入星子后，其他人也都跟着进入了，基本出现在异空间里的人都是同步回来，最晚也就相差五分钟上下。

他们没时间等待暂未回来的人出现，他们能做的就是清点人数，了解死亡情况。少年没再出现，反而半空中漂浮了一支沙漏，看样子是在倒计时，星子里的时间流速比这里更快，但纵然如此，三天时间在沙漏的流逝下也显得紧迫。

王飞航点完了人数，向秦洲汇报道："剩一百二十人。"

秦洲沉重地呼出一口浊气，一百六十七人剩一百二十人，这么点时间内死亡四十七人。

四十七个全息舱发出声响，四十七名志愿者同时醒来。

嘀嘀嘀——

非常遗憾，由于你们触发'淘汰规则'，此次的社会实践项目结束，万分感谢大家对《特殊治愈研究》计划的付出！《特殊治愈研究》计划已接近尾声，我们有信心获得最终的胜利。

秦洲看了一眼他们之前进入的星子，这枚星子变成暗色，由此可以推测星子变暗则判断真假成功，而星子呈血色则是判断真假失败，还有流光的星子代表着暂无卷入者进入。

他试了一下，星子变暗后则无法再次进入。

时间紧迫的原因，他们无法去了解每个人在星子中看见了什么，虽然学生会在事先说过无法保证每个人的安全，但现在的死亡数让秦洲和王飞航等人都无法不管不顾。

王飞航问："洲哥，咱们怎么做？"

秦洲道："两人一组，强带弱。"

王飞航同意，两人一组的话，如果遇到无法辨别真假的记忆时可以一人去一个记忆空间。

巡逻队成员在王飞航的带领下立即组织人员进行分组。因为时间的紧迫，已经分组后的两人就继续往星子里去，程阳和任黎刚好符合两人一组、强带弱的条件，于是，他俩率先再进一枚星子。

秦洲开口叫道："张唯——"

正等待分组的张唯看向秦洲："会长。"

秦洲道："你跟王飞航一组。"

张唯愣了一下，有些不自然地点头："好。"

秦洲道："我还没说完。"

张唯："您说。"

秦洲："还是跟我一组？"他注意到张唯身体绷紧了。

秦洲看见张唯偏头去看王飞航，王飞航在组织分配队伍，对其他卷入者嘱咐道："对比两份记忆，目前为止，情况稍好一些是幻想记忆的可能性更大，情况糟糕是真实记忆的可能性更大，但不绝对，要分辨真与假，还是要你们仔细去考虑。"

王飞航并没有注意到秦洲对于张唯的组队邀请。

张唯露出一副不想去打扰王飞航的表情，惊喜又紧张地回应秦洲的邀请："我可以和会长组队吗？"

秦洲把他的每一个神态都尽收眼底，道："你觉得我在和你开玩笑吗？"

张唯赶紧摆手："会长，我不是这个意思。"

"确定了？"秦洲问。

"嗯。"张唯点头，"我会努力不拖会长后腿。"

秦洲对张唯的保证不作答，他看了眼浮在半空的沙漏，细沙从流沙池顺着罗马柱向下泄露，底部水滴状玻璃攒了大概 1/12 的沙粒，紧迫感油然而生。

没在异空间再耽误，秦洲抬手要去触碰星子，在即将触摸到时，他忽然想到了什么而停下来看着张唯，"你选。"

张唯正紧张地看着秦洲，闻言怔愣一下，指着自己："我选吗？"

秦洲："选。"

在秦洲的注视下，张唯挑了一个还有流光的星子，他手一触碰到星子整个人就被拉了进去，秦洲这才往着这枚星子的所在走去，伸手要去碰时回头给王飞航打了个招呼。

"这里有人了。"秦洲说。

这一枚星子的记忆还是在北苑，更具体到北苑小男孩的家里。

秦洲和张唯落地在庭院之中，天色已是傍晚。

张唯看着天空，着急道："会长，怎么一开始就是晚上，抱歉，我不该选的。"

在张唯焦急的神色衬托下，秦洲显得无比镇静："几乎所有人都是同步出来。"

张唯没听懂，秦洲也不打算再掰开给他说明白。

几乎所有人都是同步出来，证明每段星子的时长是大致固定的，每一枚星子所蕴藏的记忆不相同，有白天必然也有黑夜。一段时间后，水波纹才会消失，只不过比起白天，黑夜会模糊卷入者对于时间的判断。

这一次的水波纹就在庭院里，靠近洗手台的位置。

找到水波纹后，就是去观影这次记忆。

秦洲抬头看去，上一次他和王飞航在小男孩家里转了转，知道每间房的用途。此时，舅妈的屋子里亮着灯，他抬脚过去。

张唯赶紧跟了上去。

亮着灯的房间里有哭声，等秦洲和张唯穿透墙面后发现哭声并不是来自小男孩，而是小男孩的表弟，垣垣。

房间里有舅妈、舅舅、垣垣和小男孩。

舅妈手里拿着一把鸡毛掸子，生气地问道："为什么才考这点分！"

垣垣啜泣着没有回答，小男孩则站在靠近门的位置，手里也捏了一张试卷。

秦洲瞅到垣垣手里的试卷分数，67分。

满分百分制，垣垣这个分数勉强算是及格。

"这些题目都是老师讲过的！为什么你还错？"见垣垣只哭不作答，舅妈气得用鸡毛掸子打了下垣垣的屁股，垣垣"哇"的一声，哭得惊天动地。

其实明眼人都看得出来，舅妈并没有使劲。

垣垣哭得撕心裂肺，小男孩往后退了退。

舅舅皱着眉看着这一幕："你好好跟垣垣说，怎么能动手呢？"

舅妈本就后悔，听舅舅这么说，顿时又来气了："你平时不管孩子，现在我教育孩子你倒是来充当好人了，他现在才多大，就跟不上课，以后你还想他考大学吗？还想他成为优秀的人才吗？"

舅舅叹气："我没说不想他出人头地，只是没让你用这种教育方式，你去高知家庭看看，看他们是不是也动不动就拿鸡毛掸子揍孩子！"

舅妈气极："我是没见过世面，我不知道那些知识分子是怎么教孩子的，你姐姐、姐夫不是现成的大学老师吗，你把他们叫回来给我示范啊！"

舅舅呵斥道："胡说什么呢！"

舅妈愣了一下。她看了一眼小男孩，小男孩低着头看着自己脚尖。

舅舅招手："来，垣垣，爸爸给你……"

后半句话被舅妈瞪了一眼怼了回去，舅妈说："你还挺满意你儿子的成绩！"

虽然舅舅不再开腔，但也许是舅舅刚才的两句给了垣垣安全感，垣垣抹了把眼泪说："我考 67 分，江囿才考 20 分，为什么只打骂我，不打骂江囿？你没脸给我签字，那你也不许给江囿签字。"

小男孩的脑袋又埋低了几分。

张唯喃喃地说："江囿，原来叫江囿啊。"

秦洲满含深意地看了他一眼。

垣垣这句话让舅妈呛了下，舅妈不自然地说："哥哥和你又不一样。"

垣垣抗议道："哪里不一样！"

舅舅安抚说："哥哥的父母不在身边，我和妈妈要帮忙照顾哥哥，我们就是哥哥的家长，所以妈妈当然要给哥哥签字了。"

垣垣道："才不是这样，妈妈说，是姨妈姨父不要江囿了！"

舅舅看向舅妈，舅妈面露尴尬，又挥了挥手中的鸡毛掸子："你个孩子胡说什么呢！"

"好了！"舅舅瞪了舅妈一眼。

舅妈一把拉过垣垣，捂住垣垣的嘴。

舅舅这才对小江囿说："囿儿，试卷给我，舅舅给你签字。"

小江囿抬起头，他没有把试卷递过去。

舅舅："囿儿？"

舅妈也说："囿儿，让舅舅给你签字，明天老师不还要检查吗？"

小江囿没有动作，他紧紧捏着试卷，仿佛把试卷递给了舅舅，再让舅舅在试卷上签上名字就坐实了他被抛弃的事实。

舅舅伸手去拿，小江囿把双手背在身后把试卷藏起来："舅舅，我不签了。"

说完这句，也不管舅舅舅妈什么表情，他拉开门飞快地跑出去。

舅舅喊了声"江囿"，没得到应答后转头看着舅妈："你平时就这么教孩子的？"

舅妈尴尬不已。

张唯看了一眼敢怒不敢言又不服气的舅妈，随后看向秦洲。

小江囿已经不在这间房里了，记忆的主人不在，他们就没必要再继续待下去看这场闹剧了，但是追着小江囿去还是穿过水波纹去另一个记忆，还要看秦洲怎么决定。

秦洲道："去那边。"

张唯："好的。"

从房间出来，两人皆是往小江囿的逃走的方向眺了一眼，小江囿一口气跑到自己房间，然后把门锁上，当真是害怕舅妈舅舅来敲门要给他签字。

他不签，这样舅妈舅舅就不算他的家长，他的家长还是爸爸妈妈。

收回视线，两个人来到水波纹前。

秦洲示意张唯先穿过去，张唯也没有谦让，率先穿过水波纹，秦洲紧随其后。

水波纹的另一边也是庭院。

和这边不一样的是，这里有两个房间是亮着灯的，一个是舅舅舅妈的房间，另一个是小江囿的房间。

不用选择，秦洲直接往小江囿的房间去，张唯赶紧跟上。

他们的身体还呈现魂魄状态，虽然小江囿反锁了门，但他们还是可以畅通无阻地穿进去。

进到小江囿房间后，就看见小江囿坐在桌前，钢笔打了墨水，在试卷分数旁一笔一画写下一个名字——宋箐。

张唯俯身往小江囿的试卷上看了眼，字体很幼稚，一眼就能看出来是小江囿自己代签的。

宋箐应该就是小江囿妈妈的名字。

小江囿写完后，在"宋箐"旁边又写了一个名字"江远新"。

毋庸置疑，这是小江囿爸爸的名字。

小江囿签完字后，对着名字吹了吹，把墨迹吹干，随后放下钢笔，拧好墨水瓶盖。

他在衣服上擦了擦手，才去碰签了父母名字的试卷。

他小心地把这份只有 20 分但有父母名字的试卷折叠了一下，小心翼翼地放进课本里夹着。

做好这些，小江囿从板凳上跳下来，准备离开房间。

手刚摸到门锁，小江囿又转身回来，小心翼翼地打开课本又看了看试卷上的两份签名，看了约莫十几秒，才重新把试卷夹进课本。

随后，他开门出去，朝着外婆的方向走去。

秦洲和张唯跟上小江囿。视野里，小江囿路过舅妈房间，窗子上投出舅妈给垣垣辅导功课的画面，小江囿就站在台阶下，四下无人，他这才露出了不再掩饰的自己艳羡的目光。

张唯感慨地说："这位舅妈挺让人生气的。"

秦洲道："不是自己的孩子当然不上心。"

张唯只是感慨一声，没想到秦洲会接话，一时间有些窘迫。

秦洲问他："你觉得哪边是真，哪边是假？"防止张唯又要开口说"不知道"，秦洲道，"随便说说。"

天色已然越来越晚，两边的剧情都看得差不多了，是时候做真实记忆和幻想记忆的判断了。

张唯想了想说："会长，我认为是那边。在那边，小江囿没得到签名不说，还亲耳听见自己被父母抛弃。这边更倾向于安慰，小江囿自己签字，这样就不会被弟弟说他被父母抛弃了。"

秦洲不置可否，张唯没得到秦洲答案，小心翼翼试探："会长，您觉得呢？"

秦洲却问："你同情他吗？"然后又强调，"同情，小江囿。"

张唯愣了一下，他也明白秦洲的意思，再怎么说，江囿也是 0-1 怪物的原身，非自然工程大学的学生其实没有立场去同情江囿的生平遭遇。

"会长，我的意思是，单从记忆……"张唯话只说了一半，因为他发现秦洲并没有在听。他眼睁睁地看着秦洲穿过水波纹。

看来，秦洲和他的想法一样，也认为那边才是真实的记忆。

张唯不安地挠了挠脑袋，他没敢再耽误时间，也跟着秦洲再次穿过水波纹。

看见张唯从水波纹里走出来，秦洲伸手拉了他一把，把人拽到一棵树的后面。

庭院的灯还亮着，地上已经能投射出他们的影子。

就在秦洲把张唯拖过来的时候，小江囿从房间里出来了。

他回身关好门，朝着外婆的房间走去。

走到外婆的房间门口，小江囿轻轻地敲了一下门。

第一次敲时，屋里没人应答。

小江囿又轻轻地敲了第二下，房间里终于传来外婆的声音："谁啊？"

小江囿开口叫道："外婆。"

外婆"哦"了一声，说："你等我一下。"

紧接着，屋子里传来窸窸窣窣的声音。

小江囿听见后，问："外婆，你睡了吗？"

外婆说："还没呢。"然后，她给小江囿打开门。

房间里没开灯，外婆手里举着一根蜡烛，老人家还是习惯用蜡烛，主要是舍不得电费。

小江囿看着外婆，外婆明显是已经躺倒床上，只穿了一件睡衣，因为要起来给小江囿开门，夜里寒露湿重，就披了件外套在外边。

见小江囿在打量自己，外婆解释说："我翻来覆去睡不着，正想着要不起来把白天剩下的活做了，你这不就来了。"

　　说完，外婆回到屋子里，把烛台摆在桌上。她去拿针线，准备缝缝衣服。但线总是穿不过针孔，外婆眯了眼还站在门口杵着的小江圊："圊儿，来帮外婆穿线。"

　　小江圊应了一声，走进屋内。

　　拿起针线，小江圊很轻松地就帮外婆把线穿过去了，怕线再从针孔滑落出来，小江圊拉一下线，以针孔为中点，让两端线齐平，之后还给外婆。

　　外婆接过线："圊儿找外婆什么事？"

　　小江圊摸了下藏在裤兜里的试卷和笔，又看着外婆摘下老花镜揉了揉眼睛，喃喃地说："人老了，眼睛花了，什么东西都看不清喽。"

　　"没有。"小江圊放弃了让外婆替自己签字的想法。

　　外婆看向他，问："真没有？"

　　小江圊点头，"嗯"了一声。

🔍 第 12 章　江囿

屋外的树后面。

确定这下不会被发现了，秦洲松开了张唯。

张唯面露尴尬："会长，抱歉。"

秦洲正要说什么，庭院里又传来一声房间开门声。

秦洲暂时噤声，树干后的两人朝着声源处看去。

并不是小江囿从外婆房间走出来，出来的是舅舅和舅妈，两个人虽然没说话，但明显气氛不对劲。

舅舅压低声音指责舅妈："你疯了吗？什么话都给垣垣说？"

舅妈也压着声音说："我是故意的吗？还不是你儿子不吃维 C 片、不吃钙片，垣垣不吃我着急啊！

舅舅气极："那也不能用这种方式啊！我姐姐姐夫是忙！他们要是不管江囿，干什么每个月都往老家寄生活费，他们每个月给江囿的生活费不都按时寄到你手上。否则，你有钱十天半个月就给垣垣买一件新衣服，请老师给垣垣补课？我说你适可而止吧，这些都是江囿的，可你上回连豆花都不给江囿买，妈生气得很！"

舅妈听完舅舅的话，也没好气地转身回房间了。

舅舅在原地站了一会儿，也跟着舅妈回去房间。

房间门被轻轻带上，秦洲消化着对话里透露出的线索。他并没看出来小江囿像是智力缺陷的样子，除了成绩确实不太好这一点。

正想着，张唯压低声音喊道："会长。"

秦洲停下思绪："什么？"

张唯指了指前方。

秦洲顺着张唯所指的方向看去，他们这个位置看得很清楚，洗手台旁边悄然站了个孩子，他整个人笼在阴影之中。

舅舅舅妈压低声音吵架只是为了不吵醒已经睡熟了的垣垣，其他的人就顾不上了，自然也没发现洗手台旁边的小江囿。

夜风吹来，吹动了小江囿的衣服一角，他一个人在洗手台这边站了很久，孤零零的，连月亮都没有跟他做伴，而是躲进了云层里。

好像偌大的天与地，只剩下了他一个人。

秦洲和张唯看着小江囿，视野里，小江囿独自站了很久，久到时间都仿佛凝固住了，他整个人都石化成一尊雕像。

过了很久，他才恢复过来，喃喃地说："不是这样的。"

外婆对他说过，爸爸妈妈工作很忙，所以无暇顾及他，也说过天底下没有不爱孩子的父母，他还留在大院是爸爸妈妈的无奈之举。

外婆不会骗他，小江囿也这么觉得。他安慰好了自己，悄悄回去了房间，连关门的动作都是轻轻的，他不想被舅舅舅妈发现自己偷听，那样会横出更多的麻烦。

随着小江囿回去房间，庭院再次寂静了下来。

张唯注意到秦洲一直凝视着小江囿的方向，想问秦洲在想什么，又不好意思开口。

看见张唯欲言又止的表情，秦洲肯定地说："这里是真实记忆。"

张唯点了点头。这里确实是真实记忆，他们已经彻底实体化了，张唯刚刚不小心踩到地上的一片枯叶，鞋底把枯叶踩碎发出了声响。

小江囿及其他角色还保持着人形，并没有像上回在幻想记忆中看见的那样，外婆身体猛地膨胀在瞬间变成让人骇然的野兽模样。

秦洲看了张唯一眼，说："既然那边是幻想世界，为什么不直接幻想自己成绩变好呢？"

张唯这才反应过来，"如果直接幻想自己成绩好一点，很多事情就可以迎刃而解了。"

从舅妈和舅舅的争吵谈话来看，小江囿是因为智力问题而被父母嫌弃抛下，但既然是幻想，为何不直接把自己想象成一个聪明的天才？包括他们在上一枚星子里看到的记忆，吃不到豆花的小江囿完全可以天马行空地幻想，在自己嘴馋时父母出现，或者自己有足够的钱能够买下豆花，但小江囿只是幻想了外婆牵着他的手去买下一碗豆花。

秦洲道："他幻想的内容，想要得不多。"

基于秦洲的这句话，张唯有了想法："感觉他的幻想更像是一种自我安慰。"

小江囿因为没有得到豆花，所以幻想外婆牵着他的手带着他去买豆花。

舅舅舅妈在他不及格的试卷上签名，代表着他的家长由父母变成了舅舅舅妈，所以小江囿幻想着自己签名，这样他的家长就还是父母，不会有所改变。他甚至不敢幻想父母会回来接他，不敢幻想父母会在他的试卷上签名。因为小江囿很清楚，父母不会回来，舅妈也不会因为遗忘而弥补他给他买一份豆花。他只是靠着这种自我安慰似的想象，来解决别人有的而他不曾拥有的难过。

在0-1规则世界开始前，少年对卷入者们说过一句话，他说"我时常不知道哪些是真，哪些是假"，现在看来是因为他相信了自己幻想式的安慰。江囿在现实里一次次失望，又在幻想里一次次自我安慰，然后再次失望周而复始。

成为0-1怪物之后，它确实难以再分辨出真实记忆与幻想记忆。

张唯想到了什么，问：“会长，您在担心最后的结果吗？”

怪物本就是由恶滋生，0-1 怪物让卷入者去分辨真与假，当所有的记忆被分辨清楚，那些用来自我安慰的幻想记忆被剔除，只剩下并不美好的真实记忆，届时 0-1 怪物会怎么样他们无从而知。本身少年只给了他们三天时间去分辨真假，可从未说过三天后是否会放他们离开。

秦洲看着张唯，并没有作答。

其实，他并不担心卷入者们没法离开 0-1 规则世界没法离开非自然工程大学，他只是担心他们的方向会出错。

张唯安慰道：“可现在只能去分辨，我相信之后一定有办法离开的。”

“你想说的是……”秦洲看着张唯，“功夫不负有心人。”

张唯点头：“对。”

很坦然的模样，秦洲没再看他，抬眸看向小江囿的房间，等待着记忆结束后脱离这里。

时间往前拨动一圈，另一枚星子。

程阳和任黎进来后，耳畔就被“哗啦啦”的滂沱大雨声所掩盖。

好在他们还是灵魂状态，密集的雨水从他们身体穿透过去并无影响地落在地面上，五十多年前的排水系统自然比不得现在，很快地雨水在庭院里堆积，深度能没过脚踝。

任黎敏锐地发现，这次他们看见的庭院和上次看见的有所不同，虽然下着暴雨，但可以很明显地看出，这次他看见的庭院更新一点，并且庭院里好几棵树都不如上次所见那样粗壮。

程阳已经跑到廊下站着了，虽然他们不会被暴雨淋湿，但这么大的雨势还是会阻挡他们的视线。他喊道：“任黎，别在那杵着了，快过来！”

程阳面前的房间里有光线透出来，程阳扒在窗户边，透过透明的玻璃窗发现了什么，连忙喊着任黎："任黎。"

任黎走了过来。

程阳指着屋内的一个女人道："这位我们上次好像没有见过。"

任黎也朝着屋内看去，确实如程阳所说，他们上回去的星子里，并没有这个女人的存在。此时，女人所在的房间就是小男孩的房间，但他们并没有看见小男孩。

程阳指了指女人的肚子："男孩不会还在她肚子里吧？"

任黎紧接着也发现了，女人肚子高高隆起，以隆起的幅度来看，怀孕七个月左右。

不等他们想什么办法去确定女人就是男孩的生母，外婆走到门前敲了敲门："宋箐，这么晚了你怎么不睡？"

任黎道："应该是了。"

外婆也比上次在记忆中看见得年轻一些。

外婆推开门没好气地看着宋箐。

宋箐目光凝在书上，道："我课题还剩下一些。"

外婆道："你怀着孕呢！你每天都这么坐着，不知道会影响孩子吗？你能不能学学你弟媳妇，都怀着孕呢，她怎么就知道不久坐！"

"妈！"宋箐笑道，"久坐对胎儿没有影响，最多就是血液不循环下肢出现水肿。"

外婆却说："那还不是有影响？你的身体本来就不好。"

宋箐无奈地说："是对我的影响，不是对宝宝的影响，而且我现在并没有感觉哪里不舒服。天这么晚了，您快去休息吧。您再耽误我，我又得熬夜了。"

"书读多了就嫌我唠叨了。"外婆冷哼了一声，不过不想女儿熬夜，她还是转身准备离开，走到门边又回头道，"学校给你放假就是让你休息的，你还弄什么课题啊？我就不相信，学校没了你，学生就没办法学习了。"

宋箐没作声，外婆嘟囔："早点休息。"

宋箐："知道了。"

外婆走后，宋箐继续埋头看书，时不时在本子上记录些什么。

宋箐写得一手漂亮好字，看得出来是喜欢读书学习的人。在这个年代，很多人都不见得能识字。

任黎说："先去找水波纹。"

程阳点头。

他们在庭院找了一圈，都没找到水波纹，又去甬道上找，依旧没有水波纹的存在。

这个情况不太好，程阳说："要不再回去找找？"

毕竟他们落点位置就在庭院。

任黎："嗯。"

两个人又回到庭院里，还没等他们找到水波纹，宋箐房间里就传出了动静，像是摔倒的声音。

程阳的脸都被吓白了："不……不会吧。"

孕妇摔倒是一件很危险的事。

两个人赶紧跑到宋箐房间。确实如他们听见的动静那样，宋箐结束了工作，准备站起身时，因为长时间久坐而双腿浮肿无力，摔倒之际她抓了个什么东西想要稳住身形。

她抓的是自己刚才坐的椅子，椅子哪能帮她稳住身形，随着宋箐摔下去，椅子也朝着她的肚子狠狠地坠落。

宋箐脸上立马浮现出痛苦的表情。

程阳表情很难看："出血了，她出血了！"

宋箐双腿附近有血浸出，房间里只有宋箐一个人，可她连呼救的力气都没有，几次尝试喊人，都因为肚子的剧疼而变得微弱。

程阳急得像热锅上的蚂蚁，任黎道："你别急，急也没用。"

　　不管发生了什么，这里终究是 0-1 怪物的记忆，就算他们有实体，但也没办法去改变记忆里原本的剧情。

　　最后，还是来看宋箐有没有睡觉的外婆发现了已经疼晕过去的宋箐。

　　外婆一下慌了，她被眼前的场景吓得腿一软，那是自己的女儿，外婆还是咬着牙去敲舅舅和舅妈房间的门。

　　敲了好一会儿，舅舅打开门，看见脸色难看的外婆，焦急问："怎么了？"

　　外婆说："救你姐！快点，快啊。"

　　外婆和舅舅冲到宋箐房间，舅舅看见这一幕后赶紧把宋箐抱起来："妈，你赶紧去找个什么搭在姐身上，我去借车。"

　　外婆："好好好！"

　　这个年代汽车并不普及，舅舅只能借来一辆三轮车。

　　外婆套在宋箐身上的也不是雨衣，而是蛇皮口袋，她撑着黑布雨伞打在宋箐头顶，免得她被大雨淋湿。

　　两个人急急地往救护站去。

　　舅舅用力蹬着车。

　　到了救护站，两人就疯狂地喊医生护士，把宋箐送到抢救室后，两个人就虚脱了。外婆一直揉着眼泪，舅舅说："妈，你先守着，我回去给小艳说一声，免得她担心。"

　　外婆应了一声。

　　舅舅走后很久，抢救室的门就打开了，医生走出来，手里抱着一个小小的婴儿。

　　太小了，好似只有巴掌大小。

　　外婆赶紧走过去，"孩子怎么不哭也不动啊，还……还活着吗？"

　　医生解释道："脐带绕颈，胎儿出现窒息。"

　　外婆不太懂这些："什……什么意思？"

医生说得更详细了："胎儿有窒息的情况，又是早产，脑细胞受损，身体器官也没完全发育，不一定能活，你做好准备。"

外婆脑子立刻就产生了晕眩感："那我女儿呢？"

"孕妇暂时没事。"医生把婴儿交给护士，让送去新生儿培养箱。

外婆这才稍稍松口气，道："医生，求你们一定救活这孩子。"

医生只能说："我们尽量。"

外婆道："花多少钱都可以。"

医生没回答，转身再进去抢救室。外婆在外等了等，往着婴儿所在的诊室跑去。

她到了诊室，抓着一个医生问婴儿的情况。

医生道："我们会尽力的，不过就算活下来，孩子很可能会有心脏、大脑方面的疾病，早产儿通常智力低下，很容易得脑瘫和癫痫，怎么这么不注意呢！"

外婆也不知道怎么回答医生的话，刚巧这个时候舅舅领着舅妈来了，外婆也是急坏了，情绪在刚刚用尽，看见同样大肚子的舅妈有气无力地说："你怎么跑来了。"

舅舅道："小艳担心姐，非要一起来看看。"

舅妈点头，问："妈，姐怎么样了？"

外婆深深地叹口气，指了指诊室："孩子在这呢，你们看着，我去等你姐。"说完，她转身往抢救室去。

舅舅还在问医生后续的治疗能否挽救才七个月的早产婴儿。

医生道："先把这三天过了再说吧。"

任黎和程阳对目前事态的发展不好评判，他们决定先去找水波纹。

既然在庭院里和大院里都没找到水波纹，而场景变换到急救站，大概率水波纹就在急救站中。

程阳点头："行。"他们的身体已经开始逐渐显形了，当务之急还是先找到水波纹。

程阳说："会不会在抢救室？"

任黎："去看看。"

两个人往着抢救室去，他们到达时恰好抢救室门打开，宋箐从抢救室里被推出来。

外婆赶紧上前，宋箐虚弱地看了眼外婆，外婆道："孩子好好的呢，你别担心，累就睡一会儿。"

宋箐摇了摇头，她嘴里说着什么，外婆赶紧侧耳去听。

程阳也趴着去听，听见宋箐说："我的孩子不健康吗？"

五十多年前的抢救室还很简陋，抢救室外的声音能够传进去。刚才医生对外婆说的那些话飘进了宋箐的耳中，她红着眼："妈，是不是？"

外婆支吾着。

宋箐情绪很激动，又重复问道："是不是？"

外婆沉默。

宋箐嘴唇哆嗦着："我要去看宝宝。"她强撑着要坐起。

医生赶紧按下她的肩膀，道："别激动，孩子在保温箱里，有人照顾着，你不必担心。"

话还没说完，宋箐还是挣扎着要去看宝宝。

推她的护士也有些不耐烦了："你别乱动，别把口子给挣开了。"

周遭的人都朝着宋箐看去，场面一度很尴尬。

等宋箐被推走后，外婆歉意地看着医生："不好意思，我女儿她……她很期待孩子的降生。"

医生难以理解，只说："你们先安抚病人情绪吧，这样大喊大叫对病人的恢复没有好处。"

"是是是。"外婆苦笑。其实外婆也能理解自己的女儿，自己的女儿从小就爱读书学习，是大院里第一个大学生。后来毕业后留在了本校当老师，女儿见到的世面可比她多得多，孕假回来后，也经常和外婆聊天，畅想肚子里孩子的未来。

女儿说一定要教育好孩子，她钻研了一套新型的教育方式，是从国外流传的，不能打骂孩子，要和孩子成为朋友。

女儿还说国外的发展很好，她这辈子最遗憾的就是没能出国留学深造，现在她成为园丁，理想是毫无保留地将她所有的知识传播给她的学生，让她的学生发展更好走得更远为国家造福，所以她走不开了，她的学生需要她，自打怀孕后，她就想着让肚子里的宝宝在将来弥补她没能出国留学的缺憾，离开国度到处看看。但现在，这个孩子能不能活下来都成了问题。

外婆重重地叹了口气，随后跟着走进女儿的病房。

抢救室里外也没有水波纹，任黎对程阳道："应该就在医院，再去找找。"

程阳点头："好。"

两个人在医院找了几圈，最后在宋箐的病房里看见了水波纹。

此时宋箐病房，舅舅和舅妈都走了进来，舅妈对宋箐道："姐，我刚问过医生了，孩子的状态都还挺好的，应该没有什么危险了。姐夫知道你今晚生了吗？要不要给姐夫寄封信。"

宋箐偏头看向舅妈，"其他方面呢？"

舅妈尴尬地笑了下："可能免疫力、大脑等方面会有一些问题。"

舅舅道："姐，你别急，现在下判断还太早了，等过几年孩子会说话了再看看吧。"

宋箐露出失望的表情："孩子现在还待在保温箱。"

舅舅赶紧把话题岔过去，"给孩子取名了吗？我听妈说，你和姐夫早早地就给孩子想好了名，叫什么？"

宋箐闭上眼："没有，没有名字。"

"程阳。"任黎走到水波纹处时喊了程阳一声："别看了，走了。"

"来了。"这家人让程阳看不懂。

没再耽搁，两个人穿过水波纹。

水波纹的另一边同样也是宋箐的病房，和这边不一样的是，这边的宋箐虽然脸色同样苍白透着虚弱，却更理智一些，听到孩子放进了保温箱里，她让外婆推着自己去诊室外边看孩子。

任黎和程阳便顺势跟上去看看。

到了诊室，这时候能花钱将孩子放进保温箱的家庭不多，也不用外婆指路，宋箐一眼就看见了孩子。

不哭不闹，安安静静地躺在保温箱里，皮肤是紫青色的，看着就很不健康，这时候舅舅领着舅妈来医院了，舅妈也往保温箱里看了眼："怎么这么小。"

舅舅道："不足月。"

舅妈说："不哭也不闹，不会有什么问题吧？"

宋箐冷冷地睨了舅妈一眼。恰在这个时候，有医生从诊室出来，众人连忙上前询问孩子的情况。

"正常孩子不哭闹确实不正常。"医生这么答道，"不过你的孩子是早产又脐带绕颈，身体很虚弱。先观察一段时间再看吧。"

外婆瞪了舅妈一眼："有些人就是看热闹不嫌事大。"

舅妈想要说什么，舅舅道："你别站着了，我带你去那边坐一会儿。"

等舅舅带走舅妈，宋箐才问医生："通常早产儿智力不高，我的孩子也会是这种情况吗？"

医生道："现在下判断还太早了。"

宋箐脸色一白，很明显，她想听到的答案不是这句话，"谢谢。"

医生道："你别在这站着了，回去休息吧。"

宋箐："嗯。"

外婆又推着宋箐回去病房。

程阳和任黎没再跟着了，而是看向保温箱里的孩子。

水波纹两边的记忆是同步同时间在发展的，他们在那边待了太久，也就不知道这边到底是什么情况，只知道孩子同样早产，婴儿有智力低下的隐患，宋箐不是很接受这种情况，差别只是那边反应大一些，而这边反应小一些。

哪边是真实记忆，哪边又是幻想记忆，并不好区分。

他们之前判断出真假记忆的依据是小男孩得到豆花，情况好一些的就是幻想记忆，情况糟糕的就是真实记忆。

但现在看来，水波纹两边的记忆里小男孩都没得到什么，他从出生就被判断智力低下，说他活不过三天。他的出生并没给家庭带来欢乐，只有母亲的失望，以及舅妈用作攻击他人的武器。

"麻烦让一让。"在他俩正考虑时，一个医生拍了下程阳的肩膀。

任黎的脸色立马沉了下来，他们已经实体化到能被其他人看见摸见，如果再判断不了哪边是真实记忆哪边是幻想记忆，他们就彻底丧失了判断真假的主动权。

看着任黎露出思考的表情，程阳也不敢打扰，他也绞尽脑汁地思考着。

心里有了一个不确定的答案后，程阳这才开口问任黎："任黎，怎么说？"

任黎看他，程阳问："你觉得哪边是真，哪边是假？"

任黎道："我不确定。"

程阳急道："你一点倾向都没有吗？"

任黎沉默了几秒："没有。"

这是进入规则世界以来养成的习惯，没有确切的证据就不会产生结论。他们不会像程阳这样凭感觉做事，尤其是这种二选一的环节，感觉并不是能够救命的东西。

程阳说："我觉得是这边。"

任黎看着他："原因？"

果然程阳说不上来，他憋了一下就说："感觉。"

任黎开口道："你留在这里。"

程阳听任黎的这个意思是，他不跟自己一起，愣了一下："你要去那边？"

其实程阳很想说"信我一回"，但是他不敢。如果选错了，就是拉着任黎和自己一块死。

任黎"嗯"了一声。

两人分组的意义就在于此，做不出真假辨别的话就分开，这样总有一个人会选择真实记忆。

任黎觉得程阳应该能选择到真实记忆，因为程阳的运气一向挺好。不过任黎也不敢去赌，他得去那边，如果程阳的好运在这次失效，他至少要保证这枚星子成功判断出真假。

任黎问程阳："你有什么想说的吗？"

程阳说："……你不会是在问我的遗言吧？"

任黎道："可以先做准备。"

程阳说："任黎，你冷漠且冷静过头了。"

"我没希望你死。"任黎说，"我死了，可以请你把我和我哥的骨灰带出去安葬吗？"

程阳多看了几眼任黎，他觉得任黎太冷漠了，连林异面临生死时都会慌一下，任黎却能坦然地交代后事。

但细想好像又没毛病，任黎一直就是这种性格。

程阳说："行，要是我死了，你就……常帮我去看看我爸妈。"

任黎："好。"

程阳："你怎么不问我地址？"

任黎："学生档案可以查。"

程阳："哦。"

任黎看了看程阳，转身往宋箐所在的病房去，不能再耽误了，他得赶紧穿过水波纹。

程阳看着任黎的背影，大概是想到了林异，心里突然难受得发紧。

"任黎！"在任黎即将到达宋箐病房时，程阳还是没忍住，他快步跑上前一把揪住任黎，把人往一个角落处拽去。

任黎反抗了一下，但奈何程阳一身蛮力，他没能挣扎过只好开口："程阳！"

本来他们就已经逐渐实体了，想要从宋箐病房穿过水波纹并不是一件容易的事，现在程阳再耽误一下，如果水波纹消失，那就更不妙了。

程阳沉默着没吭声，一直把任黎带到了一个无人经过的楼梯角，随后放开任黎："任黎，我觉得这里是真实记忆。"

任黎抬头看他，楼道里有一盏光线并不怎么明亮的电灯，将程阳的影子完完全全地投放在了墙面上。

他们已经完全有了实体，这代表着水波纹已经消失了。

所以，现在哪边是真实记忆，哪边是幻想记忆已经不太重要了，他们已经没得选了。

任黎抬头看着程阳说："水波纹已经关闭了。"

程阳道："这跟水波纹关闭没有关系，你就说信不信我吧！"

为了让自己显得可信，他还提到了和林异在 8-4 规则世界的时候，他说："林异兄都信了我，你要不也信我一回？"

任黎没有立刻回答他，程阳还一个劲地怂恿任黎："任黎，信我一回，你信我一回！咱们就留在这里。"

最终，任黎说："嗯。"

程阳眼睛都亮了："信了？你这是信了我的意思对吧！"

任黎："是。"

程阳咧嘴笑了一下，他成长了，可惜……林异兄没看见。

异空间之中，有一片星子变暗，也有零星几枚星子变成血色。

众人相继从星子中出来。

秦洲出来的第一眼就往沙漏看去，底盘水滴状的玻璃罩中沙粒又积攒了不少，此消彼长，留给他们的时间又少了很多。

随后秦洲朝着异空间的这些星子看去，两人一组的安排起了作用，星子变暗的数量比变成血色的星子数量多了不少，不过他们的人数也以一种极端的速度锐减。

第二回进星子前他们还剩下一百二十人，这一次出来后经王飞航清点人数，一百二十人剩下一半，他们只有六十个人了。

但剩下的星子还很多，他们这样用人命去判断真假的方式太不可取了。

秦洲对王飞航吩咐道："把人集合起来，交换一下线索。"

王飞航也是这么想的。

六十个人聚在一起，交换这两次进入星子后的所见所闻。

有人道："男孩叫江囿，母亲叫宋箐，父亲叫江远新，他俩是自然工程大学的老师。"

"自然工程大学"这个词引起了众人的注意，说话的人点头："没错，以这所学校的构造来看，确实和非自然工程大学的建筑一模一样，应该就是'非自然工程大学'的前身。"

大家都在交换自己看见的记忆。

秦洲看了张唯一眼，张唯会意，开口道："江囿跟舅舅舅妈以及外婆生活在一起，父母会按时给舅妈寄生活费，舅妈对江囿不算坏，但也算不上好……"顿了下，张唯总结道："不上心。"

程阳知道任黎不爱说话，他便也开口道："江囿是早产儿，宋箐对江囿有些失望。"

他这句话引起了众人的不理解，张唯问："因为早产就对江囿失望？"

任黎道："孩子可能智力会有问题。"

任黎补充的这句话，让去过相关记忆星子的人懂了，那人说："宋箐好像有个出国梦，但因为工作原因给耽搁了，不是很多家长都把自己无法完成的理想寄予于孩子吗？会不会是因为这样，宋箐才接受不了这个结果？"

程阳道："搞不懂，不知道怎么想的。"

又有人说："宋箐和江远新又有孩子了。"

这人的这句话让交流声停滞了一瞬，王飞航问："又有了孩子？"他都笑了，用一种带着莫名意味的语气问，"二胎足月生产吗？"

这么对比江囿的存在就显得可笑了。

程阳立刻道："不可能。"

众人朝着程阳看去，任黎向众人解释："宋箐这次早产后，失去了生育能力。"

说"宋箐和江远新又有孩子"的人又说："那应该是领养的吧，怪不得我看那孩子跟夫妻俩长得一点都不像呢，哦对了，领养的孩子叫江猷，酋犬猷。"

程阳想到了什么，有些愤愤地说："好委屈啊。"

秦洲听着，问那人："领养的孩子年龄？"

那人说："五六岁的样子。"

张唯道："那就是和小江囿差不多的年龄，怪不得把江囿放在大院丢给舅舅舅妈养。"

领养孩子是需要条件的，比如，夫妻俩无法生育。虽然宋箐满足了这个领养条件，但宋箐已经有了孩子，正确的条件是因无法生育而没有孩子，宋箐和江远新必然是隐瞒了已有孩子的事实。所以江囿就被一直放在了大院，他们只是寄生活费，并且从未回来看过他一次，想必是担心他们隐瞒的事实被发现。

这时，又有人摇了摇头开口："江囿回去了父母身边。"

众人向他看来。

说话的人是巡逻队的一名成员，他开口道："在江囿十二岁时，他外婆去世了，不过丧礼他父母也没有回来，说是走不开，只是往家里寄了一笔可观的丧葬费。"

就好像印证了"麻绳专挑细处断，命运专厄苦命人"这句话，说话的人继续向众人讲述："江圊外婆去世前曾悄悄给江圊一个信封，嘱咐江圊在最难过的那一天拆开，江圊就在外婆丧礼当天拆开的。"对于江圊来说，大院里唯一疼自己的就只有外婆了，外婆离世就是他最难过的那天。

"信封里有一笔钱和一张纸条。"那人继续讲述，"纸条上面记录着宋箐和江远新的地址，那笔钱其实也不多，就是路费。"

外婆的意思很明确了，她很清楚舅妈对江圊不怎么上心，自己要是不在了，舅妈肯定指不上，外婆是让江圊去找他自己的爸爸妈妈。

"外婆丧礼结束后，江圊给舅妈打了招呼，说是要去找爸爸妈妈，舅妈没拦着。"

于是外婆丧礼结束的第二天天还没亮，十二岁的江圊独自一人，也是第一次离开了大院。好在他没遇见坏人，辗转三四天后，风尘仆仆地到了舅妈一直向往的城市，找到了父母的家，他忐忑地敲了敲门，无人应答后，他就在一旁等着，一直等到天黑，听见了交谈声从外边传来，他一抬头，一眼就认出了宋箐和江远新，但是站在宋箐和江远新旁边的那个小男孩他不认识。

一路以来的激动心情，在这瞬间浇灭了，透心凉。可惜外婆的信封只有一个，不然这一天他也可以再拆一次信封，他今天的心情和外婆去世那天同样难过。

宋箐看了看江圊，看着江圊眉眼，面色僵硬了起来，愣了很久后："江圊？"

江圊抿了抿唇，道："不是。"

他背着舅妈给他的垣垣用旧了的书包，转身走了。

直到今天这一刻，江圊才真的相信他确实是不被期待的事实，他难过极了。

也并非六十个人都有时间把自己在星子里看见的记忆所讲述一遍，从你一言我一句中大概了解0-1怪物生前处境对于之后再分辨真假会有些帮助。

上一轮的真假分辨中伤了不少人，六十个人当中有大部分失去了队友，这一次需要再次分配，依旧是确保二人一起进入星子，若不幸实在分辨不出真假，可以确保至少一人可以活下来。

任黎还是和程阳一组，他们和王飞航以及秦洲打过一声招呼后便再进入一枚星子，张唯看着秦洲，秦洲并没有立刻进星子的意思，而是等着王飞航安排好新的一次分组，张唯也只好在边上等着。

等王飞航分配好后，张唯看见秦洲对王飞航说了什么，王飞航面色一凝，随后严肃地点了下脑袋。

随后秦洲才向他走过来，似有考虑地问："选哪个？"

这次秦洲还是让张唯选，张唯看了眼飘浮在半空的沙漏，道："会长，这次您选吧。"

秦洲看了张唯一眼，上次是张唯选的，这次随手碰了浮在手边的星子。

见秦洲被拉入星子之中，张唯也赶紧伸手去碰星子。

眼前并不是大院，根据他们在异空间的交流来看，这里应该就是江囿真正的家。江囿还是六七岁的模样，他有了自己的房间。

秦洲看了眼窗外，是傍晚的样子，也应该是一个很普通的工作日，江囿正伏在书桌正在写作业。

秦洲看了眼江囿房间，根据陈设来看江囿并没有受到亏待，他还特意去看了眼衣柜，衣柜里的衣服也不算少。比起江囿在大院的穿着，此时衣柜里的衣服质量好了不少，他再也不是捡表弟穿过不要的衣服穿了。

张唯在他身后开口道："会长，我出去看看。"

秦洲说："一起。"

江囿的房间已经看得差不多了，他们现在比较在意的是那个叫"江猷"的，被宋箐江远新隐瞒实情而领养的孩子。现在江囿回来了，那江猷还在吗？

离开江囿房间，他们俩要查明的问题就有了答案。

江猷还在。

江猷已经做完了作业，宋箐正在给他检查。

张唯看了眼江猷的课题，道："会长，他们俩好像不同年级。"

江囿和江猷年纪是相仿的，张唯说的年纪是学习的进度。从两个人的作业来看，江囿应该是一二年级，而江猷已经到了五六年级的样子。

秦洲倒也不意外，以宋箐江远新两夫妻的望子成龙愿望来看，江猷的成绩只会好而不会差。

宋箐很快地检查完江猷的作业，道："做得不错。"

江猷露出骄傲的表情，问："妈妈，我能去自然工程大学附中吗？"

从江猷的口气来看，自然工程大学附中是一个不容易考进的学校。

旁边的江远新放下报纸，道："只要你能保持最近的学习状态。"

宋箐也点了点头："你爸没错，你啊，就是贪玩，马虎的毛病老是改不掉，这次考试好几道题是不是因为你马虎才出错？不然你的排名还会更高。"

江猷吐了吐舌头，看着江远新又问："爸爸妈妈，如果我改掉马虎的缺点，我能去你们带的先进班吗？"

江远新道："那你就差远了。"

宋箐皱眉道："你别打击孩子自信。"

江猷开心道："妈妈是觉得我可以吗！"

"先进班。"张唯捃着这个词，其实并不难懂，很多学校是会根据学生成绩分好班、普通班和差班的，面对班级的不同，教育资源也不尽相同。

不过，江猷这么小就在念"先进班"，看样子，"先进班"并不仅仅是代表成绩好的班级。

并且江猷提到的是"你们带的先进班"，宋箐和江远新带的班。

"他们是大学老师，可大学一般以专业分班啊。"张唯有些疑惑。

"有一些大学会开创一个'少年班'或者说'神童班'。"秦洲开口，"在科技人才严重匮乏的年代，这种模式无疑能更早更好地培养出具有潜力的优秀人物。"

"先进班"应该就是自然工程大学开创的"少年班""神童班"'。

张唯"哦"了一声，随后客厅传来一声开门声。

秦洲和张唯循声而望，客厅里的三人也顺着声音看去。

江围做完了作业，按着宋箐的要求，他要拿去给宋箐检查。

江围从房间出来后，客厅就沉默了起来。

连空气里都是满是尴尬，就好像江围的出现打破了一家三口的温情脉脉一样。

江围走到距离宋箐稍远处站定，抬头看着宋箐，也不说话。

江远新朝江围招手："写完了？拿来我看看吧。"

宋箐道："你课题写完了吗？我来吧。"

江远新也没和宋箐抢，起身往书房走去，走了几步又回头看着江猷："猷猷，妈妈给围儿检查作业，你别在这待着了，跟爸爸去书房。"

江猷点了点头，跟着江远新往书房走去。

江猷路过江围时，看了眼江围手中的作业，然后小跑上前追上江远新，低声对江远新说了句悄悄话，江远新轻轻拍了拍江猷的后背道："没事的。"

"江围。"宋箐说，"给我吧。"

江围这才上前，把自己的作业交给了宋箐。

宋箐看了两眼，皱着眉说，"你找个地方坐着听。"

江囿坐在了江猷刚才坐过的位置，那里离宋箐比较近。

宋箐看完江囿的作业，江囿完成得很认真，每道题都是反复检查过，他自己确定是正确的后才拿来给宋箐或者江远新看。

但宋箐不知道，她说："做得还不错，就是速度太慢了。"

江囿低着头。

宋箐问："现在还在学十以内加减？昨天你爸有教过你百以内加减，我给你出道题？"

江囿轻点一下脑袋。

宋箐拿过纸笔，随手出了一道："你用算式算一遍。"

江囿在草稿纸验算一遍，宋箐看着江囿的验算过程频频皱眉。等江囿验算结束，宋箐摇头说："还是不对。"

江囿捏住笔，宋箐说："错了，就重新再算一遍。"

第二遍答案依旧不对，不用宋箐说，江囿看宋箐的表情就知道自己错了，他一直在改。

不知过了多久。

宋箐说："算了。你只给了我数学和语文的作业，英语呢？"

江囿小声开口："没写。"

宋箐眉头深了："为什么不写？"

江囿道："不会。"

宋箐："不会就不写吗？"

江囿没吭声，宋箐说："去把英语作业拿过来。"

江囿没动，宋箐有些恼了，自己站起来要去江囿房间找他的英语作业，江囿看向宋箐的背影："我没有去那里。"

这个年代英语其实并不普及，是宋箐托关系请了留学回来的同事教江囿和江猷学习英语。

宋箐站住脚，转身过来看着江囿："为什么不去？"

江囿说："听不懂。"他在大院时从未接触过英语，本来宋箐最主要的是让老师教江猷英语，江囿就是旁听的，老师都是按照江猷的学习进度来教授，江猷已经能和英语老师进行一些日常对话，江囿就是去听天书的，有这个时间，他觉得不如回家写数学作业。

毕竟他不聪明，十以内加减法做不到像江猷那样，一眼就能得出答案。

宋箐皱着眉看着江囿，看着看着，她深吸一口气说："囿儿，我有问过你的老师，关于你在学校的表现，老师说你很努力也很认真，是个乖孩子。你确实不如猷猷聪明，猷猷像你这么大的时候他已经能流畅地写出一篇五百字的英语作文了。"宋箐说，"但你比猷猷努力，你就咬咬牙多学一点，多读书对你没有坏处。"

江囿依旧没吭声，宋箐又道："我给你讲个故事吧。"

江囿抬头。

宋箐道："森林里举行飞行大赛，聪聪鸟和笨笨鸟都报名参加。笨笨鸟的飞行技术很差，总是摔倒，于是它每天都早早起床，刻苦练习着，最后终于在飞行大赛中赢得了胜利。"

江囿道："笨笨鸟……是我吗？"

江囿问："要是笨笨鸟天生没有翅膀呢。"

气氛一下就缩紧了，宋箐看着江囿，过了一会儿问："是舅舅舅妈，还是外婆告诉了你什么吗？"

江囿反问："告诉我什么？"

宋箐盯着江囿，这一刻，她觉得江囿一点儿都不像是个小孩。

这时，书房传出江远新父子的欢乐声，宋箐和江囿同时朝着房间看去。

也是在这一刻，宋箐看见了江囿眼底的沉郁，那绝对不是小孩子该有的眼神。

宋箐："我明天会给老师说你不学习英语了。"她站起来，"今天就到这里。"说完逃似的，离开客厅。

江围看着宋箐的背影，直到宋箐回去书房关上门，过了很久，他低下头自我安慰："没事。"

江围拿起本子回去自己房间，心里已经平静。

其实，他很容易生气，垣垣欺负他的时候，同学说他没有父母的时候，但他也很容易被自己哄好，没人知道他容易生气，却又好哄。

因为没人关注过他，更没人哄他。

秦洲盯着江围看了看，眉头皱起，旁边的张唯见了直觉不好，问道："会长，怎么了吗？"

秦洲下巴一抬，指向江围："年龄。"

张唯愣了愣，一下反应过来："哦，对！江围是十二岁才来找父母。"

可现在的江围分明还是五六岁的样子。

张唯问："会长，这边……是幻想记忆？"

江围的年龄是一个很明显的漏洞，且不可能是述说者故意混淆事实，江围十二岁来寻找父母，并不只是一个卷入者看见，很多卷入者都能证明这一点。

可越是明显的漏洞就显得越诡异，0-1怪物会这么简单地把答案送给他们？

秦洲对0-1怪物没有一丝好感，他并不这么认为。

他看了张唯一眼，眉头蹙得又深了一些。

张唯一下紧张起来了，他应该是猜到自己说错了话，浑身僵直站立。

撤开眼，秦洲说："再看看。"

张唯"嗯"了一声。

他们俩继续等着所在这段记忆的剧情发展，等了好一会儿，江围仍然伏在桌前写着作业，随着时间的流逝，他俩的身影在慢慢实体化。

两段记忆的剧情是同步进行的，他们在一边记忆里待得越久，另一边记忆里错过的剧情就越多，到时候想要判断真假就会变得无比棘手。

秦洲正要开口穿过水波纹时，江圃房间的门被敲响了。

"圃儿。"宋箐在门外喊了一声，然后推开门。

江圃没有回头，还是写着自己的作业。

宋箐走进来后，站在江圃的身后，轻轻开口："我觉得有必要向你解释。"

虽然江圃没有吭声，宋箐还是自顾自开口道："我怀你的时候，大学刚通过开创'先进班'的提案，我和你爸都想成为'先进班'的老师，将来你出生后，我们才能给你更好的生活条件，所以我没办法安心待产。怀你到七个月左右的时候，因为这边天气太热，我为了你考虑，不得不回大院。后来我还是早产了，医生告诉我，你可能因为早产原因会出现各类疾病，如果我不回去工作，你的治疗费用从哪里来？圃儿，我和你爸确实错过了你的成长，但我们也是为了你着想，我们狠心不见你，只有不见你我们才能忍住把你接回来，这样我们才能没日没夜地工作。"

宋箐紧紧地盯着江圃的背影："我们每月给你的生活费，是其他家庭总共一月的开支，没有哪个小孩像你这样，为了让你舅妈对你好一点，她每次的要求我们都想办法去完成。"

"我也知道你不喜欢江猷，你是不是觉得江猷抢走了你的一切？圃儿，不是这样的。"宋箐摇头道，"猷猷的亲生母亲在生他时就去世了，后来猷猷的亲生父亲也生病去世了，由他年迈的爷爷带着。他爷爷是我和你爸的老师，出于人道主义，我和你爸有义务收养猷猷。"

宋箐的这段话说完，江圃还是沉默着。母子俩就在这沉寂的房间相顾不言，过了很久，江圃才"嗯"了一声。这一声情绪淡淡，不知道是江圃用来表达收到宋箐的话，还是表达他理解了这番话。

宋箐又看了看江圃，转身走了。

房间里重归寂静，江圃继续写着作业。

秦洲的视线一直放在宋箐身上，直到宋箐离开房间，他才收回。

鉴于刚才说错了话，张唯试探着问："会长，有什么问题吗？"

秦洲言简意赅道："有。"

张唯慌道："是什么？"

他们一早就发现了水波纹，就在江囿的房间里。

秦洲看了眼水波纹，目光又落在江囿身上，说："他记忆错乱了。"

张唯一怔："什么……什么意思？"

秦洲没有具体解释了，而是平静地看着张唯。张唯把秦洲投来的注视理解成让自己去领悟，他小幅度低下头，认真地想了想。

秦洲却在张唯思考的时候开了口："宋箐不像刚哭过的样子。"

人在哭的时候，结膜会充血，就导致眼睛红红的。

秦洲和张唯都听见了，宋箐在回到书房后就忍不住哭了，但刚刚她来房间和江囿说话，眼睛却是正常的。

再加上江囿的年龄错误不可能是给他们送答案，所以只有一种可能，那就是江囿记忆发生了错乱。一个人长期靠着虚幻的记忆安抚自己，久而久之自然也就分不清真实和虚幻了，而且 0-1 怪物一开始就告知了他们这一点。

0-1 规则世界分为真实记忆和幻想记忆，或许从一开始，江囿自己还能分清哪些是现实，哪些是虚幻，所以卷入者在小江囿的两段记忆里，也能简单地辨别出真实记忆和幻想记忆。但随着江囿的成长，他自己都无法分清了。就像幻想症病人的病情愈发严重，从幻听到幻视，病人的世界里出现了正常人无法听见或看见的人和物，但对于病人来说，这却是真实存在的，只是正常人看不见而已。

张唯道："会长的意思是，刚刚进来的宋箐是假的，是由江囿记忆错乱而幻想出来的？而江囿之所以五岁，也是他认知出现了错误？"他试图去理解秦洲的意思，"也就是说，真实记忆和幻想记忆融合了？那要怎么去分辨真假。"

"也不一定是这样。"秦洲开口，"也有可能是真实记忆里会有他的幻听、幻想存在，幻想记忆里也有真实发生的记忆存在。"他这句话其实有些拗口，但无论情况如何，有一点很清晰——是辨别真假的难度提高了。

张唯认真地思索着秦洲这番话，秦洲道："是不是像我说的这样，只有去那边验证。"

张唯点了点头。

江围五岁的年龄错误到底是怎么回事，得两边记忆都看过后才能知道具体。

事不宜迟，他俩不再犹豫，赶紧穿过水波纹。二人的身形随着水波纹的流动而变化，很快地就从一边记忆来到另一端。

到达了这边的记忆，秦洲将目光投向前方，面色变得严肃起来。

张唯则是一脸惊讶，手指蜷了蜷，眉宇间浮现出思索的神色来。

他们俩的视野里皆是白茫茫的一片，除了这片看起来无边无际的白色，其余的什么也没有。

刚才他们有两个猜测，一是真实记忆和幻想记忆融合在一起，二是真实记忆里带着幻听幻视，幻想记忆里包含真实发生。

现在看来，是幻想记忆和真实记忆融合在了一起。

两个可能性对比，第二种可能显得稍微好一点，但事实摆在眼前，他们面临的是最棘手的情况，眼前的白茫茫就是因为幻想里的东西跑到了真实记忆之中。

张唯的担忧也是秦洲的担忧。

真实记忆和幻想记忆融合在一起该怎么去分辨，当时间到了，他们会实体化，这会让他们改变记忆里的剧情发展，而幻想出来的人物也会变身怪物，将他们撕碎。

秦洲脸色不太好看，"先回去。"

这边记忆里什么都没有，只有回到有内容的记忆里去，但是他半个人都要穿过水波纹了，也没见张唯跟上。

视野里，张唯盯着这片白茫茫似乎在思考着什么。

秦洲张口："张唯。"这一片的白茫茫对张唯的影响很大，张唯显然是陷在自己的思考中，并没有听见秦洲一连几声的呼喊。

或者说，他对"张唯"这两个字并不敏感。

秦洲盯着张唯看了一会儿，突然加大了音量："林异！"

"张唯"终于回过神，抬眸看着秦洲："学长？你叫我？"

时间仿佛都跟着安静了一下。

林异反应了过来："那个，会长，我……"

秦洲撤开眼："走了，张唯。"

半晌后，林异才"哦"了一声。

秦洲转过身去，事情的棘手因秦洲不慎打开林异的马甲而变得充满戏剧性。

他俩重新穿过水波纹，回到这一边。

耽误的这一会儿时间，江囿已经没有在桌前写作业了，他并不在房间里。

江囿是 0-1 规则世界的主角，不用说，是要找到江囿的。

秦洲看了一眼林异，林异便跟上他。

他们还不算完全实体化，还是能够穿过墙面，最后是在书房找到了江囿，书房没有其他人，只有江囿一人。林异在外面晃了一圈，回来对秦洲道："学长，宋箐、江远新还有江猷都已经睡了。"

秦洲"嗯"了一声，问："不装？"

林异露出摆烂的表情："学长是不是一早就发现了？"

秦洲没有出声。

林异抬头看向秦洲。

秦洲也盯着林异看，虽然林异还是张唯的面貌，他却好像看到了林异的面孔，面孔又在凝视中变化，最后变成了既陌生又熟悉的脸庞，那是属于 1-3 怪物的真实面孔——"人鱼小姐"的五官。

书柜传来了响动打断了秦洲的注视，有些问题不必有答案，也不是每个问题都能有答案，秦洲没有再说什么，只是朝着响动处看去。

眼前五六岁面貌的江囿正踮着脚在书柜上取书，怀里已经抱着好几本了，但他还在取。像是因为被宋箐的"笨鸟先飞"刺激到了，所以打算恶补。

江囿取了很多书，他的胳膊因为书的重量而轻轻发颤。

取到了书准备离开书房时，突然，书架发出"嘭"了一声。

江囿赶紧回头。

并不是书架倒下来，而是江囿取走了太多书，让书柜上的书失去了排列秩序，就有一本书掉了下来。

江囿先把怀里的书放在地上，随后去拾起这本掉落在地的书。

他手碰到这本书，目光也落在了翻开的这页上，似乎是被书本的内容吸引，江囿拾起这本书，站着继续浏览这页内容。

过了一会儿，江囿把书放回桌子上，自己拉开门跑了出去。

秦洲和林异立刻跟上江囿，看着江囿跑去客厅外小心地翻找着什么。

江囿在抽屉里找到了一盒火柴，把火柴放进兜里，他又飞快地跑回了书房。

两人又跟着江囿回到书房，只见江囿关上门后，掏出火柴。

他推出火柴盒，取出一根火柴，划燃一根火柴。

江囿闭上眼睛，火光在书房闪烁，他脸上也映出火苗的颜色。

"张唯。"秦洲看了会儿，问："怎么看？"

林异微怔，但很快反应过来，秦洲这是在帮他隐藏身份。确实他不能让人知道他是林异，不仅仅是因为在外人眼里他就是 1-3 怪物，还有一部分原因是 0-1 怪物。

0-1 怪物并不允许他进入 0-1 规则世界，是他强扭着要来，为此还和 0-1 怪物在非自然工程大学的人工湖动了一次手。

他进来 0-1 规则世界后就立马隐藏了气息，随意附身了某个卷入者藏匿起来，因为 0-1 怪物在找他。

他很了解 0-1 怪物，0-1 怪物疑心病很重，所以他直接出现在秦洲面前，0-1 怪物反而不会那么快怀疑到张唯头上。

秦洲这么说，让林异方才问秦洲的问题有了答案。

秦洲确实一早就发现了林异，怪物附身卷入者会窥视卷入者的记忆然后模仿卷入者的行为，但林异当了太久的人，再怎么他当"林异"的这段时间养成的一些人类习惯，一时半会儿是改不了的。

但秦洲并没有戳破，大概也是知道他有顾虑。

林异心里情绪翻涌，秦洲还是他认识的秦洲，总是靠谱的，肩负着保护学生的责任。

但自己的身份却让林异心里产生了时过境迁的恍惚感。

压下这些情绪，林异继续扮演张唯道："会长，我觉得他像是在许愿。"

江囿的行为确实像是在许愿，秦洲去看他放在一边的书。

书名《新青年》。

是第 6 卷第 1 期。

秦洲道："张唯。"

林异赶紧凑近去看。

《新青年》第 6 卷第 1 期刊登了一则童话故事，是用白话文直译的《卖火柴的女儿》。

刚刚吸引江囿的应该就是这则故事。

《卖火柴的女儿》就是安徒生童话《卖火柴的小女孩》，而 1-3 怪物也是 0-1 怪物根据童话创造。

这让秦洲和林异同时呼吸凝重了一瞬。

二人再看江囿，江囿闭着眼，他们并不知道江囿在火光下看见了什么，或者幻想了什么，只能看见火苗快速地燃烧，然后烫到了江囿的手。

身体反应，江囿一下睁开眼，手里的火柴一下掉在了地上。

而刚好，地上有一摞他刚刚挑选出来的用来恶补要笨鸟先飞的书籍。

火一下就烧了起来。

江囿有些蒙。

他呆呆地看着燃烧起来的书籍，就在火光即将将这些书全部吞噬掉时，书房的门被一脚踢开。江远新看了一眼江囿，二话不说，脱下外套去拍打江囿脚边的火。

跟在江远新后面的宋箐愣了愣，看着江囿，质问道："江囿，你在做什么！"

江远新道："先拿水来！"

宋箐赶紧去接水，接了一桶水来后，江远新夺过来往火光处泼去。

好在他们发现得很快，折腾了一会儿就灭了火没有让大火整个烧起来。

江远新推开窗户，宋箐在检查地上被烧毁的书籍，她抬头看了眼江囿，江囿被她的目光吓到了，不由得往后退，但没有后退太多，他的胳膊被宋箐抓住。

紧接着，宋箐的指责劈头盖脸地落下来。

江囿什么话都没说，安静地听着。

林异不知道江囿是怎么听下去的，反正他是听不下去了，他对秦洲说："会长，我出去看看。"

外面客厅有奇怪的声音传来，秦洲："嗯，小心点。"

他们进入星子的时间已经挺久了，再一会儿就该有实体了。

林异离开书房，没一会儿又回来。

秦洲问："怎么?"

林异脸色难看道："外面全是江囿的幻想。"

秦洲去外面看了一眼，客厅里坐着又一个宋箐和江远新，江囿的外婆也在，他们其乐融融正在进行晚餐。

这个"宋箐"问："囿儿呢?"

"江远新"说："还在学习吧。"

外婆道："去叫他吃饭吧。"

"宋箐"和"江远新"齐声说："一起去吧。"

此情此景，与其说是江囿的幻想，不如说是江囿擦亮火柴"看见"的景象。

然后他们齐刷刷站起，朝着书房的方向走去。

随着距离书房越近，他们的身体慢慢维持不住了，在逐渐怪物化。

"囿儿——"

"囿儿——"

"囿儿，你在哪里呀?"

可他们已经看见了江囿却并未停止寻找江囿，而且他们的身体也从真实的宋箐江远新身体中穿过去，像是同一维度却又不是同一空间。而看起来他们的真实目的也并不是寻找江囿，而更像是在寻找闯入这里的卷入者。

秦洲和林异相视一眼，什么话都没说，默契地朝着江囿房间跑去。

辨别真假并不难，一些细节都能帮到他们，比如已经死了的外婆复活了，这是明晃晃地告诉他们，外婆就是幻想的人物，会在夜晚降临时撕碎卷入者。但是真实记忆与幻想记忆融合在一起，辨别真与假不难，难的是他们怎么做到脱离记忆。

到了江囿房间，二人抬头看向半空某一处位置。

没有意外的，水波纹果然已经消失了。

秦洲："先躲起来。"

林异："好。"

卷入者并没有对抗怪物的能力，林异并不敢贸然出手，那只会招来 0-1 怪物，给秦洲带来更大的威胁。

江囿父母家并不大，能躲的地方不多，也就像衣柜、门后床底这些地方。

秦洲看了眼江囿房间里的衣柜，这个年代的衣柜并不像现在的大衣柜，小孩儿躲进去都显得艰难，更别说他和林异两个身高超过一米八的大男人了。

床底也不行，床是正对着门的，当那些肌肉暴起衣服炸开类似野兽的怪物一推门，就会看见床底的躲着的人，于是剩下的也只门后了。

秦洲拉了把林异，他让林异站在里面，自己站在外面的位置。

刚躲好，外面就有动静传来了，秦洲和林异神情凝重，都屏气放缓呼吸。

"外婆"就走了进来，呼喊道："囿儿——"

声音粗糙不已尾声却又尖锐，像是指甲在黑板上刮挠。

"外婆"在房间里找了一圈，秦洲微微偏头，透过被遮去部分的视线警惕地看着"外婆"的身影。"外婆"没有拉开衣柜，也没有弯腰去看床底，更没有检查门后，它只是在空处转悠了一圈，然后转身走出去房间，不过呼喊的声音还在继续："囿儿——"

"外婆"的离开并没有让秦洲和林异松了口气，门后只是一个相比于衣柜和床底稍微安全和容易躲藏的地方，但门后并不能支撑他们躲到脱离这枚星子，就算"外婆"走了，还有"宋箐"和"江远新"，长夜漫漫，它们迟早会找到他们的。

秦洲和林异都很清楚这一点，所以林异才会因为发现水波纹那边只有一片白茫茫而陷入思索。

　　狭小的门后空间，两个人都没有说话，耳畔是彼此放缓的呼吸声。

　　目前看上去他们已经半只脚悬空在深渊上空了，秦洲和林异都在竭尽所能地思考脱救办法。

　　然而，此时的情况和之前并不相同，之前的两段记忆里都有内容，他们可以通过一些细节来分辨真假，且幻想记忆里的怪物无法通过水波纹，他们只需要回到真实记忆，保证自己不被真实记忆里的人看见，等待时间一至自动脱离星子就好。

　　而此时，真实记忆与幻想记忆融合，辨别真假倒是不难，但辨别之后呢？既然真假已经融合，水波纹的存在显得毫无意义。

　　是要将这些怪物引入水波纹？可水波纹已经关闭了。

　　秦洲思考着，但不等他思考出个结果，一门之隔又传来了动静。这次来的是"宋箐"，它也呼唤着："囿儿——"

　　嘲讽的是，虽然这个"宋箐"音色怪异，但听上去竟比宋箐呼喊江囿时温柔不少。

　　"宋箐"走入门内，它和"外婆"一样，没有去拉开衣柜也没有弯腰去查看床底，它就在房间空处转了一下，然后转过身。

　　秦洲呼吸一沉，他和"宋箐"的目光对上了。

　　这瞬间，秦洲下意识半转了下身挡住他身后的林异。

　　林异也发现了他的动作，伸手拉下秦洲衣角，以传递林异的担忧。

　　不过秦洲很快地发现，他和"宋箐"的目光相对是有一瞬间，或者说都算不上目光的对视，只是隔空重合了一下，重合期很短，"宋箐"的目光错过了他，然后离开了房间，继续寻找："囿儿——"

　　秦洲皱眉。

　　林异又拉了下秦洲的衣角，秦洲这才偏头过去，轻声安抚道："走了。"

　　林异暂时松口气，小声问："是差点被发现吗？"

　　秦洲不好说，刚才的目光重合并不是他的幻觉，他很确定"宋箐"是往门后看了一眼，"宋箐"所在的位置并无视线遮挡，只要视力没有问题就能发现门后的他们，但是"宋箐"并没有发现。

秦洲伸手去碰门，意外地，他的手还是穿过了门板。

也就是他们还处于魂魄的状态，也许正因为是这样，所以"宋箐"才没看见他们。

但也不对，按照前两次的星子来看，他们这个时候应该已经有了实体，能够触碰记忆里的人事物了。

秦洲偏头问林异之前身体实体化的时间。

林异给了秦洲准确的答案。

第一次进入星子后的第六个小时他们的身体有实体的趋势，在第八个小时，他们的身体彻底实体化，并且水波纹消失。

第二次进入星子，第五个小时他们的身体就能够在地上投出影子，在第七个小时后，他们的身体也彻底实体化，继而水波纹消失。

而每个星子的时长是十二个小时。

林异道："还剩五个小时。"他们进入这枚星子，按照星子里的时间已经过去七个小时，他们还要待够五个小时才能脱离。

林异看见了秦洲穿过门板的手，知道了秦洲的疑惑，按照前两次星子来看，他们这个时候也该身体完全充实了，但目前还没有，他们隐隐只有影子投在了地上，交叠在一起。

"为什么没有出现实体呢？"秦洲喃喃了一声，林异便露出思考的表情。

在 16-8 规则世界里，秦洲教了林异一个办法，提出疑问，给出不少于三条可能的假设，然后划去错误答案，剩下的答案再荒谬，也和正确答案八九不离十了。

林异道："这里的时间不对。"

为什么他们没有出现实体得到第一条假设：这枚星子时间不对。

林异又道："我的时间出错。"

第二条假设：林异时间出错。

林异又想了想："因为真假融合导致实体化时间变化。"

第三条假设也出炉了。

秦洲看着林异，不用秦洲来判断这些假设，林异自己说出口后就有了答案。

不会是第一条，江囿父母家里有时间，根据时钟走动的速度来看，这里的时间是正确的，那么有关联的，林异的第二条假设也被排除。

剩下的就剩下第三条假设：因为真假融合，所以他们实体化的时间发生了变化，具体是往后拖了。

因为他们还没有实体化，所以"宋箐"才没有看见门后的他们。真假记忆的融合说到底是给卷入者增加了辨认难度，但没有实体化却帮了他们化险为夷，这是一个很矛盾的点。

0-1怪物绝无可能给任何卷入者帮助。

轮到秦洲给出假设了。

他没有立即给出假设，而是又问了林异一个时间的问题："这次出现影子是什么时候？"

林异道："第三个小时的时候。"

秦洲又问："是发现江囿记忆错乱前还是后。"

林异赫然抬头看着秦洲。

秦洲其实很清楚他们出现影子是在发现江囿记忆错乱后，但是他需要林异的答案，以林异的反应来看，林异猜到了他心中想法，也证实他们的影子在发现江囿记忆错乱后出现。

江囿记忆错乱让他们有了两种猜测，其一是真假记忆融合，其二是真实记忆里有幻想，而幻想记忆里也有真实记忆。

换句话说，当他们隐隐有了对记忆真假的判断后，他们的身体就不再是魂魄状态。

回忆起前两次进入星子，第一次进入星子后，他们开始猜测真假记忆到底是怎么个真假法时，就渐渐有了影子，当发现水波纹并且穿过水波纹得知一枚星子中有两段记忆时，影子就愈来愈显眼，当他们判断出记忆真假后，'外婆'当着他们的面就变化成了野兽。

第二次进入星子情况也是差不多如此，而现在，'外婆''宋箐'和'江远新'也是在林异确定了他们是幻想的人物后变成了怪物，只不过他们还处于不知道该怎么把真假融合的记忆区分开来，所以他们就还处于魂魄状态。

魂魄状态意味着他们还是观影者，0-1怪物并没有限制他们的观影时长，给够他们时间，让他们处于安全之中放心地去找答案。

0-1怪物会这么好心吗。

秦洲看着林异，林异微微摇头，以林异对0-1怪物的了解，0-1怪物做任何事趣味性是首要前提。

如果用趣味去解释0-1怪物给他们充足时间去分辨真假记忆的话……

林异心里升起了一个不好的想法。

秦洲也隐隐猜到了什么。

他们俩从门后出来，去找了他们认为的真实的宋箐。

林异开始洗脑自己：“会长，你觉得她是真的还是幻想出来的。”

“她”指的就是宋箐。

秦洲道：“幻想。”话音刚落，还在数落江囤的宋箐身体突然暴起，皮肤变得粗糙无比，青色的血管让皮肤凸起，宋箐竟也在野兽怪物化！然而江远新却像没看见似的，还在与宋箐说话。

看着眼前情景，秦洲和林异这才反应过来。他们并没有真的区别出真实记忆与幻想记忆，一切的判断全靠他们的主观想法。一枚星子中的两段记忆，他们认为哪段是假，那么这段记忆里的人物就会变成怪物撕碎卷入者，而他们认为哪段是真，他们就能平安地待到脱离星子。

这就是0-1怪物的趣味性，它自己都分辨不出的记忆，凭什么卷入者能分清。

那么卷入者说什么就是什么吧。

0-1 怪物对待记忆这么随便的态度，让秦洲深深拧起了眉。

既然 0-1 怪物根本没有真假记忆的答案，那么他们又怎么能够完成少年的要求，三天之内分清所有记忆的真假。

或者说，0-1 怪物让他们分清真假的到底是这些记忆，还是其他东西？

毕竟少年可从未说过，让卷入者辨别真假的是这些星子里的记忆。

既然他们主观意识能够决定真假，那怎么脱离星子就显得无比简单。

他们可以什么都不做，因为他们根本无法把融合在一起的真假记忆剥离开来，如果要更保险一点，只需要把已经变成怪物的想象成"真"，那么他们就不会被怪物撕碎。

但其实有时候人类已经形成的主观意识很难进行改变，秦洲没法说服自己，那些已经不具有人类形态的怪物是真实存在，好在他旁边有个林异。

林异闭着眼，应该是在洗脑他自己。

秦洲往前一眺，"外婆"在游荡过程中在慢慢恢复正常的人类形态。

林异做到了。

林异睁开眼，看见成果后松了口气："会长，成功了。"

秦洲轻轻应了一声。

不等他开口，林异道："还有两个小时就能脱离这里。"

秦洲："好。"

剩下的两个小时，他们没再跟着江围去追着看剧情，于是这两个小时就好像是他们偷来的相处的时间一样，过得很快。

很快地，他们视线一白，就回到了星子漫天的异空间里。

　　已经有人在他们之前回来了，他们俩前脚回来，程阳和任黎后脚也从星子里离开。看见程阳和任黎安然无恙，林异悄悄地在心底松了口气。

　　程阳和任黎朝着他们俩走来。

　　这时王飞航和几个巡逻队成员也从星子里出来了，林异往后退了退，把秦洲身边的位置交给他们。

　　"洲哥。"王飞航急急地喊了一声，秦洲看他满脸焦急猜到他应该也是遇到了真假记忆融合的情况。

　　"我已经知道了。"秦洲开口。

　　看着其他人表情，大部分的人都遇到了真假记忆融合在一起的情况。

　　"先点人数。"秦洲说。

　　王飞航点头："好。"

　　这一次其实不用特别去清点，剩下的人数一眼就能看清。这一回他们进入星子一共六十人，目前只剩下二十四人了。

　　二十四人中有十八人都是巡逻队成员。

　　损失惨重。

　　卷入者只剩下二十四人，然而星子一眼望去还多如夜空繁星。他们根本就不可能分辨完所有的星子，哪怕他们无一伤亡，眼前的这些星子也根本不可能在三天的时间内全部进入一遭。剩下的二十四人脸色都不太好看，嵌在星子中间的沙漏在他们不知不觉间已经流逝了一半。他们剩下的时间被极限地压缩，时间带来的紧迫感让他们呼吸难以顺畅。

　　王飞航沉重道："洲哥，要辨别真假的应该不是这些东西里的内容吧。"

　　这一次遭遇了真假记忆相融情况的卷入者多少也有这样的猜测。

　　秦洲"嗯"了一声："内容真假不重要。"

王飞航咬牙骂了声。

其实从一开始他们就陷入了一个误区，少年的要求其实是语焉不详的，并没有明确地告诉他们到底辨别什么，所以他们理所应当地认为需要辨别真假的就是这些飘浮在半空的星子。

星子里有两段记忆，刚好又与"真假"呼应上了，也就让他们下意识认为两段记忆里有一段真也有一段假。

这个主观意识就是让大部分卷入者死亡的原因。

当遇上无法分清的记忆时，卷入者主观意识中很清楚其中一段记忆是假的，他根本无法笃定自己能够幸运地来到真实记忆里，所以记忆里的人物就会成为怪物，进而撕碎他们。

两两组队，只要无法分清"真假"，就算分别去一段记忆里待着，两人都会死。

所以上一次分组，人数直接锐减了一半。

也只有一个人在与同伴分开后活了下来，原因是他后来找到了一处细节，让自己笃定了自己在真实记忆里。

程阳听到剩下的巡逻队精英们的信息交换，忽然一阵后怕。

他看着任黎，他和任黎也遇到了无法分辨真假的情况，就是宋箐早产的那枚星子，是他胡乱找了理由先说服了自己，让自己认定所在的记忆为真，这才把任黎拦了下来。

也好在任黎相信了他。

程阳插嘴道："不是分辨星子的真假那是分辨什么真假？"

众人沉默了下来。

0-1怪物自己都分不清的记忆，卷入者又如何来辨别，0-1怪物心中没有正确答案，等沙漏走完后，它没有任何依据来判断卷入者是否完成它的要求。

所以已经明显了，0-1怪物要他们分辨的真假一定不是星子里的记忆。

任黎开口道："分辨 0-1 怪物知道答案的真假。"

也只有这样，0-1 怪物才有依据在三天后判断卷入者的生死。

这一点，其他人和任黎的想法一致。

但到底是什么却难以猜测。

这时候程阳又说："难道是分辨 0-1 怪物的真假吗？"

任黎："程阳！"

他示意程阳不要打扰其他人的思考。

程阳赶紧道："我就随便说说。"

说完立刻噤声了。

程阳这句话，让秦洲和林异表情凝重了不少，秦洲沉沉道："这里跟主观意识有关，没有明确的线索不要乱想。"

众人应下来，林异也跟着应了一声。

有人问："洲哥，现在我们还进星子吗？"

既然星子的记忆真假无所谓，那他们再进星子的意义就不大了。

秦洲道："进。"

王飞航向露出不理解表情的人解释道："这些星子也不是毫无意义，这是 0-1 规则世界的主线。"

众人愣了一下，他们沉浸在寻找真假的任务之中，差点忘记找主线才是从规则世界离开的最直接办法。

0-1 规则世界的主线其实已经明朗了不少，他们已经知道江囿就是 0-1 怪物的原身，知道了江囿所遭遇的不公对待，目前为止尚不明确的只有江囿死亡原因。

从星子里找到江囿的死因，0-1 规则世界的主线轮廓也就算找到了。

听起来还算简单，众人去看漂浮的星子。

星子还是太多，他们只剩二十四人了，能不能在剩下的时间找到江囿死因也是一个难题。

有人问："洲哥，这次分开进入星子吗？"

不用秦洲回答，王飞航就道："两两进入。"

这人就不再多问了，剩下的大多有过规则世界经验的人，不用王飞航解释太清楚，他们知道原因。

还是两两进入星子，留意同伴。

因为0-1怪物就在他们当中。

两两组队的话，刚好他们的人数是双数。

不过这一次组队，剩下的二十四人中气氛明显就不对劲了。他们大都知道怪物是会附身卷入者的，怪物的等级越高，想要找到它的难度就越高，谁也不确定自己的同伴会不会就是那个以豢养规则怪物为乐的0-1怪物。

也有不知道怪物会附身卷入者的。不过，王飞航直说了。

巡逻队之所以不向巡逻队及学生会高层以外的人陈述怪物会附身的事实，一来是知道怪物会附身卷入者后，学生在进入规则世界后情绪必定会有所波动，这不利于巡逻队成员寻找藏身的怪物，猜忌的种子也会在每个卷入者心中发芽，每个人的行为无法确定，会加剧规则世界的难度。

不过现在已经没有什么可隐瞒的了。

王飞航说："你们认为谁的行为比较诡异，谁会是0-1怪物，这些问题暂时不用和别人讨论，自己知道就好。现在的首要任务是找到剩下的主线。"

众人没有异议。

只要主观意识认定自己所在记忆是真实记忆，或者都不需要去做这样的判断，只要保持自己的"无知"就不会让记忆里的角色变成怪物，他们也能一直维持着魂魄状态，这样他们就不会有生命的威胁。

唯一要小心的只有身边人。

但也不至于，这个时候如果有人在星子里死亡，那么剩下的另一个人就是自找嫌疑。

众人看了看沙漏，又看了看漫天的星子。

时间仍旧是目前为止的最难的难题。

星子还有很多，那是 0-1 怪物生平所有的记忆，每个星子有固定的脱离时间，而现在卷入者只剩下二十四人，能不能在众多星子里找到江囿的死亡原因靠的只有运气。

众人开始继续往星子里去，事情发展到现在，也只有继续进入星子。

程阳继续呼叫他的女神，任黎拉了他一把，说："走了。"

程阳："马上，我做个祷告。"

任黎头疼地看着程阳，不过也没有催促。

程阳完成一系列祷告祈求动作后，选了一枚星子，用豁出去的口吻道："任黎，这颗！"

见程阳进入，任黎也紧跟着程阳进入了这枚星子。

林异看着程阳和任黎进入星子，又看着其他人陆陆续续地进入星子。

随后秦洲让他挑星子。

这一次轮到林异挑星子了，之前几次秦洲都有让他挑选星子的行为，林异也没有退让。这些星子其实都是一个样子，外观毫无区别，只有进入星子后才能知道星子里包含的记忆，挑是挑不出来什么东西的。

林异本伸手要去碰手边最近的那枚星子，当他抬起手时，突然不受控制地指了稍远处一颗。

林异的脸色立刻变得苍白。

秦洲顺着他所指的方向看去，他背对着林异没有看见林异此时的表情。

星子太多，单是手指还是难以区分，秦洲开口问："哪颗？"

林异双唇也不受控制地道："会长，三点钟方向的那颗。"

秦洲找到了林异说的那颗，伸手一碰，身形立刻就消失在了异空间。

留下林异表情比见鬼了还严峻。他甚至不敢再跟上去，只能眼睁睁看着这枚星子，恐惧在他心底迅速地蔓延开来。

应该已经过去五分钟了，秦洲还没有等到林异进入，他就没在落地点继续等着林异了，心里甚至有一种意料之外的感觉。

林异这么准确地指出一枚星子，这个行为并不正常，甚至可以称得上诡异。

秦洲不乐意去想林异做出诡异行为的原因，不过有一点却无法忽略，这枚星子的记忆正等待着他去观影。

他朝着前方看去。

江围正在和宋箐、江远新和江猷吃晚饭。

宋箐给江猷夹了一筷子菜，道："不要挑食。"说完，宋箐看了眼江围。

江围埋头吃着自己碗里的米饭，他没有夹桌上任何一道菜。

上一次，她和江围聊完"笨鸟先飞"的话题之后，她就不怎么管江围了。江围也不和她说话。但此时，宋箐不得不打破和江围的冷战。

"我今天遇见了你的老师。"她开口。

江围停下来，抬头看着宋箐，等待着宋箐继续说下去。

宋箐道："你跟老师说你没有父母，是什么意思？"

江围回答道："你让我不要说出去。"

不小心放火的那一天，宋箐指责了江围很多，其中就说了这么一句，让江围别把父母是他们的事情说出去，宋箐说她丢不起这人。

这次，语文老师布置了一个作文作业，主题是父母。

江围没有完成，语文老师在询问他情况时，江围就这么答的，他说他没有父母。

江围平时在学校里孤僻少言，身上也总有一种沉郁的气息，那不是这个年龄段孩子该有的，所以江囿语出惊人后，语文老师找到了宋箐。

宋箐问江囿："江囿，你是不是觉得做父母的都是欠你的？"

江囿看着他们。

宋箐和江远新又说了一堆，说到桌上的饭菜都凉了。

等宋箐和江远新讲完了，江囿道："我去写作业了。"

轻飘飘的一句，让宋箐和江远新犹如一拳锤到了棉花上。

江囿回到房间，把门关上。

他拿出作业坐在书桌前，补没有完成的作文。

秦洲跟着过去看，看到江囿写下了作文的标题《父母》。

笔尖在纸上摩擦，声音沙沙。

《父母》

如果我聪明，成绩优异，脾气很好，性格温和，应该会有很多人喜欢我，包括我的父母，可我不是。

老师让我补上这篇作文，我只能想象我是这样的人，拥有童话里主人公所有美好品质的人，这样我才能写得下去。

江囿伏在桌前一直写着，秦洲站在他之后，目光紧紧盯着江囿作文中的关键字。

"聪明""成绩优异""脾气很好""性格温和"……

这不是林异吗？

秦洲心中一紧，有什么不好的想象在他的心底炸开。

江囿继续写，秦洲眼睁睁地看着江囿作文里的幻想慢慢出现，它和江囿重叠在一起，但又没有完全重叠。

秦洲一步奔至江囿面前，想看看江囿幻想出来的他自己。

它还没有一个清晰的面庞。

但江囿随之在作文里写道：

　　我应该长相再好看一些，就像童话里拥有美丽长相的主人公一样，这样我的父母会更加为我骄傲。

　　于是，它的面容就清晰了。

　　秦洲见过的，在 1-3 规则世界里，那位好看到任何褒义词都无法媲美的"人鱼小姐"。

　　那是 1-3 怪物的本来面貌。

　　秦洲紧紧盯着它，心情骤然沉到谷底，连每一息的呼吸都变得沉重，像是有一块石头沉甸甸地压在了他心头。

　　0-1 怪物确实附身在卷入者之中，他知道谁被 0-1 怪物选中了——张唯。

　　1-3 怪物是 0-1 怪物创造出来的，更是 0-1 怪物想象的另一个自己，在某种意义上，1-3 怪物当然也是 0-1 怪物。

　　这一点认知足够清晰之后，秦洲又猛地反应了过来。

　　0-1 怪物确实不是让卷入者分辨它记忆的真假，还真让程阳说对了，0-1 怪物是让卷入者分辨它自己的真假。

　　江圉幻想出另一个自己。

　　此时，他俩重叠得坐在凳子上，到底谁才是真的江圉呢？

　　答案很简单，根本不需要去思考。

　　只要秦洲回答出来，剩下的二十四个人就能离开 0-1 规则世界。秦洲笃定，只要离开 0-1 规则世界，他们就可以离开非自然工程大学，这是 0-1 怪物给他的诱惑。

　　可以带着学生离开非自然工程大学，这是秦洲一直以来的努力，也是他梦寐以求的愿望。

　　只不过，被秦洲认定是假的那个江圉，就会变成怪物。就像上一次的星子里，只要被卷入者判断成幻想的角色就会突变成怪物，撕碎卷入者。

让 1-3 怪物屏除善良失去理智，这是 0-1 怪物梦寐的愿望。

怎么选全凭秦洲。

因为这是 0-1 怪物给秦洲量身定制的规则世界。

江囿还在埋头写日记，在日记中，他近乎报复性地美化幻想中的自己，这样他从出生开始就不会被宋箐所嫌弃，他不会被丢在大院里，不会羡慕舅舅舅妈一家三口，因为他也会有让其他人艳羡的和睦美满的家庭。

幻想中的自己很好，好到江囿不知道该用什么样的词汇去形容，他洋洋洒洒写了几百字，写着写着他就难过地揉了下眼睛。

无法否认地，他开始羡慕幻想中的自己。

日记的完成让与他重叠在一起的"它"变得无比清晰起来。

秦洲就这么看着它，一动不动地看了很久。

后来视线一白，秦洲盯着的人就消失了。

场景切换的时间很短，眨眼间，他就从这枚由 0-1 怪物指定的星子里出来了。

他是最晚一个出来的，其他人都已经出来了，并且等了他有段时间了。

看见秦洲出来了，程阳高声喊道："会长出来了！"

王飞航和任黎看见秦洲之后，明显松了口气。虽然知道进入星子不会有生命危险，但秦洲这么久都不出来，他们还是会担心。

众人朝着秦洲去，很快，他们都发现了不对劲的地方——张唯呢？

秦洲抬头，他在一张张面孔里搜索想要看到的那个人，但无果。

别人还来问："洲哥，张唯呢。"

程阳也问："对啊。秦会长，张唯呢？"

王飞航和任黎的脸色不太好看，他们俩知道秦洲一直怀疑张唯，只是他们并不清楚秦洲实质怀疑张唯并不是怀疑张唯就是 0-1 怪物，秦洲一直怀疑张唯是林异。

但现在也差不多了。

张唯没见了，或者说林异不见了。

秦洲的脸色霎时就变得难看起来，整个人绷直，心脏仿佛都变得僵硬。

他张了张嘴，在一片问话中突兀地问：“死因，找到了吗？”

这是秦洲要抓住的最后的希望，找到死因就可以补全 0-1 规则世界的主线，那样他就不用选择了。

事情会往着皆大欢喜的方向去。

他这个问题让问话的众人沉默了起来，在秦洲的视野里，他看见王飞航摇头，看见任黎摇了头，看见其他人都在摇头。

浑身的力气陡然像是被抽空，一丝也不剩。

“找到了吗？”忽然一声从他们的身后响起，秦洲面对众人，他率先看见出现在众人身后的少年——十五岁的江囿。

江囿抬头看向卷入者这边，问道：“找到了吗？”

声音立刻吸引了卷入者的视线，众人皆是一愣，转身回头看向江囿。

在星子里的记忆中，江囿表情一直是沉郁的，不过这一次，他眉眼挂上了一抹恶意的笑容。他就站在悬空的沙漏之下，沙漏还在继续流逝，卷入者所剩下的时间只有不到整个沙漏的五分之一了。

这个时间注定他们没办法再进入星子，去补足最后的主线。

江囿的出现让所有卷入者都如临大敌，众人不约而同地去看沙漏，发现沙漏还有剩余时，他们紧张的表情又出现了一丝疑惑。

既然他们还有时间，就算时间再不够用，也还没到截止时间。

所以江囿很好心地向众人解释，他看向秦洲，歪了歪头，重复问：“找到了吗？”

"什么'找到了吗'……"程阳没明白江囿在说什么，但一向负责给程阳解释的任黎在这个时候却没有开口说话。

也有几个人和程阳一样丈二摸不着头脑，不过更多的人露出了欣喜的表情。

还能找到什么，只有可能是找到了真与假。

但秦洲的脸色让王飞航和任黎感觉到了事情的不对劲，可他们也来不及问，一直等不到秦洲回答的江囿失去了耐心，他笃定开口：“你找到了。”

"会长……知道要辨别的真假了吗？"有人小声问。

"我们可以出去了？"

"成功了吗？"

大概是太想离开 0-1 规则世界，太想离开非自然工程大学，秦洲在他们的音色里听见了喜悦的滋味。

而他也一度成为目光焦点。

这不是秦洲第一次被万众瞩目了，却是秦洲第一次那么不想被诸多目光追随。

不过他还是开口：“找到了。”

秦洲身份使然，让他每一句话都有一定的分量。他说找到了，那一定就是找到了。连王飞航和任黎都因为秦洲这句话而轻松了不少。

王飞航问：“洲哥，真假是什么？”

秦洲道：“分辨 0-1。”

程阳愣住了，他没想到自己随口一句竟然是真的。众人十分意外，不过他们对秦洲的结论没有任何怀疑，有的只是好奇，好奇秦洲是怎么发现他们要分辨的真假就是 0-1 怪物，毕竟星子里没有任何指向性的线索和提示。

王飞航问：“洲哥，怎么说？”

众人紧紧地看着秦洲。

这个时候江囿没有再出声催促，他似乎乐于见得秦洲向其他卷入者分享这个结论。

秦洲道："江囿幻想出了一个自己。"众人紧张地听着秦洲讲述，秦洲抬头看向江囿，"这里有两个江囿，找到真的就可以离开……"

"会长，您找到了吗？"有人忍不住问，在他们眼中秦洲似乎无所不能，既然能找到要辨别的真假，那么说不定也已经区别了真分辨了假。

秦洲正要开口，却又猛地噤声了。

在江囿身旁，张唯出现了。

在张唯出现的第一个瞬间，秦洲就发现了张唯脸上的怪异，他整张脸像是被分成了两半，左半边脸和右半边脸的表情不一样，左边神情阴郁而右边表情紧张，唯一相同点就是，左右眼都朝着秦洲的方向看了过来。

他还看见张唯的嘴巴动了动，似乎在自说自话。

"你觉得他会怎么选。"

"你别说话。"

"那换个问题，你希望他怎么选？"

"江囿！"

"……我不喜欢你用这个名字称呼我。"

卷入者这边也发现了凭空出现的张唯，大概是因为张唯就站在江囿的身旁，与他们泾渭分明，所以他们很快地联想到，0-1 怪物附身了张唯。

王飞航咬了咬牙："果然是他。"

任黎也没有太意外，大概只有程阳吃了一惊，他还觉得张唯挺亲切熟悉。

"洲哥，现在怎么说？"王飞航看向秦洲。

只见秦洲牢牢地紧盯前方的张唯，众人随着秦洲的目光看去，张唯抬了抬手和众人打了个招呼，看起来很友好的样子，不过毫不走心就是了。

0-1 怪物出声："还不选择吗？"

它"啧"了一声，当着众人的面勾了勾手指，于是，沙漏里剩下的沙粒随着它勾手的动作疯狂地下泄。

一边动作，它还一边提醒同在一个身体里的 1-3 怪物："这里是我的地盘。"

这句话让沙漏没有阻碍地下漏，最后只剩几乎能数出颗粒的沙粒数量，0-1 怪物才停下时间的加速，它看向秦洲："时间不多了。"

0-1 怪物的不守规矩让众人面面相觑，喜悦在沙漏的流逝中迅速地消失，只剩下命悬一线的紧迫感。

"洲哥！"

"会长！"

眼见沙漏即将流逝干净，三天时间即将到点，卷入者们忍不住提醒秦洲。

他们就等着秦洲去交答案了，现在只有秦洲可以救他们。

"还有五分钟时间。"0-1 怪物说，"给你做最后的考虑。"

这句话终于让卷入者们察觉到了异样，也让卷入者们发现了秦洲的异常沉默。

"洲哥，什么……情况？"王飞航问。

任黎看了看秦洲又看了看那边的张唯，秦洲向来雷厉风行，并不是优柔寡断的人，现在秦洲的沉默不语，让他发现了点什么。

"会长。"任黎不确定地问，"是两个江围，还是两个 0-1 怪物。"

"任黎，你在说什么？"程阳预感到了什么，心里慌慌的，"怎么会有两个 0-1 怪物。"

其他人更是蒙了："什么意思？"

王飞航也蒙了："两个 0-1 怪物？"

秦洲并不打算做任何回答，他抬头对上张唯看过来的目光。

于是又看见张唯的自说自话。

从口型中，秦洲"听见"了0-1怪物对林异说的一句话："他要是没有选择你，就是亲手抹杀你"。

秦洲忽然想到他交给林异的撤销交易的单据，1-3规则世界的最后，在知道林异和0-1怪物的赌约之后，他希望用这张单据让林异保持清醒，不要成为吃人的规则怪物。但现在他要做选择了。如果自己没有选择林异，就是他亲手摘除了林异身上的所有美好品质，让林异成为彻头彻尾的怪物。

或许他们这些人能够离开非自然工程大学，但之后还会有人被0-1怪物挑选中，1-3规则世界也会重启，会有人进入1-3规则世界，在不夜城中被欲望蛊惑，然后沦为林异的口粮。

秦洲抬头看了看沙漏，时间快到了。他没有闭眼，而是紧紧地盯着张唯。

"他是假的。"秦洲说。

这句话并不完整，但是也足够了，身处0-1规则世界，0-1怪物清楚他的主观意识。

他没有选择林异。

张唯笑了起来："答对了。"

一团黑雾从张唯身体溢出，秦洲认得这团雾体，林异为了怂恿他复盘有展露过他作为怪物的形状，不过那个时候黑雾中还缀着星子，看起来就像浩渺星河。而这时，这团黑雾只有黑雾，那些星子已不复存在。

黑雾扩散地越来越大，几乎要装满整个无边际的异空间，要把这里的一切吞噬殆尽。

1-3怪物身形在以一种极为夸张的速度扩张，就在即将挤破0-1规则世界时，它的扩张停止了，继而黑雾的头部出现了两个光圈，紧紧地盯着秦洲。

"学……长……"

秦洲正在逐步变成怪物，他的肌肉鼓起，青色的经脉胀大，衣服在瞬间就被撑破。

秦洲的怪物化让所有人都意想不到，在秦洲向 0-1 怪物交了答案后，他们其实已经在等着离开这里了，联想能力好的已经开始在想象离开非自然工程大学后的生活了，但张唯身体里突然出现了一只怪物，就连他们依赖的秦洲也变成了怪物。

0-1 的脸色一瞬间变得非常难看。

明明未被秦洲选择，1-3 怪物却停止了吞噬规则世界的动作。

0-1 怪物感受到了 1-3 怪物内心的犹豫不决，它甚至发现了 1-3 怪物想要去触碰秦洲的想法。它仇视着盯着秦洲。

不过，0-1 怪物也很清楚，1-3 怪物身上的品质很难被摘除和抹杀，所以它才兜了这么大的一个圈子。

正如它之前对 1-3 怪物说的那些，1-3 怪物没有真正经历过被抛下，所以 1-3 怪物不懂弱势者身上的那些善良都是无用的累赘。

现在 1-3 怪物明明被秦洲抛下，却还仍旧放不下那些它讨厌的东西。

那就是被抛下的经历还不够。

0-1 怪物阴沉地看向卷入者："或许你们还不知道，你们的会长到底对你们隐瞒了什么。"

众人朝着它看过来。

它沉沉开口，告诉卷入者们 1-3 怪物的姓名。

"我给你们选择的机会。"在卷入者们的惊愕之下，0-1 怪物说，"是要离开非自然工程大学，还是要死在这里。"

"林异竟然是……1-3 怪物……"

"那在 1-3 规则世界死了这么多人，都是被……"

卷入者们不可置信，王飞航也露出惊骇的表情。

而他们做梦也没想到林异竟然是怪物。

谁能想得到，林异竟然是怪物。

第一个反驳的是程阳。

对于转移到所有卷入者身上的选择，程阳没有半点犹豫。

"我不可能如你所愿！"程阳梗着脖子，看见其他卷入者的脸上多多少少都露出了惊骇的表情，他忍不住替林异辩驳道，"他不是这样的怪物！"

程阳的声音掷地有声，悬在众人头顶的黑雾的动作又顿了一下。

0-1怪物冷冷地看着程阳。

程阳也怒目瞪着0-1怪物。他其实早该被淘汰掉，是林异救了他，就当多活了一段时间，作为兄弟，他永远不可能在这个时候做出背刺林异的选择。

任黎拉了一把程阳，程阳转头看着他。

任黎说："我也不选。"他拉住程阳，只是不想让程阳和0-1怪物对峙，成为0-1怪物杀鸡儆猴的那只"儆猴"。

其他人看了看秦洲，又看了看头顶的黑雾。

这么大的黑雾想要碾碎他们，就如同碾碎一只蚂蚁。在怪物面前，他们太渺小了。

秦洲几乎已经看不出原本的面貌，他的声音也变得十分粗糙，话语中饱含威胁："我已经选了。"

0-1怪物有些意外，秦洲竟然还能有意识，而且这句包含着威胁的话听起来，好像是它不想放走这些学生，秦洲就会对它出手一样。

但0-1怪物偏不守约定，它甚至期待想知道秦洲要怎么对付自己。

于是，它再次动了动手指，让沙漏里的沙一口气倾泻到底，它提醒规则世界里的这些工具人："时间到了。"

当然，也挑衅着秦洲这只新生怪物，一如既往地藐视着人类。

不过下一秒，0-1 怪物的表情就再次坍塌。

黑雾把秦洲裹挟进去。

众人面面相觑，秦洲不在了，王飞航就成了他们的领头羊。

程阳焦急地向王飞航解释："王队，林异兄虽然是怪物，但他是好的怪物，他没有伤害过人。你们不是看见了的吗？校园守则上，1-3规则没了，肯定是林异兄自己干的。那只怪物就是故意的，它一直想要林异兄改变立场，我们要是选择了……"

任黎打断程阳："程阳，别说了。"

现在放在众人眼前的选择并不会因为程阳几句话就能改变，因为他们的生命被摆了出来。

程阳可以选择留在这里，因为林异是他的兄弟，但他不能左右其他人的选择。

每个人的选择都不一样，秦洲不想选林异吗？不，他比任何人都想选择林异。程阳不是秦洲，他肩上没有任何责任，所以他可以很快做出抉择。

在其他人心里，生命是宝贵的，程阳没有立场去左右其他人做什么决定。

程阳："我知道，我知道，我只是……"

也不是想要劝其他人选择林异，他只是看不下去。

王飞航抬了抬头，问程阳："那是林异？"

程阳"嗯"了一声。

王飞航盯着头顶的黑雾看，他并不是第一次见到怪物的本体了，以前只觉得那些规则怪物可怕丑陋，但奇怪的是，在知道头顶的黑雾就是林异之后，他心里本能的恐惧情绪竟然慢慢消退了下去。

林异是个很温和的人，大家都很喜欢他，想到这一点，也就没那么害怕了。

甚至对秦洲的担忧也放心了不少，他觉得，林异不会伤害秦洲。

"其实，进了巡逻队就等于一只脚进了鬼门关，没有人敢保证自己进入规则世界能全身而退，很多人都会在领到任务后写下一封遗书，做好可能会死在规则世界里的准备。"王飞航开口，"说实话，能成为巡逻队成员的人就没有怕死的。"继而，他又仰起头对头顶的1-3怪物说，"林异，好久不见。你欧莹学姐很想你，大家都很思念你。"

黑雾在翻涌，好像是把王飞航这番话听进去了。

程阳赶紧扯着嗓子冲头顶地黑雾嚎着："林异兄！"他疯狂招手，叫喊着，"林异兄！"

任黎也抬头看向那片黑雾，轻声问王飞航："王队，要留在这里吗？"

王飞航说："洲哥选择了我，那我就选择他不能选的。"

单方面和1-3怪物打完招呼，王飞航看向众人："这只是我的选择，生命是你们自己的，该怎么选就怎么选。"

非自然工程大学的每个人所做的努力都是为了活着离开非自然工程大学，现在这个机会就摆在了他们的面前。

这个机会只有一次，这次不选，他们就再也没有机会了。

这其实不该有任何犹豫的，但是他们犹豫了，也露出了纠结的表情。

不管最终选择是怎样，这已经够了。

黑雾两只光圈般的眼睛看了看秦洲，又看向其他人。

程阳立刻又朝着黑雾叫嚎起来："林异兄，你别管别人怎么选，你别变啊！你得有自己的主见！你想想那300万金！你想想秦会长，想想我，想想任黎，我们一起出生入死……"

1-3怪物被程阳教做事了，但这并不是一件好笑的事，它仿佛听见还有很多人在喊着自己。

1-3怪物的脑海里响起了很多声音，这些声音都在叫它。

1-3怪物想：比起冷冰冰的编号，它还是更喜欢"林异"这个名字。

它开始抵抗着赌约生效带来的影响，它可以是怪物，但它和其他怪物不一样，它和人类有着千丝万缕的联系，它不能撕碎他们，也不想撕碎他们。

抵抗间激怒了 0-1 怪物。

0-1 怪物骤然从张唯的躯壳里迸出，并猛地穿透黑雾，直直地疾速朝着被包裹住的秦洲而去，恶意汹涌，这对于一个新生的怪物来说根本无法承受。

0-1 怪物不想再忍，它要撕碎秦洲！

来不及思考，1-3 怪物用更多的黑雾护住了秦洲，把来自 0-1 怪物的恶意阻挡在外。在其他人眼中，只能看见两团黑雾卷在一起。

落在 0-1 怪物眼中，它的 1-3 怪物对它动了手。

它有一瞬的不可置信，随之，它的恶在瞬间膨胀。

它被彻底激怒了。

一些高级怪物都无法承受住 0-1 汹涌的恶意，更别说秦洲这样初生的怪物及其他卷入者了。

0-1 规则世界会被恶意撑破，继而会散播到非自然工程大学。

但下一秒，0-1 怪物忽然停下了动作。

它感受到了 1-3 怪物冲破了某种能力禁锢，顿了一下，它说："你知道我打不过你的。就连你也要抛下我吗？"

0-1 怪物盯着 1-3 怪物。

它记得 1-3 怪物在一片混沌的黑暗中形成，然后朝它伸出了手。

0-1 怪物犹豫了很久，是 1-3 怪物主动地牵起了它的手。

一开始，0-1 怪物是防备 1-3 怪物的，因为它创造了一个比自己更强的怪物，成为可以威胁自己的存在。

1-3 怪物对它说："我可以藏起一半的能力，这样你就不用担心我会伤害到你了。你放心。"1-3 怪物说，"我无法解锁这一半的能力，除非我不再想和你做朋友。"

……

0-1 怪物唯一清楚记的是生前最后的那段时间。

那一年，他十五岁，宋箐因为过度劳累生了病。看着整天躺在床上的宋箐，江囿尽量没有再在她面前表现出那些被宋箐所不喜欢的恶习。

江猷最近看见他都是一副欲言又止的模样，那天江囿叫住江猷，问："你要说什么。"

江猷说："你身上有钱吗？"

江囿奇怪地看着江猷，他能有什么钱。

江猷道："妈妈的生日快到了，我想给妈妈准备一件礼物。"

江囿就明白了，怪不得宋箐和江远新更喜欢江猷，比起他，江猷才是宋箐和江远新的好儿子。江猷每个月都有零花钱，也有奖学金，应该是不缺钱的，他明白了江猷的暗示，江囿是在提醒他，宋箐的生日快到了。要是前几年，江猷不会提醒他，这一次主要是宋箐病了。

江囿道："知道了。"

江猷见暗示到位了，便说："我去看书了。"

"江猷——"江囿叫住他，江猷转身看着他，"没事。"

江猷："那行。"

等江猷回去房间后，江囿在客厅坐了一会儿。他其实是想问江猷给宋箐准备的是什么礼物，前几年，他没有宋箐过生日，宋箐也不给他过生日，他不知道该送宋箐什么，他并不知道宋箐的喜好。

做了几天功课，江囿决定送给宋箐一瓶香水。听说最近有一款香水从国外传进来，很受女性喜欢，既然宋箐这么喜欢国外文化，江囿觉得或许宋箐也会喜欢这款香水。

他去了解一下价格，对他来说，那是一个天文数字。他身上本就没什么钱，那些钱是他攒下来想要购买一本《海的女儿》。

好在江囿的课业并不紧张，宋箐和江远新早就不过问他的学习了。

江囿找了一份临时工的工作，清早起床去送早报，晚上放学后去送晚报。

他攒了半个月，钱还是不够，没办法只能把打算买书的钱算在其中。

带着这些钱，他去购买香水。

香水很抢手，江围去的时候香水缺货了，销售员告诉江围，可以去另一家门店碰碰运气，那家门店位置有些偏远，客流量不大。

江围要了地址，地址显示另一家门店确实偏远，坐三轮车都要两个小时的时间。江围把地址记下，没有犹豫，准备徒步往着这家门店去。

天气很冷，他却走得浑身发热。

也没有休息，连一口水都舍不得买来喝，否则，手里的钱就不够买下香水了。

但寒冷并不是他前进路上最大的阻碍。到达那家门店的路途上有一条江，但是横渡江河的桥因为积了薄冰，路面湿滑，而不允许行人通过。

要想过江，得绕远路。

江围想了一下，决定还是走桥面。

如果再绕路，到了门店天就黑了。

趁着守桥人不注意，江围偷偷地溜上了这座桥。他走得很小心，地面确实太滑了，他好几次都差点摔倒。

突然——

"喂，桥上那个！"

"赶紧下来！"

他被守桥人发现了，怕被赶下来，江围不得不加紧脚步往前跑去。很快地，他甩开守桥人，但脚下的速度却控制不住了，他感觉整个人像是在滑行。

然后，"咚"的一声。

他一个趔趄，他整个人摔在了地面。于是，身体就完全不受控制了，他眼睁睁地看着自己朝着桥侧面滑去，就在即将跌入桥下时，江围抓住了栏杆。

但惯性太大，他整个人还是滑了出去，只能靠着双手抓住栏杆不让自己摔下桥。

这个时候，江圄还没有后悔走上这座桥。

他尝试自救，靠着上肢力量想把自己的身体带上去。

但栏杆是铁的，表面也结了冰，冻得他双手麻木，也难以抓牢。

最终，他还是跌了下去，把江面的薄冰砸得粉碎。

冰冷的江水顺着他的口鼻灌入，呛了几口水之后，江圄就再没力气挣扎了……

一路走来，早就耗尽了他的体力。

失去最后一丝呼吸前，江圄想，他死得可真随便，就像他的出生一样。

来也匆匆，去也匆匆。不同的是，来时他让整个家庭人仰马翻，离开时却又这么悄无声息。他没有想过自己死后，宋箐和江远新是会难过，还是觉得终于摆脱他这个累赘，因为他只挂念着那瓶香水了。

最终还是没能买到啊，命也搭进去了。

后来，宋箐和江远新得知了他的死讯，在他死去的第七天。

宋箐哭了，江远新也眼睛绯红，江猷在一旁沉默。

江圄其实也满足了，这样就行了，至少他的离开他们没有表现出开心。

但紧接着宋箐说了一句话："圄儿，下辈子找户好人家吧。"

江远新也说："是我们对不起你。"

原来谁都知道他过得不好，但谁都不愿意爱他。

他很茫然又很无助，堆积在心头的恶忽然就在这一刻发了疯地生长。

……

他成为怪物，它用生前攒下的钱买了自己一直想要买的书籍。

它没花几天就读完了。

百无聊赖的日子里，它想到了自己曾经幻想过的自己，它将其创造了出来。

比自己好看。

比自己性格好。

比自己脾气好。

样样都比自己好，包括它的实力。

这样才完美符合它想象中的自己。

它们生活在一起。

它就是它。

这个世界有两个我，一个恶意横生，世间万物视如草芥，所有生灵都是刍狗，作恶多端，罄竹难书。

另一个童话为生，怀揣最圣洁美好的品质，看花草树木都能看出生趣，明媚骄阳一路高歌前行。

此时此刻。

另一个我。

抛弃了我。

其实，都怪它自己，它把 1-3 怪物想得太完美、太强大了，它打不过 1-3 怪物。不然，它还可以强制性地带走它的 1-3 怪物。

0-1 怪物知道，一直以来，都是 1-3 怪物在让着它，可现在 1-3 怪物不会再让它了。

1-3 怪物已经打破了它们之间的平衡。

它做了很多 1-3 怪物不喜欢的事，但它其实很怕惹 1-3 怪物不高兴，也害怕终有一天它们两只怪物会因为三观不合而分道扬镳，所以 0-1 怪物一直致力于把 1-3 怪物改造成和自己一样。

其实，它很清楚秦洲是阻碍它计划最大的威胁，它虽然打不过 1-3 怪物，但在赌约期内，1-3 怪物能力被收回的时间里，它有很多机会能够解决掉秦洲。

它没有这样做，原因有很多。

但它是真的很讨厌秦洲。

0-1 怪物站在原地，看 1-3 怪物捏碎了它设置出来的沙漏，但它没有去制止。因为它不想和 1-3 怪物打架。

等 1-3 怪物把卷入者全部送离 0-1 规则世界之后，它才重新抬起头看着 1-3 怪物。

刚一抬头，就看见一只手向着它伸来。

0-1 怪物愣住，而后定睛看向黑雾中央。

林异恢复了人形，彻底地宣布它的计划失败。

但林异朝着它伸出了手，就像它们第一次见面时那样。

林异对它说："我们得谈谈。"

0-1 怪物紧紧盯着林异朝着它伸来的手，和第一次一样，它并没有给林异回应，却又害怕林异收回手。0-1 怪物说："你要跟我谈谈，不送走他吗？"

"他没法在回到人类世界中去了。"林异望着它，"除非你愿意让他恢复。"

林异的能力是比 0-1 怪物强一些的，但那只是在武力方面。以前林异从未想过自己会比 0-1 怪物强的原因，他并不知道自己就是 0-1 怪物的另一面，0-1 怪物也不会告诉它。不过想来也是，0-1 怪物自己都不愿意承认自己，更不会想林异成为"另一个江围"。而现在想来，0-1 怪物具象化他，给他超越自己实力的强大，或许也是有 0-1 怪物的情感寄托在其中，只有自身强大了，才不会受到欺负，哪怕是 0-1 怪物也无法欺负他。

每个怪物都有自己的能力，就像 0-1 怪物需要 4-4 怪物的能力把规则世界藏在时间洪流之中，林异也没办法解除秦洲受到的来自 0-1 怪物的影响。

0-1怪物"哦"了一声，报复道："免谈。"

"我不是让你恢复学长。"林异说，"你刚刚问我是不是抛下了你……"

0-1怪物沉默了片刻，随后"嗯"了一声。

林异又朝着0-1怪物伸了伸手，想要用此来证明自己："我没有。"

0-1怪物盯着林异的手，林异刨了刨它身体的黑雾，抓住它的手："但是你不能这样了，把非自然工程大学里的学生都放出去吧，也不要再挑选人进来了。"

"这是你开出的条件吗？"0-1怪物很失望，质问着林异，"我必须答应你，这样你才不会抛下我，我不答应你，你就要离开我……就必须得有条件吗？"

明明以前就没有的。

林异知道0-1怪物的偏执，赶紧解释："我不是这个意思。"

0-1怪物死死地盯着林异："你只需要告诉我，如果我拒绝，你会怎么做？"它继续补充道，"我要杀死秦洲，杀死你成为人类时所认识的所有人，我还要继续滥杀无辜，这就是我的乐趣。"

林异抬高音量："江围！"

"我改不了的！"0-1怪物也拔高声音，"我就是恶，你想要的皆大欢喜，除非你杀了我！"

林异猛地噤声。

0-1怪物抽回手："我拒绝,你杀掉我吧。"它用近乎残忍的语气说，"我创造了你，杀掉我，你会跟我一起死，咱们俩同归于尽，这样别人就不能把你抢走了。我喜欢这样。"0-1怪物越说越觉得有趣，和它的1-3怪物一起消亡，就不算被抛弃了。

"你别幻想有其他办法可以解决问题。"0-1怪物声音缓和了下来，很平静地向林异剖析，"你创造的校园守则无法束缚我，只要我存在，非自然工程大学就永远存在，会有源源不断的人类被选中，成为那些低等东西的口粮。你想帮助人类，就只能杀了我，而我愿意被你杀死。"

0-1怪物的黑雾泛起波澜，慢慢地，变成了它最讨厌的模样——江囿。

江囿展开双臂："我知道你在犹豫什么，你担心你的朋友们会因为你的消亡而难过，比如这个叫秦洲的人。我可以抹去他的记忆，让他重新回到人类的世界。那些威胁人类的低等东西，我也能帮你解决……"

"林异——"江囿第一次这么称呼他的1-3怪物，他知道1-3怪物很喜欢这个名字，"消亡是我应得的惩罚，我在等着你亲手惩罚我……"

林异看着江囿。

五十多年的相处，江囿从不给林异讲他的生平，有时候林异也在想，到底江囿生前遭遇了什么，才会变成连怪物都害怕的怪物呢？

它容易生气却又很好哄，它谁都不相信，只相信它的1-3怪物，它说着谁也不在乎，但它什么都在乎，在乎那些规则怪物会不会在背后说它坏话，更在乎1-3怪物会不会有一天不要它……

它经常会在林异耳边念叨："要是有一天你抛弃我，我会撕碎你。"

这一次，他进入0-1规则世界里看了，江囿没有经历过像花瓶姑娘、小黑猫那样的遭遇，但不能说江囿就不痛苦，他是日积月累的失望和委屈，在死后彻底爆发，然后变成了现在这个恶贯满盈的0-1怪物。

虽然他俩的想法从来都不一致，但这只无恶不作的0-1怪物也没有伤害过林异。

林异想到赌约开始前的那段时间，因为没有做过人的经历，他常常会很紧张地跑去向江囿取经。

"听说人类每晚都会睡觉。"

"是啊。"

"可怪物没有睡眠。"林异忧心地问江囿，"要是我睡不着怎么办？"

江囿说："有一种东西叫作安眠曲。"

林异："没听过，什么样的？"

江囿随口叫道："咔咔咔咔咔。"

林异："……你确定没和我开玩笑吗？"

他不是杞人忧天，他的睡眠质量确实不好，尤其是父母怪物化后，他就更加难以入睡了。后来，他听见了父母的叫声，觉得异常熟悉。

现在看来，这个声音到底是父母，还是谁的，已经说不清了。恐怕只有江囿知道答案。

无法否认的是，江囿关心他，关心到连他在当人时期的睡眠情况都没有忽视。

消亡确实是 0-1 怪物应得的惩罚，谁都有立场惩罚它，但林异没有。

轮不到他审判江囿，他也不想审判江囿。

但林异太了解对方了。江囿嘴上说"这是我应得的惩罚"，实际上，他才不会认错，江囿是常规的由恶滋生的怪物，靠吃人来壮大自己的能力，它的认知里根本就没有对错之分。

江囿只是想要林异坚定地选择它一次而已，哪怕代价是消亡。

真是偏执的 0-1 怪物啊。

林异因为内心的犹豫而低下头。

如果没有秦洲，没有程阳、任黎、王飞航他们，此时的林异会毫不犹豫地选择 0-1 怪物。所以 0-1 怪物才会质问他，自己是不是被抛下了。

林异没有抛下 0-1 怪物，只不过，他心里多了很多和 0-1 怪物同样重要的朋友。

林异想到除夕那天，他和秦洲在学校里吃年夜饭。

秦洲给林异讲了自己的父母，讲着讲着，秦洲说："外出太久了，什么时候得回趟家了。"

林异对"家"的印象很模糊，他煞风景地说："那学长的父母……"

他没有说完，咽下了后半句"还记得学长吗"。

秦洲并不知道林异到底想问什么，而是将自己的行为合理化，道："就是远远地看一眼。"

林异终于明白了，秦洲已经很久没回家了。

有时候其实很心酸，他们不是不能和亲朋好友重新认识，但是他们被非自然工程大学选中，能不能看见明天的太阳都不能保证。重新认识又怎样呢？人要是死了，不是给他们徒增伤悲吗？

林异道："好。"

他知道，秦洲想家了。

还有程阳，因为不能回家，他曾经躲在寝室里哭了很久，很久。

林异心里的犹豫在想到这一点后走向了尾声。

他不怕消亡，但他不忍朋友们为他难过。但是朋友们都想家了，非自然工程大学里的每个人都在想家。

忽然，选择就不再那么为难了。

此时与江囿一起消亡就是最皆大欢喜的选择。

不再犹豫了，林异开口："江囿，你记得让他们忘了我。"

江囿保证道："好。"

"林异——"身体里有个声音迸出，那是被林异藏起来的秦洲。

林异能清楚地感觉到秦洲在体内横冲直撞，想要从林异给他设置的保护圈里跳出来，以阻止林异的选择。但新生的怪物怎么可能和1-3怪物抗衡呢？以卵击石而已。

黑雾从林异身体里向外溢出，他几乎是一气呵成，顺利地把秦洲从0-1规则世界送了出去。他和江囿说的话，秦洲都能听见。因此，林异不敢听秦洲的声音，更不敢和秦洲对视，他会心虚，也有一种筵席终究要散场的不舍。

竭力压住心里的失落感，林异幻化出了一把刀，他重新看向江囿，运用他作为怪物的能力蛊惑道："放心，不疼。"

江圄早就等着呢，这一次，江圄终于等到了被林异坚定地选择。

黑雾所化的刀刺入江圄身体……

0-1 规则世界在瞬间土崩瓦解，校园守则上的文字也在消退……终日笼罩在非自然工程大学上空的黑雾慢慢散去……渐渐地，有喧嚣的人声从校门外隐隐传来。

啪啪啪——

实验室里响起了轰鸣的掌声。

秦洲和林异睁开眼睛，激动的机械音在他们的头顶响起。

"感谢大家的付出，社会实践项目到此结束。'特殊治愈研究'计划获得圆满成功，再次感谢大家的参与！"

"特殊治愈研究"是一个大胆的尝试，林异和秦洲知道计划后，毫不犹豫地报名参加。

一共一千名志愿者，在计划开启前的统一评定时，林异和秦洲是成绩最优秀的人。于是，一个扮演身份重重却坚定自我的"1-3怪物"，一个扮演肩扛责任的"学生会会长"。

他们不负期待，在他们以及其他志愿者的共同努力下，治愈了一个又一个患者，帮助《特殊治愈研究》计划取得成功。

林异从全息舱里走了出来，来到秦洲的全息舱门口，伸出手。

秦洲笑了一下，握住这位共同作战的战友的手。

"那0-1怪物……"林异向实验人员询问道。

实验人员指了指隔壁的房间，那里单独存放着一个全息舱。全息舱里有一个男孩，叫江囿。

现在，江囿也离开了全息舱，走出房间，站到众位志愿者的面前。

"我本该叫江猷，但因为某些原因，我改名叫江囿。我是一个留守儿童，一直渴望有父母的陪伴。"他看着面前的哥哥姐姐，也看着林异和秦洲。

留守儿童的心理健康一直是社会亟待解决的问题。长期被忽视的江囿也不例外，他有很严重的心理问题，叛逆、敏感、自卑且孤僻，憎恨感情又渴望感情。

他心里积累了很多怨恨，在这场治愈计划里，他成为"0-1 怪物"。

在"0-1 怪物"消亡的最后时刻,他看见"1-3 怪物"紧紧地盯着自己，说："江囿，你没有被抛弃，从来没有……"

"0-1 怪物"从"1-3 怪物"的眼中看见了一些画面：

江囿出生了，母亲逗弄着襁褓中的婴儿，嘴里喊着："囿儿，囿儿——"

外婆站在一旁，也宠爱地说："医生说咱们囿儿可乖了。"

舅舅和舅妈提着水果来到病房，舅舅说："快让我抱抱我外甥。"

原来被陪伴、被爱是这种滋味……

渐渐地，江囿长大了，他是在父母陪伴下健康成长的。他的成绩不算拔尖但也不算差，身边有个一起长大的发小，嗯，叫林异。

江囿和林异考上了同一所大学，他们住在同一个寝室，关系很不错。

后来毕业了，两个人也没有各奔东西，还是挚友，他们都找到了人生伴侣。

幸福地度过了一生。

是的。

我没有被抛弃，从来没有。

"谢谢。"江围笑起来，"谢谢'特殊治愈研究'，谢谢你们，谢谢我的……"他看向林异，"1-3 怪物。"